刘荫柏讲西游

刘荫柏◎著

中国出版集团 東方出版中心

「唐僧骑马咚呀个咚，后面跟着个孙悟空。孙悟空，跑得快，后面跟着个猪八戒。猪八戒，鼻子长，后面跟着个沙和尚……」

神仙朝游北海暮苍梧，肉体凡胎唯有以足为尺，量遍山重水阻、荆棘满布的十万八千里。取经路上的师徒形象，渊源有自而面貌全新。最初，唐三藏不是江流儿，孙猴子也不是凭空从石头里蹦出来的。

且请刘荫柏先生开启他渊博的腹笥，重走取经路，揭秘你不知道的《西游记》。

目录

《西游记》是一部伟大的神话小说，其内容之丰富，气魄之宏伟，不但在中国古典小说中独步，就是在世界文学史上也少有可以和它类比者，兼以它的语言幽默、诙谐，在说说笑笑的谈神志怪之中，常常透露出对人世间冷峻的见解，所以能在几百年间一直为人民所喜爱，以致其中许多人物早已成为家喻户晓、人人皆知的了。

《西游记》的作者是谁？在今天还提出这个问题看来似乎是可笑的，因为现在稍有些文史知识的人都知道它的作者是明代中期的吴承恩。但是，在实际上，这部小说的作者长期以来被误以为是别的人，甚至是毫不相干的人。

华阳洞天主人是最早知道的作者名号。在明代最早出版的全本《西游记》小说有：

新刻出像官板大字本《西游记》二十卷一百回。

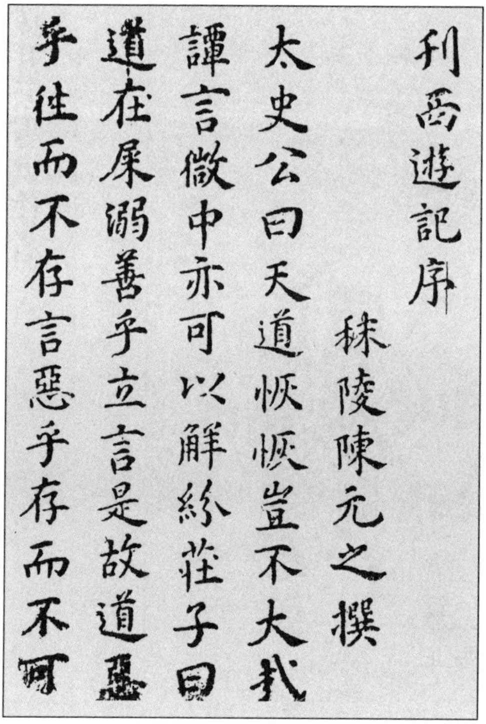
刊西遊記序
秣陵陳元之撰
太史公曰天道恢恢豈不大哉
譚言微中亦可以解紛莊子曰
道在屎溺善乎立言是故道惡
乎往而不存言惡乎存而不可

新刻出像官板大字《西游记》 秣陵陈元之序

金陵唐氏世德堂刊本。

鼎镌京本全像《西游记》二十卷一百回。闽书林杨闽斋刊本。

《唐僧西游记》二十卷一百回。明刊本，似从世德堂刊本出者。

以上三种明刊本，皆题曰“华阳洞天主人校”，卷首又都有秣陵陈元之写的序文。金陵世德堂本序文末题“时壬辰夏端四日也”，指明万历二十年（1590）。关于华阳洞天主人是谁，至少有三种猜测：

一是唐光禄。据陈元之序中云：“唐光禄既购是书，奇之，益俾好事者为之订校，秩其卷目，梓之，凡二十卷，数千万言有余，而充叙于余。”郑振铎在《西游记的演化》一文推测华阳洞天主人就是唐光禄。

二是李春芳。汪浚《吴承恩与〈西游记〉》一文最先猜测“华阳洞天主人”是李春芳。苏兴在20世纪60年代详尽推考这种观点。但他们只是认为《西游记》小说是由他校订出版的。在20世纪末沈承庆《话说吴承恩》一书中，据《西游记》第九十五回一首诗：

缤纷瑞霭满天香，一座荒山倏被祥。
虹流千载清河海，电绕长春赛禹汤。
草木沾恩添秀色，野花得润有余芳。

古来长者留遗迹，今喜明君降宝堂。

认为“合看这首诗第四、五、六、七四句，正是隐语‘李春芳老人留迹’，而与卷首所标‘华阳洞天主人校’指的同是‘编撰西游记’之意”，由此断定李春芳是《西游记》的作者。

三是吴承恩。刘怀玉《吴承恩论稿》一书认为华阳洞天主人就是吴承恩。主要论点有三：一是李春芳为一代元辅，没有必要校此小说。二是李春芳信仰道教，断不会在小说中一再嘲弄道教中人物。三是吴承恩虽在涉及李春芳的四篇诗文：《赠李石麓太史》《元寿颂》《德寿齐荣颂》《祭石麓公夫人文》中，有三篇谈到华阳洞天典故，不过仅凭此就认为华阳洞天主人是李春芳的别号，还不能令人信服。而吴承恩也写过一些与句曲山陶弘景金坛华阳之洞天有关的诗文。另外，吴承恩与陶弘景在兴趣爱好上有许多相近之处，又都对释教、道教极有研究，故而“华阳洞天主人”极有可能是吴承恩为自己起的别号或笔名。我过去也曾猜测“华阳洞天主人”是李春芳，但近几年越来越觉得它可能是吴承恩最初在坊间传抄本上的署名。

其次是丘处机。丘处机字通密，号长春子，南宋时登州栖霞（今山东省栖霞县）人，为全真教创始人王嚞的高足弟子，七真之一。他潜修于龙门山，形成龙门法派。元太祖成吉思汗派人召丘处机，他率十几个门徒“历四载”，“经数十国，为地万有余里”，始达雪山。他屡次劝成吉思汗，“欲一天下者，必在乎不嗜杀人”，“为治之方”当“以敬天爱民为本”。成吉思汗虽觉得要争夺天下不能不杀人，但又“深契其言”，尊其为“仙翁”（详见《元史·释老传》《金莲正宗记》）。丘处机门人李志常作《长春真人西游记》二卷叙其事迹，今存在《道藏》中。丘处机著有《摄生消息论》《大丹直指》《磻溪集》等书。可能因为明刊《西游记》小说都未署吴承恩之名，而这两部书虽性质不同，书名却有相同之处，后人遂不免混为一谈，或故弄玄虚将水搅浑。清初西陵残梦道人汪澹漪笺评刊刻《西游证道书》百回本时，在卷首增添了一篇元人虞集《西

丘处机像

游证道书原序》，首次提出小说的作者是丘长春，并谓得之于“大略堂《西游》古本”。于是“不根之谈乃愈不可拔也”（鲁迅《中国小说史略》），一直到清末学术界都没有搞清楚。李志常的《长春真人西游记》，不足两万字，纯系旅游见闻录，并不是小说。《四部备要》史部及《在榕园丛书》乙集和《丛书集成初编》都收录李志常之书，其中唯有西溪居士孙锡序文，并无虞集序文。此书后收有清人钱大昕、徐松、程同文、董祐诚写的四篇跋文及段玉裁、张穆两则附语。钱大昕在跋文中论及《长春真人西游记》与《西游记》小说事，指出小说“乃明人作，萧山毛大可据《辍耕录》以为出处机之手，真郢书燕说矣”。另外，在虞集《道园全集》中也没有《西游证道书原序》一文。故知所谓元人虞集的序文乃是后人伪作，或许就是汪澹漪、黄太鸿之辈自撰。

在明、清出版界一再张冠李戴，以讹传讹，埋没作者吴承恩的大名时，却有一些严肃的学者在认真考究《西游记》小说的真正作者，拨开社会上种种传说之迷雾。清初学者吴玉搢，在乾隆十年（1746）纂修《山阳县志》时，见到明代天启年间《淮安府志》卷十九《艺文志》一《淮贤文目》载：

吴承恩《射阳集》四册□卷、《春秋列传序》《西游记》。

即疑《西游记》小说的作者是吴承恩。乾隆、嘉庆时的大学者纪昀，虽未见到天启《淮安府志》和《山阳县志》，但他根据《西游记》中“祭赛国之锦衣卫，朱紫国之司礼监，灭法国之东城兵马司，唐太宗之大学士翰林院中书科，皆同明制”，因而断言：“《西游记》为明人依托，无疑也。”(《如是我闻》三）至于作者是何人，纪昀还没能考证出来。继吴玉搢之后，山阳人阮葵生在乾隆三十六年（1771）撰写《茶余客话》时，据旧府志、县志也认为《西游记》乃吴承恩作。嘉庆时著名学者兼戏曲研究家焦循，在《剧说》卷五中引纪昀《如是我闻》和阮葵生《茶余客话》并进而考辨道：

射阳（吴承恩号射阳山人）去修志时不远，未必以世俗通行之小说移易姓氏，其说当有所据。观其中方言、俚语，皆淮之乡音，街谈巷弄，市井童孺所习闻，而他方有不尽然者，其出淮人之手尤无疑。然此特射阳游戏之笔，聊资村翁童子之笑谑；必求得修炼秘诀，亦凿矣。

朴学家丁晏在嘉庆、道光年间完成的《石亭记续编》一书，也力辨所谓丘处机作《西游记》小说之谬，证明此书是他的同乡吴承恩作。道光、咸丰年间学者陆以湉，在《冷庐杂识》卷四中据丁晏之说及“淮安府康熙初旧志艺文书目”，“谓记中所述大学士、翰林院、中书科、锦衣卫、兵马司、司礼监，皆明代官制，又多淮郡方言”，断定《西游记》小说是嘉靖中岁贡生官长兴县丞吴承恩作。遗憾的是，这些学者的研究成果并不为世人所重视，多因循汪澹漪辈之谬说，甚至到了1921年汪原放用新式标点刊印《西游记》，胡适写的《西游记序》中，还不知道小说的作者是谁，只能说“《西游记》小说之作必在明朝中叶以后”，“是明朝中叶以后一位无名的小说家做的”。鲁迅在1922年与胡适通信中指出《西游记》小说的作者为射阳山人吴承恩。在第二年撰写的《中国小说史略》中，更据天启《淮安府志》及

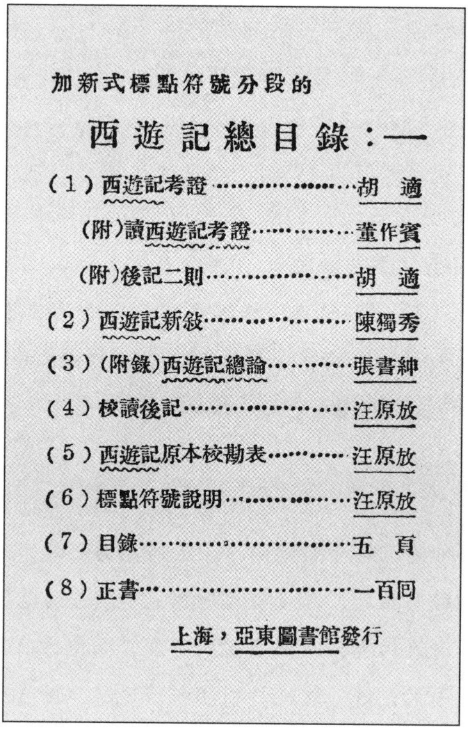
加新式標點符號分段的

西遊記總目錄：—

(1) 西遊記考證……………………胡　適

(附)讀西遊記考證……………董作賓

(附)後記二則……………………胡　適

(2) 西遊記新敍……………………陳獨秀

(3) (附錄)西遊記總論…………張書紳

(4) 校讀後記……………………汪原放

(5) 西遊記原本校勘表…………汪原放

(6) 標點符號說明………………汪原放

(7) 目錄……………………………五　頁

(8) 正書……………………………一百回

上海，亞東圖書館發行

汪原放 1921 年新式标点《西游记》

吴玉搢、纪昀、阮葵生、丁晏等人之论见，认为吴承恩是《西游记》小说的最后加工写定者。从此以后，学术界见解趋于一致。

家世背景

吴承恩，字汝忠，号射阳山人。约生于明孝宗弘治十三年（1500），卒于明神宗万历十年（1582）。先世涟水（今属江苏省涟水县）人，后徙山阳（今属江苏省淮安县）。曾祖吴铭为余姚训导，祖父吴贞任仁和教谕，“两世相继为学官，皆不显”。父吴锐，四岁丧父，由母梁夫人带回山阳故土居住，因“家世儒者，无资，且颠沛宦游，归益贫”，以致“社学先生不教先君书”。吴锐娶徐氏，“徐氏世卖采缕文縠”，吴锐“遂袭徐世业，坐肆中”，成为小商人。徐夫人只生“一女承嘉”，因无子，吴锐壮岁纳张氏为侧室，生下吴承恩。吴锐家道不富，常为下吏欺压，“木讷迟钝”以避祸，人称“痴翁”。其实他并非麻木不仁，他有理想，有识见，也有刚正之气。他“自六经诸子百家，莫不流览”，“谭说史传，上下数千载，能竟日不休”；又“好谈时政，意有所不平，辄抚几愤惋，意气郁

郁云”。(《先府君墓志铭》)

吴承恩就出生在这样一个由书香门第衰落而为小商人的家庭，并深受其影响。他在《〈禹鼎志〉序》中自述道：

> 余幼年即好奇闻，在童子社学时，每偷市野言稗史，惧为父师诃夺，私求隐处读之。比长，好益甚，闻益奇。迨于既壮，旁求曲致，几贮满胸中矣。尝爱唐人如牛奇章、段柯古辈所著传记，善模写物情，每欲作一书对之，懒未暇也。

足见他从小受父亲熏陶，喜欢博涉群书，尤其酷好唐人传记小说，有强烈的创作欲望。但遗憾的是这部短篇小说集已散佚，从书名、序文臆测，其中定有不少大禹降伏山妖水怪的神话传说，或许有些短篇就是后来他创作《西游记》中某些情节的雏形和试笔。

吴承恩性敏多慧，“甫周岁未行时，从壁间以粉土为画，无不肖物；而邻父老命其画鹅，画一飞者，邻老曰：‘鹅安能飞?’汝忠仰天而笑，盖指天鹅云。邻父老吐舌异之，谓汝忠幼敏，不师而能也”。他很有绘画天分，“舐笔和墨，间作山水人物，观者以为通神佳手”，但“弱冠以后，绝不落笔。家四壁立，所藏名画法书颇多。人谓汝忠于王方庆之积书、张弘靖之聚画，侔诸秘府者可十一焉”(陈文烛《二酉园续集》卷一《花草新编序》)。“髫龄，即以文鸣于淮，投刺造庐，乞言问字者恒相属”(吴国荣《射阳先生存稿跋》)。

吴承恩墨迹　扇面七言律诗

吴承恩少年时就受到才子朱凌溪、徐中行和本乡名士蔡昂的赞赏，在淮安龙溪书院肄读时，又深受知府葛木（卮山）和讲学老师胡琏、王凤灵的赏识。葛木对吴承恩感情很深，影响较大，常劝他进取功名，成为封建社会正统的合格人才，以致吴承恩在三十多岁赴南京应举落第后作《祭卮山先生文》中沉痛而又惭愧地说：

> 承恩淮海之竖儒也。迂疏漫浪，不比数于时人，而公愿辱知之。泥涂困穷，笑骂沓至，而公之信仆，甚于仆之自信也。……碌碌人中，尘土如旧，我实负公，其又何言？！自今以往，亦愿努力自饬，以求无忝于我公知人之明，庶他日少有所树立，亦卮山公门下士也，持此以报公而已。

吴承恩“博极群书，为诗文下笔立成，清雅流丽，有秦少游之

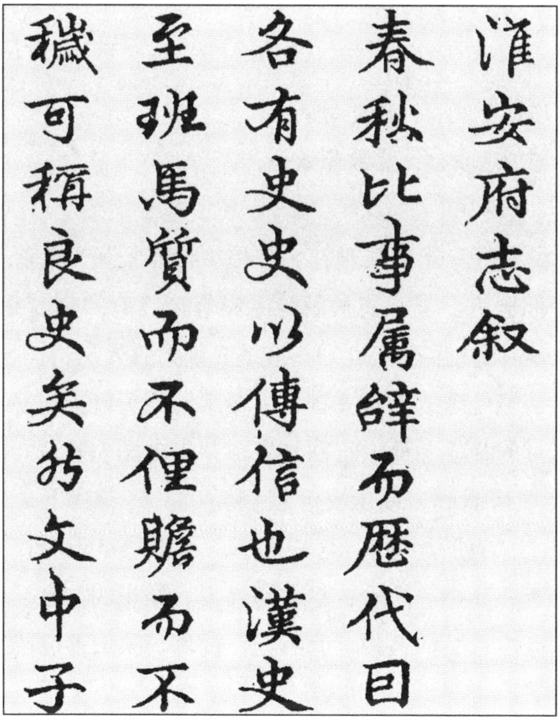
淮安府志敘
春秋比事屬辭而歷代曰
各有史史以傳信也漢史
至班馬質而不俚贍而不
穢可稱良史矣於文中子

《淮安府志》叙

风。复善谐剧，所著杂记几种，名震一时”（天启《淮安府志》）。他有奇才，又想效力明室，匡世济时，但因“一意独行，无所扳援附丽”（李维桢《吴射阳先生集选叙》），竟一生不得荣显。在嘉靖二十三年（1544），吴承恩约43岁时中岁贡。之后十几年间又参加了三四次考试而“屡困场屋”，不得拔擢。大约在吴承恩51岁时，肄业于南京之南监，故有“太学吴子汝忠”之称（潘埙《淮郡文献志序》）。第二年他参加了好友沈坤组织的“状元兵”抗击倭寇。沈坤“率众力战，身犯矢石，射中其酋，倭始退”（丁晏《重修山阳县志》卷二十一《杂记二》）。沈坤常到吴承恩处谈方略，承恩多次参与军机。吴承恩原打算投笔从戎入胡宗宪幕中，因母老年迈，家境清寒，不善谋生，不得不在六十多岁时赴北京候选，想求得一官半职，“仅以贡为长兴丞”（《花草新编序》）。长兴县属浙江省，县丞是知县的助手，为正八品小官吏，与主簿“分掌粮马、巡捕之事”（《明史·职官志四》）。在长兴任上的生活很不如意，他在《春晓邑斋作》诗中悽然叹道：

悠悠负夙心，作吏向风尘。
家近迟乡信，官贫费俸金。

大约做了一年半的县丞，为征粮事得罪了长兴大豪，被诬为贪赃，撤职罢官。吴承恩被解除系狱罪后，有“荆府纪善之补”（吴国荣《射阳先生存稿跋》），这是安置闲散人员，挂名拿干俸，或对赃吏从轻处理的一种安排。大概案情不久就弄清楚了，吴承恩得到名誉的补偿，便退官回淮安，并未去湖北赴任。此后，吴承恩放浪于诗酒间，以卖文、经商为生，终老林下，未能在仕途、政业上“有所树立”，含恨而逝。吴承恩结识的权贵有胡宗宪、李春芳、高拱、徐阶、赵文华等人；结识的社会名流有文徵明父子、徐中行、何良俊、归有光、沈坤、朱曰藩、陈文烛、黄姬水等人。

吴承恩因“家贫无子”，逝世后“遗稿多散失”，后来由宦归的表外孙丘正纲“收拾残缺，分为四卷，刊布于世”（同治《山阳县志》卷十二《人物志二》），即《射阳先生存稿》。同乡好友陆遥收其遗文，张清溪、马竹泉手录其遗稿。晚辈吴国荣、张以衷、蔡翰臣参加了整理出版《射阳先生存稿》的校刻工作。此书在清初时“刊版不存”，吴玉搢初得一抄本，纸墨已极渝敝，后来陆续收得刻本四卷，并《续集》一卷（《山阳志遗》四），这是最完备的本子。后来，不仅《续集》不见了，四卷刻本也难以寻到。在乾隆四十二年（1777），吴进仅见到一个残本，遂从中录出古文16篇刊出，即《射阳先生文存》。直至1929年从故宫博物院图书馆发现原刻本《射阳先生存稿》四卷，1930年铅印问世。至于吴承恩的小说《西游记》，则是在他仙逝约十年后托名华阳洞天主人校订出版的，即明代万历二十年（1592）金陵世德堂刻《新刻出像官板大字西游记》二十卷一百回。

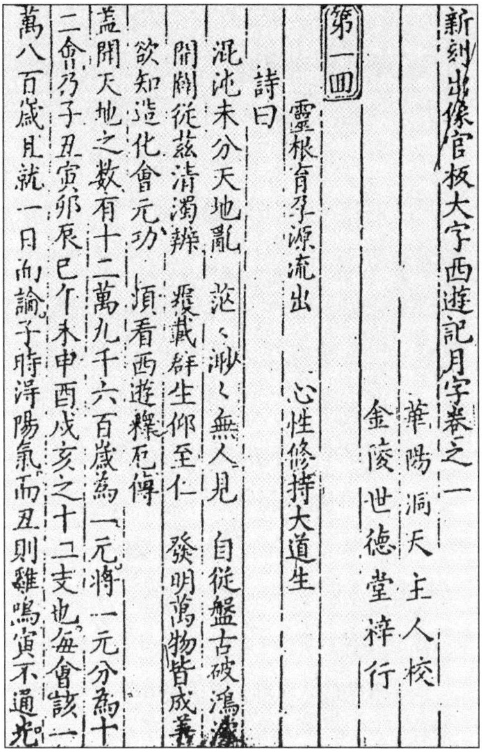
新刻出像官板大字西遊記月字卷之一
華陽洞天主人校
金陵世德堂梓行
第一回
靈根育孕源流出　心性修持大道生
詩曰
混沌未分天地亂　茫々渺々無人見　自從盤古破鴻濛
開闢從茲清濁辨　覆載群生仰至仁　發明萬物皆成善
欲知造化會元功　須看西遊釋厄傳
蓋聞天地之數有十二萬九千六百歲為一元將一元分為十二會乃子丑寅卯辰巳午未申酉戌亥之十二支也每會該一萬八百歲且就一日而論子時得陽氣而丑則雞鳴寅不通光

世德堂本《西游记》第一回

社会环境

吴承恩虽一生悒郁，未能在政治上奋进，却是一位长寿的文人，他活了八十多岁，历经孝宗（弘治）、武宗（正德）、世宗（嘉靖）、穆宗（隆庆）、神宗（万历）五个朝代，正所谓五朝弊政皆亲历，壮志功名未遇时。他生活的年代，正是明代中衰时期，帝王荒淫无耻，昏庸腐败，朝廷权奸握柄，朋党林立，互相倾轧。中国历史上臭名昭著的大奸臣、大阉党，都产生在这个时代。如弘治年间的李广、蒋琮，正德年间的刘瑾、万历年间的冯保均为太监，其中尤以刘瑾阉党气焰最嚣张，以致北京城内传言有两个皇帝：一个坐皇帝，一个立皇帝；一个朱皇帝，一个刘皇帝（详见张萱《西园闻见录》卷一百“内臣”）。严嵩是嘉靖年间大权奸，其父子曲意媚上，贪鄙奸恶，窃权弄柄。当时曾一度手握大权的夏言、徐阶等人，也不是善良之辈。在明代皇帝中，武宗极好色，除设“豹房”令四方献美女供其淫乐外，还常常带兵外出寻欢作乐，“凡车驾所至，近侍先掠良家女以充幸御，至数十车”（毛奇龄《明武宗外纪》），又“遍入寡妇、处女家，掠以出，号哭震远近”（《明史·谷大用传》）。以致他每临幸，“民间尽嫁其女，藏匿妇人”，“市肆萧然，白昼户闭”（《明武宗外纪》）。世宗不仅穷奢极欲，多次大选宫女，还想吃灵丹妙药，长生不老，于是“一时方士如陶仲文、邵元节、蓝道行辈，纷然并进，玉杯牛帛，诈妄滋兴”，或被封为真人、国师，获取高官厚位，或赐庄田、金银，享受优厚俸禄。他们出入皇宫，深入禁地，“口衔天宪，威福在手，天下士大夫靡然从风”（《明史·佞倖传》）。世宗从小崇道，天天往西苑炼丹修道，自“壬寅宫变”，几乎被宫女勒死后，自称尘外之人，移居西苑，奉玄修道，不视朝政了。而

第四十四回　法身元运逢车力，心正妖邪度脊关

道教得势，佛教即受到排斥，这些隆贵的真人、国师在《西游记》中留下了暗影。当时，以顾宪成为首的一批比较正直的知识分子，抨击朝政，力图革新，结果被杀、被囚、被贬，更兼以东厂、西厂、内厂以及锦衣卫编成的庞大的特务网，到处出没，残害无辜，有些人往往因为一言半语获罪而横遭虐杀。《西游记》中祭赛国之锦衣卫，车迟国之“四下里快手又多，缉事的又广，凭你怎么也是难脱”的情景，正是对明代社会的揭露。监禁、酷刑、苛税几乎威胁社会各阶层人的生存，那冷酷险恶的政治气流，不消说是普通的百姓，就是士林也噤若寒蝉。在这黑暗、沉滞、恐怖的时代，吴承恩亲眼看到整个社会：

> 行伍日凋，科役日增，机械日繁，奸诈之风日竞。(《赠卫侯章君履任序》)

并尖锐地指出这是“群魔出孔窍，白昼搏人繁聚啸”(《二郎搜山图歌》)的社会，这恶浊的现实“匪独天数也，人亦与有责焉”(《送郡伯古愚邵公擢山东宪副序》)。

吴承恩生活的年代，也是明朝阶级矛盾与民族矛盾异常尖锐的年代。封建统治者的暴虐，土地的兼并，赋税的加重，以及无休止的巧取豪夺，使经济破坏，天灾人祸到处出现。吴承恩生活在动荡的年代，又一直处于社会中下层，很可能结识过一些江湖豪客，耳闻目睹过一些民众奋起反抗政府的动人事迹，尽管他受封建正统思想束缚，没有公开表示过对这些“草莽英雄”的同情，如李卓吾称赞林道乾（见《焚书》卷四《因记往事》)，但在严肃的现实面前，有正义感的作家吴承恩不能不激起某种同情，甚至共鸣，这在塑造《西游记》孙悟空的形象中留下他感情的痕迹。

在社会衰败、动乱的景象中，又连年遭到外族入侵和倭寇掠抢，战火不息，民生涂炭。当时，北方有达延汗之孙俺达汗的战争威胁，东南沿海有倭寇骚扰。明朝中期蒙古瓦剌部衰落，鞑靼部兴起，达延汗统一了蒙古各部，其孙俺达汗史称“小王子”，势力更

孙行者大战妖怪

强，屡次率兵侵入内地。因为明朝边将把“诸边军粮百万，强半贿嵩”（《明史·丁汝夔传》），以致军士饥疲，边防大坏，在世宗一朝内竟出现鞑靼兵三逼京师的严重情况。在东南沿海，倭寇自14世纪就开始侵掠，因明成祖永乐年间，辽东望海涡战役中，倭寇被明总兵刘江率领的军队一举全歼（详见严以简《殊域周咨录·日本》），此后很长一段时间倭寇不敢大规模骚扰。至明世宗时，倭寇因与沿海豪强富商勾结，又猖狂起来。明朝派朱纨为浙江巡抚，兼督备倭，他逮捕了一些与倭寇有联系的地主富豪和奸商，又积极练兵，堵击倭寇，取得实效。不料触动了“闽浙大姓”的利益，受其诬陷，竟致下狱，被迫自杀（《明史·朱纨传》）。从此“罢巡视大臣不设，中外摇手，不敢言海禁事”，而倭寇更加猖獗。严嵩当政时，其义子赵文华奉命督视海防，倾陷御倭督臣张经，严嵩父子甚至私通倭寇，激起人民极大愤慨。吴承恩目睹国家多难，权奸弄柄，正直有用之士惨遭杀害，以致无力抵御外侮，遂在《重刻金陀粹编序》中痛悼民族英雄岳飞之死，唾骂“奸邪误国”之秦桧，寄托自己复杂的哀思。在《西游记》十四回之后，描写孙悟空在取经途中一再降妖除怪，恐怕也有所寄托。

思想心声

在吴承恩生活的时代，出现了王艮、李卓吾等反对封建传统守旧思想，具有初步民主思想的进步思想家，他们提倡个性解放（“造命”），反对统治者过多地干扰民众，过分地用严刑峻法和封建礼教束缚人民。这种强调个人作用，反对和命运妥协，认为人应该有改变环境的大胆思想，与吴承恩这颗不愿受世网羁勒的心产生某种共鸣，并唱出异样的歌调。社会黑暗沉滞，个人际遇坎坷，这不能不使才华横溢的吴承恩胸中激荡着悒闷的风雷，在《二郎搜山图歌》中不胜感喟道：

野夫有怀多感激，抚事临风三叹息。
胸中磨损斩邪刀，欲起平之恨无力。

这种愤激的情绪不仅在他的一些诗文中时时流露，也被他融入《西游记》的创作之中。在谈及自己的处境时，他不止一次地自嘲说：“春秋已壮，尚泣牛衣。徒夸罗鸟之符，误忝屠龙之伎。囊底新编，疏芜自叹；怀中短刺，漫灭谁投。”（《答西玄公启》）在《贺吴春洲举善障词》中，他仰天悲歌：

世涂颠倒，叹万事纠纷，更无分晓。龙杂常鱼，麟群野兽，鸾凤混同凡鸟。

他身居卑处，屡遭压抑，心情凄楚感伤，但他又傲骨天然，决不肯为改变境况“傍人门户篱落，以钓一时声誉”（李维桢《吴射阳先生选集叙》），因此“上不能鸣钟佩玉，纪竹素于麟台；下不能带索披刍，激薪歌于豹谷”，一直“处囊中”未能颖脱（《答西玄公启》）。他无情地嘲笑那些趋炎附势之徒，看透了他们的心灵卑污：

是故匍匐拜下，仰而陈词，心悸貌严，瞬息万虑，吾见臣子之于太上也，而今施之长官矣。……笑语相媚，妒异党同，避忌逢迎，恩爱尔汝，吾见婢妾之于闺门也，而今闻之丈夫矣。手谈眼语，诪张万端，蝇营鼠窥，射利如蜮，吾见驵侩之于市井也，而今布之学校矣。(《贺学博未斋陶师膺奖序》)

在恶浊的环境中他孤高自许，不随波逐流，在《对月感秋》之四中傲然述怀：

群生总如梦，独尔惊豪杰。
大笑仰青天，停杯问明月。

在《赠沙星士》中借颂这位隐士而曲笔自况：

平生不肯受人怜，喜笑悲歌气傲然。

他虽常说自己如“孤鹤野云”，愿做“尘世”的“颠仙”，其实他并不能真正超然物外，涤除尘世之念，故当他回忆起师长葛木、王凤灵对他的慰勉与期望时，不禁悲鸣：

忆昔龙溪鸣鼓钟，后有王公前葛公。
……
骏骨谁知马首龙，卑飞不免鸦嘲凤。
潞河冰尽春帆开，隔年重上黄金台。
舒颜就教恍疑梦，执笔佥凭犹自猜。
(《忆昔行赠汪云岚分教巴陵》)

从上述诗文中不难看出，这位“艺则须高天下人”(《后围棋歌赠小李》）的大作家，是位极有理想抱负的人。吴承恩多么渴望自己能像“八百开周，三千定殷”（《太公赞》）的姜尚那样匡世济时，大展宏图，可惜他生逢昏暗之世，又遇昏庸之君，更无人拔擢，再加上周遭是恐怖杀伐气流，于是他只好将满怀悲怨放浪于诗酒之中，以寻求精神上的麻醉和解脱。在百无聊赖的苦闷生活中，这个曾为几个世纪人不断创新，不断丰富的题材——西天取经故事，遂与他的心境沟通，产生了某种共鸣，使他将满腔悲恨，毕生理想，凭借着“善谐谑”（天启《淮安府志》卷十六《人物志》二）的本领，把自己卓越才华和一生心血倾注到《西游记》创作之中，用这神话传说的奇幻酒杯，寄托自己的襟抱，一浇胸中块垒，正如他幼年时绘画的天鹅，传说中的天鹅，在临终前唱的一曲美丽而悒怨的歌。

姜太公像

《西游记》与中国古代的灵石传说结下甚深的情缘，小说中第一主角齐天大圣孙悟空就是从灵石中产生的。

《西游记》第一回“灵根育孕源流出，心性修持大道生”即开篇明义描写道：

这部书单表东胜神洲。海外有一国土，名曰傲来国。国近大海，海中有一座名山，唤为花果山。……那座山正当顶上，有一块仙石。其石有三丈六尺五寸高，有二丈四尺围圆。三丈六尺五寸高，按周天三百六十五度；二丈四尺围圆，按政历二十四气。上有九窍八孔，按九宫八卦。……盖自开辟以来，每受天真地秀，日精月华，感之既久，遂有灵通之意。内育仙胞，一日迸裂，产一石卵，似圆球样大。因见风，化作一个石猴。五官俱备，四肢皆全。便就学爬学走，拜了四方。目运两道金光，射冲斗府。

由此可知，孙大圣是从上古时一块按照阴阳八卦、九宫和周天三百六十五度、二十四节气所置，又受天地之精华而蕴育的仙石生出来的，是仙石的子孙，是得天独厚的，是深受古代灵石传说的影响而被塑造出来的。

有关灵石的传说源于远古时代，是“图腾崇拜”的一种遗痕。“图腾”系印第安语，意为“他的亲族”。远古人对大自然有依赖感和神秘感，认为自然界存在一种神秘的力量，支配着我们的生活，于是就把它奉为神灵祭拜与祈祷，并进而认为其中某一种为氏族的保护者和象征，尊奉为本氏族的“图腾”。其对象有动物、植物、无生物，甚至男女生殖器等，凡是与人类生活直接相关的自然物和自然力都可成为“图腾”。

汉·刘安的《淮南子·览冥训》中记载了远古时代的灵石传说：

往古之时，四极废，九州裂，天不兼覆，地不周载……于是女娲炼五色石以补苍天，断鳌足以立四极，杀黑龙以济冀州，积芦灰以止淫水。

关于女娲炼石补天的故事，可能是远古时代最早的灵石传说。早期出现的灵石传说大多与女娲氏有直接或间接关系，如汉代的《遁甲开山图》记载：

古有大禹，女娲十九代孙，寿三百六十岁，入九嶷山，得仙飞去。后三千六百岁，尧理天下，洪水既甚，人民垫溺，大禹念之，乃化生石纽山泉。女狄暮汲水，得石子如珠，爱而吞之，有娠，孕十四月生子。及长，能知泉源，代父鲧理洪水。尧帝知其功，如大禹知水源，乃赐号曰“禹”。

这里传说颇奇，好像极远极远的古代先有位叫大禹的古仙人，是女娲的十九代孙子，他后来化身为石子，被女狄吞之怀孕而生。不仅禹是灵石而生，连他的儿子启也是灵石而生，在战国时成书的《随巢子》记载：

> 禹娶涂山，治鸿水，通轘辕山，化为熊。涂山氏见之，惭而去，至嵩高山下化为石。禹曰："归我子！"石破北方而生启。

大禹和启都从灵石中产生，又都属于女娲氏之血系。《西游记》中孙悟空的原型是大禹治水时降伏的涡水神猿无支祁，孙悟空入龙宫取宝得到的"如意金箍棒"是大禹治水时的定海神珍铁。由此可知，孙悟空与大禹有关系，与女娲也间接有关系。

女娲除了炼石补天外，还创造人，据汉代应劭《风俗通》记载：

> 俗说天地开辟，未有人民，女娲抟黄土作人，剧务，力不暇供，乃引绳于泥中，举以为人。女娲祷祠神，祈而为女媒，因置昏姻。以其载媒，是以后世有国，是祀为皋禖之神。

龙王见悟空赐兵器

此中“载媒”，即指担当媒妁之任务，“皋禖之神”即高禖、郊禖之神。远古时代建立媒神的祠庙于郊野处，故名曰郊禖，也被尊称为高禖、皋禖。由此可知，女娲氏不仅创造了人类，创建了国家，这位远古传说中的伟大母亲还亲自负担主管人间媒妁的任务，因而后世创建国家的君主奉祀女娲氏为婚姻之神。正因为如此，人们才把治水的大禹王说成是她的子孙，而我国古代第一个朝代夏朝的开国之君夏启，也是她老人家的后代。

我国远古时代，除了女娲氏炼石补天，女狄吞石珠生禹，涂山氏化石生启之外，还有蚩尤铜头铁额“食铁石”，简狄吞玄鸟卵生契，这实际上是灵石的变种。胡厚宣《甲骨文商族鸟图腾的遗迹》、陈梦家《商代的神话与巫术》、傅斯年《夷夏东西说》之中都谈到商代以鸟为图腾事，故《史记·殷本纪》载简狄吞玄鸟卵“因孕生契”。后来又衍出巫山神女石、乞子石、云南大理一带传说的望夫石，以及五代时第一猛士李存孝的父亲是石人的新传说。唐代袁郊传奇小说《甘泽谣·圆观》中，描写高僧圆观与李源为友，路遇一妇人，知是自己来生托身之所，极为悲戚，遂约十二年后中秋月夜与李源在杭州天竺寺外相会。不久，“圆观亡”。十二年后李源如期赴约，见一牧童歌《竹枝词》:“三生石上旧精魂，赏月吟风不要论。惭愧情人远相访，此身虽异性长存。”边唱边去了。在这许许多多动人的神话传说背后，横亘着我国远古时代人对灵石崇拜的一种严肃的礼俗。

我国古代人非常重视种族、家族的生殖繁衍，所以才有重视生殖的礼俗即禖祀。这正如《风俗通》所说的，“后世有国，是祀为皋禖之神”。它实际上是一个国家、一个民族、一个家族昌盛的标志，所以古人对此极为重视。据传说高禖之宝用石，其石为生殖石，其形状是生殖器的象征。因之，古代才有先妣、神女吞石生子，或化石生子的传说，民间有得石生子的俚俗民风。值得一提的是，俄国19世纪大诗人普希金在诗剧《石客》中，也描写了一位石人，看来中外都有关于石人的传说。在十几年前我曾到承德览胜，见到一处被称作棒槌石或棒槌峰的景物，其状远远观去类似生殖器，我推想它大概就是古代灵石传说留下来的重要遗迹。

在明代采用灵石传说写长篇小说除《西游记》外，还有许仲琳《封神演义》（一说陆西星撰）和罗贯中、冯梦龙《平妖传》（原名作《北宋三遂平妖传》）。在《封神演义》第十三回“太乙真人收石矶”中，描写陈塘关总兵李靖之三子哪吒，至关中玩耍，见到轩辕黄帝大破蚩尤时留下的乾坤弓、震天箭，一时兴起射了一箭，不料将骷髅山白骨洞石矶娘娘的门人碧云童子射死，石矶娘娘追查元凶，与哪吒动手，哪吒不敌便逃至乾元山金光洞求师父太乙真人保护。太乙真人与石矶娘娘交手，太乙真人用九龙神火罩将石矶罩住，用三昧神火烧炼石矶：

> 一声雷响，把娘娘真形炼出，乃是一块顽石。此石生于天地玄黄之外，经过地、水、火、风，炼成精灵；今日天数已定，合于此地而死，故现其真形。

太乙真人伏石矶

这位石矶娘娘竟是在天地还未开辟时的一块灵石所变，不仅修炼成人形，而且道行颇深。在《平妖传》第七回“杨巡检迎经逢圣姑，慈长老汲水得异蛋”中，描写泗州迎晖山迎晖寺中的慈云长老，一天在寺前潭中汲水，发现一个类似鹅卵的东西，便送给东邻朱家，放在鸡窠里，不料七日后生出一个六七寸长的小孩。朱家认为是怪物，就做了个小棺木深埋了。慈云长老不忍，就往埋小孩子的菜园子察看，见小孩子已分开泥土钻将出来，便把这小孩锁在园中。过了十来日开锁一看，原先仅有核桃般大小的孩子已变作二尺长了，心中犹豫不定，便在观音堂抽了根灵签，得“上吉”，于是就收养了他。后来这小孩长大出家，人称蛋子和尚。他三次往云梦山盗得白猿公看守的一卷天书，修成一百零八样变化，神通广大。他化名诸葛遂智，投奔文彦博军中，与马遂、李遂助文彦博，终于攻破了贝州王则、永儿的暴乱，而“蛋子和尚已证菩萨正果”。

在清代出现一部深受古代灵石传说之影响，又在《西游记》创作构思启示下产生的伟大小说，那就是曹雪芹的《红楼梦》。在《红楼梦》第一回“甄士隐梦幻识通灵，贾雨村风尘怀闺秀”中，描写道：

> 原来女娲氏炼石补天之时，于大荒山无稽崖炼成高经十二丈，方经二十四丈顽石三万六千五百零一块。娲皇氏只用了三万六千五百块，只单单剩下一块未用，便弃在此山青埂峰下。谁知此石自经煅炼之后，灵气已通，因见众石俱得补天，独自己无材不堪入选，遂自怨自叹，日夜悲号惭愧。

一天正当这灵石“嗟悼之际”，忽然来了一僧一道，他们先向灵石讲述“云山雾海神仙玄幻之事，后便说到红尘中荣华富贵”，灵石心动，遂想至人间享受一番“荣华富贵”的生活。这块通灵仙石，与大禹、启和孙悟空一样，也与女娲氏有缘，可见是一脉相承的。那僧人见灵石动了凡念，就大展幻术：

> 将一块大石登时变成一块鲜明莹洁的美玉，且又缩成扇坠大小的可佩可拿。

那僧将这块玉托于掌上，携至“温柔富贵乡去安身乐业”。后

《红楼梦》一僧一道

来，又不知过了几世几劫，有位空空道人路过大荒山无稽岸青埂峰见到这块灵石，上面字迹分明，编述了灵石蒙茫茫大士、渺渺真人幻形入尘世所经历的“离合悲欢炎凉的一段故事”，即展开了《红楼梦》这部巨作的真实社会内容。小说中男主人公贾宝玉就是这块灵石入世化身的，他从“一落胎胞”，嘴里便含着块美玉，上刻许多字迹，故取名宝玉。他颈上用一根五色丝系着这块与生俱来的美玉就是他的命根子，他一生的际遇都与这块神秘通灵玉石有关。他的婚姻必须是“金玉良缘”，而不是“木石前盟”的夙愿。正因“金玉相对”之说，才使贾宝玉与林黛玉之间产生种种复杂的情感纠葛，给双方内心深处带来极大悲苦，以致贾宝玉两次愤然摔玉、砸玉。贾宝玉后来被人魇魔法所治，也因玉石为“声色货利所迷”，“不灵验”之故。对贾宝玉来说，丢玉、还玉，就是他尘缘已尽的可怕征兆。正如第一二〇回“甄士隐详说太虚情，贾雨村归结红楼梦”中云：

宝玉，即宝玉也。那年荣宁查抄之前，钗黛分离之日，此玉早已离世。一为避祸，二为撮合。从此夙缘一了，形质归一。又复稍示神灵，高魁贵子，方显得此玉那天奇地灵煅炼之宝，非凡间可比。前经茫茫大士、渺渺真人携带下凡，如今尘缘已满，仍是此二人携归本处，这便是宝玉的下落。

小说以灵石开篇，中间又以灵石联缀许多悲欢离合、动人心魄的故事，最后再以灵石归去作结，故原名作《石头记》。《红楼梦》不仅全书故事结构与古代灵石传说有关，还多次提到《西游记》中故事人物，这大概因为两部小说的主人公都是从灵石中产生的。《红楼梦》第三十九回“村姥姥是信口开合，情哥哥偏寻根究底”中李纨云：

我成日家和人说笑，有个唐僧取经，就有个白马来驮他。

即指《西游记》中玉龙三太子化成白马驮唐僧西天取经的故事。第十九回“情切切良宵花解语，意绵绵静日玉生香”中，贾宝玉到贾珍处看戏，上演了《孙行者大闹天宫》戏文。第二十二回“听曲文宝玉悟禅机，制灯谜贾政悲谶语”中，贾母让宝钗点戏，宝钗推让一遍，点的一折也是《西游记》。第五十四回“史太君破陈腐旧套，王熙凤效戏彩斑衣”中，贾母还编造了孙行者见阎王，以及喝了孙行者尿便能“伶俐嘴乖”的新故事。《红楼梦》自灵石开篇，显然受惠于《西游记》的启示，又在小说中多次谈及西游取经故事、戏曲，这既表示出彼此的血缘关系，也流露出曹雪芹对《西游记》的景仰之情。

此外，在明清两代还有两部短篇小说集与灵石有关。一是明代天

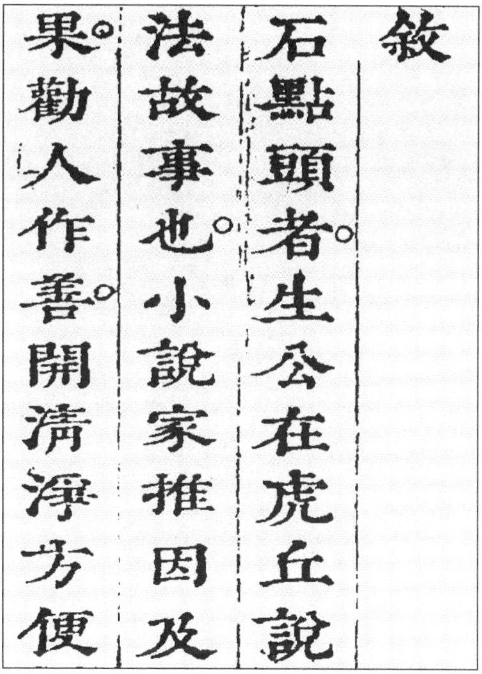
敘
石點頭者。生公在虎丘說
法故事也。小說家推因及
果。勸人作善。開清淨方便

叶敬池刊《石点头》叙

然痴叟《石点头》，取东晋时竺道生“生公说法，顽石点头”的传说为书名；二是清代东鲁古狂生《醉醒石》，借用唐代宰相李德裕花园有块石能使醉人清醒的典故为书名。这两部短篇小说集虽不是真写有关灵石传说的人物故事，但也借鉴顽石有灵之说，仍与远古灵石之传说有些因缘。

综上所述可知，我国远古时代的灵石传说是与女娲氏开天辟地、创造人类的传说同时产生的，不仅涉及正史、野史，更影响到小说创作，其影响之大之广，值得后人从多方面探索。

巫术用现代人的眼光把它当成一种准宗教现象，源于人类的原始社会，或更荒远的古代人群中。它是自发形成、完善的，是人类与生俱来幻想依靠一种超自然的神秘力量，对客观事物强加控制和影响的原始思维方式的产物。

在人类荒古时期的原始初民，科学与巫术同时产生在他们的思维中。当他们开始认识到自然规律的客观必然性时，便把握和利用这些规律以达到自己的目的，他们不再做客观世界的奴隶，而变为它的主人，并在生产实践中逐渐提高自己的科学水平，推进人类的文明与进步。当他们不能掌握自然规律的客观必然性时，他们就幻想客观世界是可以用自己超凡的意志去随意改变、控制和影响的，这便产生了巫术，或形成了产生巫术的土壤。英国学者乔治·汤姆逊《论诗歌源流》中认为："巫术可能解释为补足实在技术之不足的幻想技术，或者，更确切地说，这是主观状态中的实在技术。”实际上，原始人的世界就是一个巫术的世界，巫术统治着一个个部落中的人群，最初的巫师就是氏族部落的酋长。部落中任何重大的事情，都必须依靠巫术来决定取舍。

巫术是人类最原始、最幼稚，同时又是一种最自信与实用的欲求。英国学者马林诺夫斯基《巫术科学宗教与神话》中认为，“巫术是实用的技术，所有的行动只是达到目的的手段”，“是原始人对于客观界的实用态度最重要、最神秘的方面”。巫术是按照原始初民的思维方法，驱使一种神秘的超自然的力量，获得令人无法理解的巫术效果，它是功利主义的需求，目的是趋吉避害。

巫术从性质上可分为两大类：凡是危害他人的称黑巫术，凡是保护自己的称吉巫术。从施巫的方式、方法上可分三大类，即接触巫术、非接触巫术、媒介巫术，又可统称为交感巫术。施巫还需要具备以下五个条件：首先要有巫师，必须是有师承的，代代相传的，本身具有控制超自然神秘力量的人，能交通鬼神的人，也就是说对巫术有修养的人。其次精通咒语，而且要准确无误，否则就不灵了。第三施巫仪式，要庄严肃穆，有气氛，有严格要求。第四禁忌、律令必须严格遵守，不能有一丝一毫差错。第五法器、象征性物品。法器指具有魔力的器物，如瓶子、刀剑和避邪物等；象征性物品，如水、香花、毒草、药剂、泥人、图像等。巫术遵循对超自然神秘力量的控制、应用和转让，以及“同能致同”的原则。在施巫时，巫师将主观奔放的幻想和客观实际的生动的模仿有机结合在一起，进行情绪表演、感情宣泄，有时还要借助法器，有时借助象征性物品，以达到现实功利主义的希求。

巫术对于人类的历史、文化、政治、宗教、科学都产生深远的影响。我国古代从事巫这种职业的人，“男曰觋”“女曰巫”。“巫”中又分两类，即巫和祝。巫能将神的意旨通过卜筮、龟策诸术传达于人；祝又称巫祝、巫史，能将人们所祈祷的愿望转告给鬼神。在上古时代列国会盟，质于神明，这项工作也由祝掌管，祝因主撰祝辞，指导祭礼，故而称祝史，专负责文史的记载，早期人类历史就是通过祝史被保存和流传下来，而最初的史官也是从祝史中分出来的。因为在远古时代是巫统治时代，某部落、氏族凡重大政治、军事活动都要通过巫来决定取舍。随着社会的进化，巫的地位逐渐下落，但仍占有一定的地位。从殷商甲骨文和《尚书·洪范》中记载，国王有军国大事都问卜。此外，如渔猎、农业、婚姻、疾病、死亡都要卜筮。巫术对文学艺术产生深刻影响，如屈原《九歌》就是受巫歌影响而产生的，而傩戏正是古代巫舞的遗痕。我国的道教在产生时，就吸收了原始初民的思维方法，施巫的咒语、仪式、法器、禁忌、律令等，并加以改造和发展。道教中驱鬼避邪、降妖治病、呼风唤雨等道术，分明就是出于巫门。佛教从创建之初就吸收了古天竺的巫术，后来出现的密宗中许多危害他人之法，便是纯正黑巫术。如《苏悉地羯罗经》所载“阿毗遮噜迦”法式，用毒药诸粪芥子及盐作成仇人形，一片片用刀子割下来烧掉，或左足踏仇人形心上，割碎片烧，或用杖鞭打，或用皂荚刺遍打仇人形全身。又如得钱财，乞别人物法，七日中取古淄草茎长六指、一千八段，一一火烧并念陀罗尼咒，如不见效，可于初八日或十五日，牛粪涂地，设饮食花果，烧安息香，取白线一条，念陀罗尼咒，一遍一结，作四十九结，就将所有障碍鬼神缚住。不仅道、释受巫

甲骨文

《山海经》巫咸、巫彭等十巫

之影响，儒教也如此，如汉代头号大儒董仲舒在把孔子儒家学说神圣化、宗教化的过程中就吸收了远古的巫术，《春秋繁露》中祈雨、止雨、祭祀等方术便是巫术之变形。

外国学者一般称巫术为“伪科学”，这种说法并不十分准确。其实巫与科学是有一定关系的。早期的巫师有多项职能，主要为降神、预言、解梦、祈雨、医病、占星。古时对巫信仰极深，名巫死后被崇拜为神，一直到明代仍有此遗风，如宋代福建莆田女巫林默死后成天妃娘娘、妈祖；明代广东番禺金花娘娘，至今在福建、广东、浙江一带还有影响。巫的占星术，对天文学有重大贡献。医的繁体字作“醫”，在远古时作“毉”，显然是巫术之一种，如《山海经》中巫咸、巫彭就是名医。隋末唐初药王孙思邈《千金翼方》中咒禁内容还残留着远古巫术的遗痕。而古代方士寻求不死药和炼丹术，就依靠巫术中神秘能量转换的原理，后来被道教丹鼎派继承并发扬，在矿物学、化学、医学等方面作出卓越贡献。在世界科技史上，最早发明火药的是中国炼丹道士，记录火药配方的最早文献是孙思邈的《丹经内伏硫黄法》。由此看来，孙思邈不仅是药王爷，还是火神爷。在古代社会中，人类因为无法把握自身，无法掌握客观世界，于是便在原始思维和观念下探索人生的出路。巫术粗糙朦胧的、充满主观臆想的法则或意识，可能在一定程度上解决了初民的一些困惑，遂使人代代相传，深信不疑。又因为巫术中有些方法用于天文、地理、医学、农业等方面，有时与科学接轨，于是巫术成为沟通古代生活、古代科学与近代生活、近代科学的桥梁，不能用简单的方式予以否定。

《西游记》贯穿全书在交替使用着不同的巫术，有的是纯正巫术，有的是佛教、道教改造后的巫术。

黑巫术中最常用的方式为“接触巫术”，它的方法是让超自然神秘力量的产生和携带者与巫术指向的客观物体接近、接触而发挥巫力。巫术的携带者可以是人，也可以是没有灵魂的邪物、避邪物、法器。施巫的方式方法是多样的，但又有一个共同点，即要与受巫的客体接近、接触，所以称这种巫术为“接触巫术”。小说中孙悟空由花果山正当顶上一块“有九窍八孔，按九宫八卦”的“仙石”，“自开辟以来，每受天真地秀，日精月华”，“遂有灵通之意，内育仙胎”，一日迸裂产生“石卵”，风化作一“石猴”，显然具有从“日精月华”中转化过来的神秘力量，所以他一出世便学爬学走，“目运两道金光，射冲斗府”。他为“跳出轮回网”，学“不老长生”术，拜在须菩提祖师门下。学会“七十二般变化”“筋斗云”，而且连浑身毫毛都能随意变化。后来他入龙宫得到大禹治水时定海的“神珍铁”，即“如意金箍棒”，大如铁柱，小如绣花针，可以藏在“耳朵里”。这种超自然的神秘功力和法器，就是巫术。大禹很可能是远古时的大巫师，他因“病偏枯，足不相过，至今巫称禹步是也”(《帝王世纪》)，扬雄《法言》中也称“巫步多禹”。禹步不仅为巫术之一，也是道教仪礼之一，尤其为其召役神灵时道士必须之“行法”。而孙悟空的金箍棒是昔年大禹留下镇江海之法器，自然有一种神秘莫测的威力了。如来佛曾赐观音菩萨三个圈，三种咒语，更是明显的巫术，其中紧箍、禁箍、金箍，先后套在悟空、黑熊精、红孩儿的头上，观音菩萨诵三种不同咒语，使三人都头疼难忍，满地乱滚，死心塌地皈依佛门。此三箍是接触巫术，而咒语就属于“非接触巫术”了，施巫时并非单纯一种。小说中神、佛、道、魔的法宝因具有超自然神秘力量，都能危害他人。

太上老君的“金刚琢”就多次危害过悟空，第一次是打中悟空天灵盖上，悟空跌了一跤，又被细犬咬住，因而被擒。后来悟空遇金峣洞青牛精，他偷了老君“金刚琢”，并用此宝收了悟空金箍棒。悟空盗回了金箍棒后，又与天王等人大战青牛精，不料他又用“金刚琢”套走了诸人的兵器，最后请来太上老君才将此怪制服。弥勒佛的黄眉童子，假设小雷音，用后天“人种袋”把悟空与诸天神装入。悟空显神通救诸天神脱身，又请真武手下龟、蛇二将并五大神龙，又被黄眉童子用袋子收入。最后由弥勒佛出面才收服此怪。显然“金刚琢”“人种袋”都是具有超自然神秘力的法器。此外，如铁扇公主的芭蕉扇，灵吉菩萨的定风丹、飞龙杖，银角大王的幌金绳，赛太岁的紫金铃等，也都是神秘的法器。在“接触巫术”中还强调超自然神秘力量转换的法则。在西天取经的路上，唐僧之所以历尽磨难，就因为他是如来佛祖的二弟子金蝉子，又是“十世修行的好人”，而且元阳未泄，所以他的肉身每一处都具有神秘的力量，男性妖怪要“吃他一块肉延寿长生”，女性妖精要盗取他的“元阳”，因为他的“真阳为至宝”。此外，王母娘娘的“蟠桃”吃了可使人成仙，长生不老。镇元子的“人参果”，吃一个可活四万七千年。而太上老君

星宿天将战黄眉大王

的金丹，也有这种功效。悟空吃了他五葫芦“九转金丹”，又“吃了蟠桃，饮了御酒”，所以老君要将悟空“放在八卦炉中，以文武火煅炼”，使悟空成灰烬，炼出丹来，这丹就会更具神秘力量。

黑巫术中还有一种“媒介巫术”，依据“部分代表整体”和“同能致同”的法则，认为取某人头发、指甲、衣物、足迹，都可施巫法而危害某人。另外，以某人的泥人、蜡像、图像，甚至呼唤名字都可以施巫法。这种巫术也可称做“交感巫术”。小说中平顶山莲花洞金角大王派人画了唐僧师徒图形，后来“八戒看见，大惊道：‘怪道这些时没精神哩！原来是他把我的影神传将来也。’”银角大王用红葫芦法宝“底儿朝天，口儿朝地”，悟空虽改称叫“者行孙”，但银角呼此名时悟空“忍不住，应了他一声”，仍“被他吸进葫芦里”。“原来那宝贝，那管甚么名字真假，但绰个应的气儿，就装了去也”，显然是巫术。

巫术在原始社会还反映出对灵魂的崇拜，认为灵魂也是有生命力的，可以分离的，是另一个“他自己”，是可以永存的生命实体，并具有超人的神秘的力量，可以降祸福于人。小说中悟空被勾魂使者拘入阴曹地府，陈光蕊遇害后鬼魂在水府存身十八年，唐太宗魂游地府，刘泉地府献瓜，李翠莲借尸还魂，乌鸡国王在琉璃井下三年后还阳，寇员外鬼魂入地府后被悟空追还，凌云渡乘无底船时漂出的尸身是唐僧凡胎，这许多离奇的情节，都是在描述鬼魂是具有超人神秘力量的实体。灵魂崇拜是与对灵魂恐惧和取媚相关联的。如唐太宗入地府鬼门关后，遇见建成、元吉揪打索命，在枉死城中又有无数冤魂找他算账，所以他还阳后十分恐惧，作一场“水陆大会”，“超度那无主的孤魂”，又派刘泉服毒而死，入地府献瓜。再如悟空诛杀了一伙草寇，唐僧怕鬼魂缠身，就撮土焚香祷告，洗刷自己干系，“他姓孙，我姓陈，各居异姓。冤有头，债有主，切莫告我取经僧人”。悟空闻言不悦，用铁棒在坟上捣了三下，威吓道：“遭瘟的强盗，你听着”，“尽你到那里去告，我老孙实是不怕”。虽然悟空不惧鬼魂缠住，还是相信有灵魂的。

吉巫术是一种自我保护的方法，驱邪除灾，往往携带具有神秘

味潜斋石印本《新说西游记图像》　唐太宗

力量的护身符、避邪物、防身咒等。小说中观音菩萨“将杨柳叶儿，摘下三个”，“变做三根救命的毫毛”，灵吉菩萨赠悟空的定风丹等，便是具有神秘力量的驱邪除灾护身之物。在唐僧被玄英洞辟寒大王、辟暑大王、辟尘大王摄去后，悟空上山寻找，见年月日时四值功曹赶着三只羊，悟空问其原由，功曹说“设此三羊，以应开泰之言，唤做‘三羊开泰’，破解你师之否塞也”。巫术中还有一个法则，即相互破解之法，能系铃也能解铃，没有绝对的东西，小说中“三羊开泰”就属解困之法，属吉巫术之范围。巫术中施巫与解巫，实际上是双方用巫术进行较量。小说中悟空与二郎神赌斗变化，是双方进行巫术较量。后来在车迟国，悟空与虎力大仙、鹿力大仙、羊力大仙斗法，祈雨、猜物、砍头、剖腹涤肠、下油锅，都是巫术中超自然神秘力量的控制与较量方式。

巫术文化意味着主观的异化与客观的神化，它幻想控制住某种现象以补救理智经验之困乏，它始终是功利主义的追求。巫术信仰是与人类深切的需求、人类的恐惧与希望、人类的热情与情操，即人类的谋生目的、自信与对极限的探求有密切关系，所以不能简单地用形式逻辑对与错、是与否下结论，而必须以辩证的唯物的观点，以客观的历史的观点来认真对待它、分析它。尤其是在远古的巫术中，有时含有古人对自然科学“先知”性的探索，浓缩了人类祖先集体智慧的结晶，应予以足够重视。

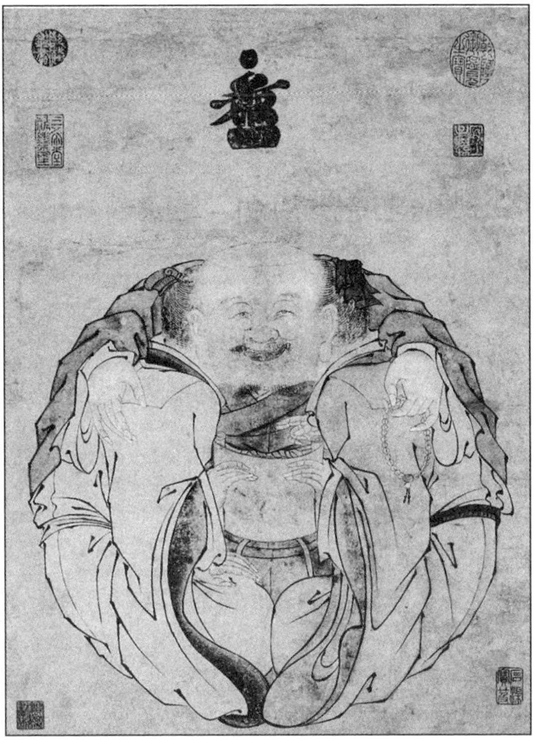

《西游记》小说从题材上看，显然是弘扬佛教的，它的主线就是唐僧师徒西天取经，修成正果，与佛教紧密相关。从故事情节看，对道教贬词较多，不仅取经途中车迟国、比丘国、朱紫国、灭法国等的国王，都受到化装成道士的妖魔蛊惑，而且还有不少妖魔也以道士的面目出现，如平顶山莲花洞金角大王、银角大王，乌鸡国假国王青毛狮子精、黄花观百眼魔君、解阳山聚仙庵如意真君等无不如此。其实吴承恩在宗教上并无偏私，对佛教也不乏微词，不仅对佛教教义每有诙讽，甚至对佛门圣地灵山、佛门祖师如来都有所批判。吴承恩对佛教、道教的批判之语，甚至愤激之语，实际上是对当时社会现实有感而发，借题发挥。吴承恩本人虽以儒为主体，又兼受佛、道二家之影响，即以儒治世，以佛治心，以道治身的“三教合流”思想，故在《西游记》中一再表示要持论公允，不能偏颇。

儒、道、释三家，自汉代就发生摩擦，道教因与儒家同出于本土，本就有不少共同的东西，故较早就有“同流”之况。佛教因是从古天竺传入，其中对忠、孝的漠视令儒门不能容忍，故多次出现大的争端。佛教最初不以为然，甚至造出些伪经抗衡，但后来知道儒家之说乃中国之本体，不可摇撼，遂一改古天竺之旧说，也走上“同流”之途以自存而求发展。道、释二家自汉代起，一直到清代，斗争都没有停息，在六朝时，在唐代和元初，还发生过最激烈的斗争。但是，在长期的斗争中，也逐渐形成“合一”的倾向，隋唐的文中子王通就是这方面杰出的代表，而宋金时全真教的创始人王嚞则表现得更明显。王嚞创教之初就冠以“三教”二字，在诗文中多次指出：“儒门释户道相通，三教从来一祖风。”他的大弟子马钰在诗文中劝僧道合同，不要互相诽谤：“虽有儒生为益友，不成三教不团圆。”他的另一高足弟子丘处机也说：“儒释道源三教祖，由来千圣古今同。”王嚞还提倡教徒除读《道德经》外，还读儒家《孝经》，佛教《般若心经》(《西游记》讹为《多心经》)。这种三教同流的思想发展到明代较为通融，所以出现了在元人《画像搜神广记》基础上编成的《三教源流搜神大全》，使儒、道、释之间不再互相排斥，而是“合一”

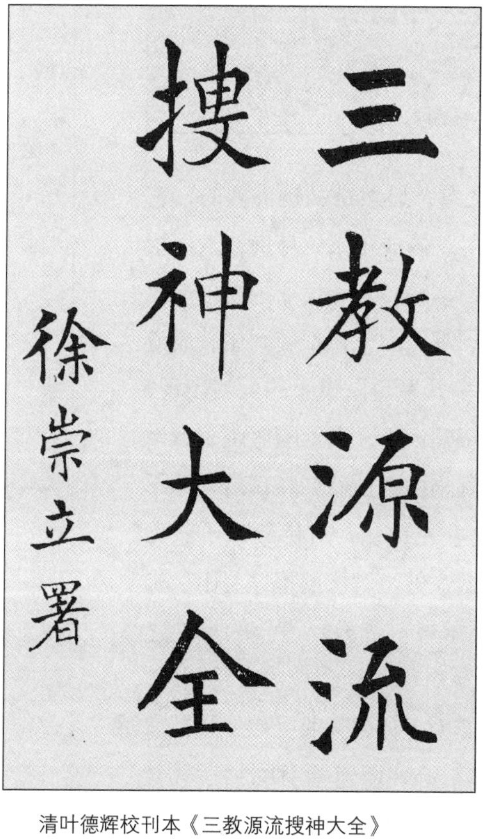

清叶德辉校刊本《三教源流搜神大全》

并携手共进了。吴承恩因生活在三教合流思想较为通融的时代，所以受其影响是很自然的事了。

《西游记》中孙悟空的第一位师父须菩提祖师就是“三教合一”的庄严体。须菩提是释迦牟尼即如来佛的十大弟子之一。须菩提亦音译作须浮帝、苏部底、须扶提，意译作善见、空生、善观、善吉。须菩提是憍萨罗国舍卫城人，家中很富有。传说在尊者出生的那一天，家中财宝、用具忽然消失了，家人大惊，就请相师来说究竟。相师认为这是件喜事，家生贵子故室内财宝一时皆空，这象征他是解空第一人，故可取名空生，而且认为这是大吉大利的事，又为尊者取名善吉。相师的话安定了家人的心，三天之后家中财宝、用具又恢复了原状。尊者从小不愿做金钱的奴隶，乐施好善，后来出家投身佛门。过去僧人每日托钵乞食，遵佛陀法制，次第行乞，一个个，一排排，无论人家施舍与否，必需经过，而须菩提不依此法，一离精舍就与同门分道而行，他一人威仪齐整，乞富不乞贫，为此遭同门反对。他却义正词严回答，我乞富不为美味珍肴，如果好吃，我家中富有也不要出家学道了。穷苦人家，自己生计艰难，我们不去救济他们，再去乞食增加他们负担这不合适。此外，他对“无常”“空”“般若”学理解精深，又是以悟性迎接佛陀的第一人。在佛学中，尤其是大乘佛学中，以般若为中心，对般若最好的解释，就是觉知“空”的智慧，须菩提因精于此道，被佛陀称为“解空第一”。事见《增一阿含经》《百缘经·须菩提恶性缘》《法华经文句》《摩诃止观》等。而对我国影响甚大的《金刚般若波罗蜜经》(《大般若经》第577卷）就是佛对须菩提提出的27个问题加以解答。须菩提尊者在小说中称须菩提祖师，显然又带有道教的味道了。他住在灵台方寸山斜月三星洞，“灵台”“方寸”都是“心”的另名，“斜月三星”是“心”字的形状，佛教禅宗强调以心传心，不立文字，认为人人心中都有觉性，只要明心见性，便可顿悟成佛，可见祖师修行之处又有佛味了。而这位祖师作了一首《满庭芳》，并谱成曲子教附近樵夫唱，曲中又教人“静坐讲《黄庭》”，即《黄庭内景玉经》《黄庭外景玉经》，这是一种以命功修炼为基础的性命双修、炼养结合的养生之法，显然又是道教中人，故樵夫称祖师为“神仙”。悟空寻找到古洞，随童子入洞天，见“菩提祖师端坐在台上”，两旁有三十个小仙侍立台下。果然是：

> 大觉金仙没垢姿，西方妙相祖菩提。
> 不生不灭三三行，全气全神万万慈。
> 空寂自然随变化，真如本性任为之。
> 与天同寿庄严体，历劫明心大法师。

诗中描写的这位祖师，亦佛亦道，已呈“同流”之势。祖师收悟空于门下，问其姓氏根源后，给悟空起姓名：

> 你身躯虽是鄙陋，却像个食松果的猢狲。……狲字去了兽傍，乃是个子系。子者，儿男也；系者，婴细也。正合婴儿之本论。教你姓“孙”罢。
>
> 祖师道：“……排到你，正当‘悟’字。与你起个法名叫做“孙悟空”，好么？

第二回　悟彻菩提真妙理，断魔归本合元神

起姓孙，“正合婴儿之本论”，这是道家之论，而取名“悟空”，又分明是佛教之观念。须菩提因对“解空”之理领悟最深，故为孙猴子取名“悟空”是非常合适的。

悟空“在洞中不觉六七年”，一日祖师开

讲大道后，问悟空想学什么，并举了“术字门”“流字门”“静字门”“动字门”中内容：

“术”字门中，乃是些请仙扶鸾，问卜揲蓍，能知趋吉避凶之理。

“流”字门中，乃是儒家、释家、道家、阴阳家、墨家、医家，或看经，或念佛，并朝真降圣之类。

“静”字门中，此是休粮守谷，清静无为，参禅打坐，戒语持斋，或睡功，或立功，并入定坐关之类。

“动”字门中，此是有为有作，采阴补阳，攀弓踏弩，摩脐过气，用方炮制，烧茅打鼎，进红铅，炼秋石，并服妇乳之类。

综上所述，“术字门”乃术数学中求神问卜之术，“流字门”乃兼容诸家之杂学，“静字门”乃将道教修炼内丹之法与释门禅功、戒、斋合为一炉之法，“动字门”乃道教炼外丹之方。足见这位祖师既不是正统的佛教中人，也不是纯正的道教徒，他不仅是“三教合一”庄严体，而且还是兼通三教九流的大杂家。除此之外，这位

悟空化大松惊众人

祖师还涉世极深，知道世道的险恶、人情浇薄，以及全身之策。悟空在修成大法后，一次不慎，受师兄弟所激，在人前“卖弄手段”，惊动了祖师，祖师大怒将悟空逐出师门。在临别之前，祖师语重心长道：

悟空，过来！我问你弄甚么精神，变甚么松树？这个工夫，可好在人前卖弄？假如你见别人有，不要求他；别人见你有，必然求你。你若畏祸，却要传他；若不传他，必然加害，你之性命又不可保。

你快回去，全你性命；若在此间，断然不可！

悟空感念师父“厚恩未报”，不愿离去，但因祖师态度坚决，悟空“只得拜辞”。祖师在分手时又一再叮嘱：“你这去，定生不良，凭你怎么惹祸行凶，却不许说是我的徒弟。”悟空从此“不敢提起师父一字”，而且从此一别师徒再未会面。所以悟空后来大闹天宫，惹了大祸也没有“牵带”祖师，而这位祖师在小说中就此隐而不显了。悟空就是在这门庭里，打下了坚实的人生基础，明白了世道人情，学会了许许多多本领，成为神通广大、机智勇敢的齐天大圣了。

正因为悟空也成了大杂家，不专门宗哪一门，哪一派，所以在他一反天庭被封为齐天大圣，住在天宫里“齐天府”后，闲时节会友游宫，交朋结友，他与“三清”“四帝”“九曜星”“五方将”“二十八宿”“四大天王”和“普天星相，河汉群神”都关系甚好，大多以“弟兄相待，彼此称呼”，不拘门第尊卑。悟空的这种观念，也表现在小说的其他情节中，还上升为一种政治观，如第四十七回“圣僧夜阻通天河，金木垂慈救小童”中，作者借悟空之口对车迟国君臣僧俗临别赠言：

今日灭了妖邪，方知是禅门有道。向后来，再不可胡为乱信。望你把三教归一：也敬僧，也敬道，也养育人才。我保你江山永固。

此中僧、道不需解说，而“养育人才”正是儒门之见。以儒治世，以佛治心，以道治身，这种安邦治国之道，正是当时士林阶层的一般议论。吴承恩虽然是文坛上一代奇才，但他在政治上的观点却比较平庸。这说明吴承恩只是一位大文学家，而不是有远见卓识的政治家，更不是狂热偏激的宗教徒。他之所以在历代传说、创作的基础上重新创作《西游记》小说，只是为了曲笔写现实，写哀怨，写愤恨，写自己心中的理想和希望，即现代人常说的，文学有宣泄作用。

《西游记》小说是在佛教故事、传说的基础上创造出来的，其中重点参考了唐代几位高僧的事迹和名号。

唐僧其人

小说中的唐僧是海州人，也就是今天江苏连云港，父亲陈萼字光蕊，母亲殷温娇是丞相殷开山的女儿，如来佛又说唐僧是他二徒金蝉子，转生东土，取经正果后升为旃檀功德佛。但实际上的玄奘法师是隋末唐初人，俗姓陈，名祎，洛阳缑氏人。父亲陈慧虽出身官宦之家，并未中状元。玄奘也不是独生子，而是他的“第四子”。玄奘是13岁时受二哥长捷影响出家于洛阳净土寺，并不是自幼被金山寺法明长老收养的江流儿。他往天竺求法确实历尽艰险，返回途中也曾船遇风波，失去一些经本，后又遣人重新抄写。这种真实的历史框架，曾先后被宋代《大唐三藏取经诗话》、元人《西游记》平话和元末明初杨景贤《西游记》杂剧不同程度地采纳，而吴承恩在小说中借鉴这段真实的历史事迹，更为巧妙，更为全面。

悟空大师

小说中唐僧的大弟子孙悟空是一块仙石受日精月华后，迸裂风化的一个石猴，后拜在须菩提祖师门下，学成长生变化之法，神通广大。曾大闹天宫，被压在五行山下。后皈依佛门，西天取经，修成正果为斗战胜佛。在历史上不可能有石猴成佛的“模特”，但在唐代有位高僧法号悟空。据宋·赞宁《宋高僧传·唐上都章敬寺悟空传》载，悟空大师是京兆云阳人，也就是今天陕西淳化县人。俗姓车，名奉朝，是后魏拓跋氏的远裔，应是鲜卑族人。在唐玄宗天宝年间，授左卫泾州四门府别将，随唐使臣至罽宾。因病未与使臣同归，后投舍利越摩出家，号“达摩驮都”，意译作“法界”。他出家，求佛，取经，译经，在回归东土的途中，经过一“小海”时，突然“地辄摇动，云阴雨暴，霆击雹飞”，好像是龙神在忿怒，“空为利东夏之故，潜乞龙神宥过。自卯达申，雨雹方霁”。在唐德宗贞元五年归国奉正度赐名悟空。据宋人方勺

味潜斋石印本《新说西游记图像》　猪八戒

《泊宅编》载，“盐官县安国寺双桧”树，就是“唐宣宗时悟空大师手植”，历经“三百余年”犹存，“蜿蜒盘礴，如龙凤飞舞之状”。悟空大师也曾往天竺求学，在那烂陀寺进修过三年，从年龄和时间上看，是玄奘的晚辈。他重点研究密教经典，日本学者大村西崖《密教发达史》认为“传密教者”，“今当叙之而首可传者悟空”。我三十多年来为研究《西游记》和中印佛教史，翻阅过数百卷佛经，发现这部神话小说中有不少故事情节受《大藏经》“密教部”影响，而悟空大师是传密教入东土的功臣，又是玄奘法师的晚辈，故推测《西游记》中将其化为美猴王的法号，又与唐僧结为师徒关系，是很自然的事了。

小说中唐僧的二弟子猪八戒，虽是纯虚构创作出来的，却也可以从远古传说、民间传说以及唐宋佛教人物的故事传说中，找到承袭的痕迹。据《宋高僧传》《佛祖统纪》等载，唐代有位高僧澄观，俗姓夏侯，越州山阴人，也就是今天浙江绍兴市人。他11岁出家，早年到处参学，遍访名山。他曾依醴律师、昙一律师学相部、南山律，依玄璧、慧量学“三论”，从法铣学《华严经》，从湛然习天台宗，从慧忠、慧云学禅宗。唐德宗贞元十一年（795）诏入内殿讲经，赐号清凉法师。贞元十五年（795），德宗敕有司备辇迎澄观入内殿，“仍以清凉赐为国师之号”。宪宗元和五年（795），又为澄观加号“大统清凉国师”。元·释觉岸《释氏稽古略》卷三“清凉国师澄观”条载，“中外台辅重臣，咸以八戒师礼之”。国师身长九尺四寸，垂手过膝，历九朝，为七帝之门师，被尊为华严宗第四祖。澄观大师的生平、事迹及形象，虽与猪悟能迥异，但他被人尊为“八戒师”却与猪八戒有相同之处，或许猪悟能别名“八戒”，借用了这位高僧的称号。

乌窠禅师

《西游记》第十九回“云栈洞悟空收八戒，浮屠山玄奘受心经”中，唐僧和悟空、八戒师徒三人，过了乌斯藏界，来到浮屠山，有

三藏逢乌巢受心经

位乌巢禅师在香桧树上一柴草窠中修行，“左边有麋鹿衔花，右边有山猴献果。树梢头，有青鸾彩凤齐鸣，玄鹤锦鸡咸集”。乌巢“禅师见三众前来，即便离了巢穴，跳下树来”。他口授唐僧《多心经》一卷，又讥讽八戒“野猪挑担子”，悟空是“多年老石猴”，然后化金光径上乌巢而去。以悟空之棒沉与神力，举铁棒望巢上乱捣，“只见莲花生万朵，祥雾护千层”，“莫想挽着乌巢一缕藤”，显然法力胜过悟空甚多，最起码也是位修成正果的菩萨。小说中这位禅师，实际上就是《五灯会元》卷二“鸟窠道林禅师”：

杭州鸟窠道林禅师，本郡富阳人也。姓潘氏，母朱氏，梦日光入口，因而有娠。及诞，异香满室，遂名香光。九岁出家，二十一于荆州果愿寺受戒。后诣长安西明寺复礼法师学《华严经》《起信论》。……属代宗诏国一禅师至阙，师乃谒之，遂得正法。……后见秦望山有长松，枝叶繁茂，盘屈如盖，遂栖止其上，故时人谓之鸟窠禅师。复有鹊巢于其侧，自然驯狎，人亦目为鹊巢和尚。……元和中，白居易侍郎出守兹郡，因入山谒师。……师于长庆四年二月十日告侍者曰：“吾今报尽。”言讫坐亡。

鸟窠禅师与大诗人白居易的交情，除在《五灯会元》卷四“白居易侍郎”有记载外，在元·释觉岸《释氏稽古略》卷三、明·何乔远《闽书》卷六中均有记载，唯禅师的栖息处，《闽书》中先为白屿山（一名“陈田山”）鸟窠岩，后“游杭，巢木杪而居”。在明代有《鸟窠禅师度白侍郎宝卷》，说白居易前身是金妃宫太子，鸟窠禅师是布袋罗汉。可见这位佛门高僧为人很奇特，传说也很奇特，并与文学之士结下甚深法缘。

《西游记》中观音菩萨，本为佛教大乘菩萨之一，但在中土又有化身，即唐中宗时高僧泗州大圣僧伽。据《太平广记》卷九十六“异僧十”载，他有许多奇异功能，还说他是“观音化身”，曾将“瓶水泛洒”，“甘雨大降”，又“其顶有一穴，恒以絮塞之，夜则去絮，香从顶穴中出，烟气满房，非常芬馥”。在《泗州通志·唐僧伽大师》载，大师是“西域人”，“唐龙朔中至长安，南游江淮，执杨枝瓶水，混稠众中”，“师常濯足，人取水饮之，痼疾皆愈”。在《宋高僧传·唐泗州普光王寺僧伽传》载，僧伽能“以柳枝拂者”治病，有“弟子三人：慧岸、慧俨、木叉”，其中木叉“以西域言为名，华言解脱也。自幼从伽为剃发弟子，然则多显灵异”。唐僖宗“敕以其焚之灰塑像，仍赐谥曰真相大师。于今侍立于左，若配飨焉”。从唐代开始就

泗州大圣僧伽

传说甚多，并对后世文学较有影响。唐人李公佐《古岳渎经》中记述了大禹降伏涡水神无支祁的传说。泗州正在淮水处，所以宋代遂将大禹降伏无支祁的传说转嫁于僧伽身上。元初高文秀《锁水母》杂剧，题目正名曰："木叉行者降妖怪，泗州大圣降水母。"将降伏无支祁之功进而录在僧伽师徒名下。僧伽传为观音化身，那么僧伽师徒之功，也就是观音师徒之功了。元人《西游记》平话正是沿着这种逻辑发展的，突出了观音与孙行者之间的关系，元末明初杨景贤《西游记》杂剧中，将降伏孙行者的功劳全归之于观音。吴承恩《西游记》小说中，观音菩萨的大弟子木叉，法名惠岸，正是将僧伽的两大弟子合为一人，使唐代高僧僧伽、木叉师徒的诸种传说与《西游记》小说结缘了。

金乔觉与地藏菩萨

《西游记》中有位幽冥教主地藏王菩萨，他虽不是主要角色，但却是个重要的配角。小说中唐太宗魂游过地府，刘泉到过地府献瓜，魏征还写信至地府托人情走后门，而悟空则多次出入地府。这位地藏王菩萨的森罗宝殿一共有十层，遇事要一层层上报。一殿秦广王、二殿楚江王、三殿宋帝王、四殿卞城王、五殿阎罗王、六殿平等王、七殿泰山王、八殿都市王、九殿忤官王、十殿转轮王。这是佛教经典中说法，我国一般只提阎罗王，同时又受佛教传说影响，称之为"阎王爷"。地藏王菩萨经案下伏着一个怪兽名叫"谛听"，"他若伏在地下，一霎时，将四大部洲山川社稷、洞天福地之间，赢虫、鳞虫、毛虫、羽虫、昆虫、天仙、地仙、神仙、人仙、鬼仙，可以照鉴善恶，察听贤愚"。在《西游记》第五十八回"二心搅乱大乾坤，一体难修真寂灭"中，描写悟空与六耳猕猴大战，在天宫照妖镜下，甚至观音菩萨法眼之下，都难辨真假，而怪兽"谛听"却能识别，但因恐"妖精恶发"，"令阴府不安"，又考虑到无力擒妖，遂为悟空指一条明路"佛法无边"，即去雷音寺在"西天佛祖之前折辨"。我国民间信仰，主宰生死大权的本是东岳大帝，后来受佛教影响才出现地藏王菩萨之说。关于地藏王的本源有诸种说法，其中以唐代高僧金乔觉之说最有影响。据《宋高僧传》载，金乔觉是“新罗国王之支属”，生得“慈心而貌恶，颖悟天然”，又“特高才力，可敌十夫”。他“落发涉海，舍舟而徒，振锡观方”，见“九子山”后“心甚乐之”，遂入山苦修。“其山，天宝中李白游此，号为九华”山。肃宗至德年间，“诸葛节率村父自麓登高，深极无人”处，见到金乔觉“孤然闭目石室”，“群老惊叹”不已。于是募捐出资，为他建立了一座寺院。后来郡守张严奏表朝廷，为此寺注册。在德宗贞元十九年（803）夏天，金乔觉“忽召众告别，罔知攸往，但闻山鸣石陨，扣钟嘶嗄，跏趺而灭，春秋九十九”。在《集说诠真》《三教源流搜神大全》等书中，也载有金乔觉的事迹，说他入灭三载，“颜色如生”，“骨节俱动，若撼金锁”，所以称之曰“金地藏”，七月三十日为其“生降之辰”。从唐末至清代，每逢此日各地寺院多举行地藏法会，礼赞地藏，诵地藏经，忏悔回向，以示纪念。有时还搞大型活动，扎糊法船，中设地藏及十殿王像，入夜点灯，会毕焚化，或在路口点莲花灯，以示庆贺。另外，这一天也是大势至菩萨圣诞，凡是净土宗的寺庙，又有不同的纪念活动。民间每逢此日，有供奉香烛的风俗，有时也到寺庙中献香烛、设斋，以求

地藏王菩萨

地藏王解除先人及父母的厄难，并保佑自己一家人平安。

《西游记》虽是吴承恩虚构、创作的神话小说，但也有现实的影子，并主要取材于唐初玄奘法师往天竺求法、取经的故事。他不仅改头换面让玄奘入书，还在不同程度上借鉴了悟空大师车奉朝、八戒师澄观、泗州大圣僧伽、木叉、鸟窠道林禅师和金乔觉大师的事迹、传说、名号，虽是游戏笔墨，却又有一定史实的严肃性，值得称道。

关于孙悟空这一形象的来源，在学术界一直存在着两种不同的观点。

在20世纪20、30年代，我国有些著名的学者，如胡适、许地山、郑振铎，以及稍晚一点的季羡林等人，或受“文艺西来”说影响，或受俄国人钢和泰教授影响，都认为孙悟空的形象是受到印度史诗《罗摩衍那》中神猴哈努曼影响产生的。

蚁垤仙人（“瓦尔米基”）《罗摩衍那》（亦译作《罗摩延书》《拉麻传》和《腊玛延那》）和广博仙人（“毗耶娑”）《摩诃婆罗多》是印度公元前2世纪前后的两大史诗。《罗摩衍那》旧本约二万四千颂，是一代一代口口相传下来的长篇史诗，内容极丰富。在印度，不仅佛教，婆罗门教、印度教和耆那教等，都极崇敬大神罗摩。罗摩是毗湿奴的化身。毗湿奴与梵天、湿婆为古吠陀教的大神，后又成为婆罗门教的“三相神”，他十次下凡救世，有一千多个称号，不仅有保护能力，并能创造和降魔。《罗摩衍那》故事很早就出现在佛教文献中，如公元1世纪佛教诗人鸠摩罗多《大庄严论经》中就有史诗的故事简介，公元1—2世纪佛教学者、诗人和戏剧家马鸣的叙事长诗《佛所行赞》中，有些地方就受到《罗摩衍那》情节的影响。胡适在《西游记考证》一文中认为在哈努曼身上可以看到齐天大圣的背影，其理由有二：

> 第一，《取经诗话》里说，猴行者是“花果山紫云洞八万四千铜头铁额猕猴王”。花果山自然是猴子国。行者是八万四千猴子的王，与哈努曼的身份也很相近。第二，《拉麻传》里说哈努曼不但神通广大，并且学问渊深；他是一个文法大家；“人都知道哈努曼是第九位文法作者”。《取经诗话》里的猴行者初见时乃是一个白衣秀才，也许是这位文法大家堕落的变相呢！

季羡林根据两部汉译佛经中的故事内容与《罗摩衍那》内容，在《印度古代文学史》论道：

> 第一个是元魏·吉迦夜共昙曜译的《杂宝藏经》第一卷第一个故事，叫做《十奢王缘》。内容大体上是：有一个国王，号曰十奢。王大夫人生育一子，名叫罗摩。第二夫人有一子，名曰罗漫（罗什曼那）。第三夫人生子婆罗陀（婆罗多）。第四夫人生子，字灭怨恶（设睹卢祇那）。王喜欢第三夫人，告诉她说：“若有所须，随尔所愿。”她当时不提任何要求。国王有病，立太子罗摩为王。第三夫人忽然提出，立她的儿子婆罗陀为王，将罗摩流放深山十二年。国王认为，“王者之法，法无二语”，被迫允许。弟弟罗漫怂恿罗摩使用勇力，不受此辱。罗摩不听。兄弟二人即远徙深山。时婆罗陀正在他国，回兵入山，想请罗摩回朝登极。罗摩不肯，将革屣交给弟弟。婆罗陀

还国，常把革屣置御座上，日夕朝拜，代摄国政。十二年后，罗摩还朝为王。

第二个故事是三国吴·康僧会译的《六度集经》第五卷第四十六个故事。内容大体上是：从前菩萨在一个大国为王。他的舅舅是另一个国家的国王。舅舅兴兵来夺他的土地。他为了避免战争，不让老百姓受害，带着元妃逃往山林。海里有一条邪龙将元妃盗挟，想回到海里，路上遇到一只巨鸟，堵住道路，被龙用雷电击掉右翼。国王找不到元妃，手持弓箭，到诸山寻觅。路遇猕猴，告诉他为舅舅所逐。双方同病相怜，答应互相帮助。国王帮助猴王打败猴舅。猴王派出猴兵寻觅元妃踪迹。遇到被打伤的巨鸟，它告诉猴众，恶龙把元妃劫往海中大洲之上。猴兵到了海滨，无法渡海。天帝释化作病猴，前来献计。众猴负石填海，到达洲上，与恶龙搏斗。龙作毒雾，有小猴用天药抹猴鼻中，以抗毒雾，龙兴风造云，雷电震地。国王放箭，正中龙胸。龙死，小猴开门救出元妃。人猴两王班师回国。此时国王舅父已死，国王又登极为王。国王怀疑元妃贞操，元妃说，她是清白的；如果她说的是真话，大地将开裂，结果大地果然开裂。

以上是汉译佛典中两个故事的简要内容，第一个故事相当于蚁垤《罗摩衍那》的前一半，只是没有悉多的名字；第二个故事相当于后一半，只说“元妃”，也没有悉多的名字，把这两个故事合在一起，完完全全就是今天我们熟悉的罗摩的故事，连一些细节都完全吻合到令人吃惊的程度。

这里还需要说明的是，第二个故事为《六度集经》卷五第四十九个故事，名曰《国王本生》，此中“大国王”未提叫“罗摩”，“小猴”未提叫“哈努曼”，而在最后佛陀告诉众比丘这“大国王”是他前身，“元妃”是他的妻子“俱夷”。释迦牟尼有三个妻子：一为俱夷（“瞿夷”），二为耶输陀罗，三为摩奴舍。这里指他的第一位夫人。《罗摩衍那》这部史诗全文译出，介绍给中国读者

悟空归帘洞为军防

是20世纪60、70年代，在《大唐三藏取经诗话》产生的宋代，在《西游记》平话产生的元代，那些下层说书艺人是否读过《杂宝藏经》和《六度集经》，是否能从中悟出他们是印度史诗《罗摩衍那》中分离出来的两大部分内容？对此我深表怀疑。至于吴承恩很可能读过这两部佛经，但也未必就知这两个故事合起来是《罗摩衍那》史诗全文梗概，仅从经中“小猴”二字知道他叫“哈努曼”，并由此创造出齐天大圣孙悟空。

20世纪50年代末，吴晓铃在《〈西游记〉和〈罗摩延书〉》一文中对孙悟空受哈努曼影响说提出异议，他列举了后秦·鸠摩罗什译《大庄严论经》、六朝陈·真谛译《婆薮槃豆传》中均提到《罗摩延书》，或作《罗摩延传》，但并没有进而介绍其内容梗概。在《摩登伽经》《佛本行集经》《佛所行赞》等经中虽提到“罗摩”，但却不是《罗摩延书》里的罗摩。在《八楞伽经》《太子须大拿经》《啰嚩拏说救疗小儿疾病经》等经中，虽在译文中介绍过这部史诗，往往支离破碎、一鳞半爪，甚至有时还改头换面，抒擿饾饤，如果不熟知原故事情节的人，几乎无法辨识，不了解古代印度社会和文化的人，也无法解释。而且绝大多数释典翻译文学，并不采自《罗摩延书》，只是引典入经文。就算是《六度集经》卷五《国王本生》

也不是直接取自《罗摩延书》，而是改写以借用，只有《杂宝藏经》卷一《十奢王缘》“较为直截地叙述了《罗摩延书》第一卷和第二卷的故事轮廓”。另外，从古代印度的历史情况看，《罗摩延书》这样的文学作品是“属于婆罗门教的，佛教把婆罗门教当做‘外道’对待”，所以在佛教经典中偶用是要加以改造的，这一点非常重要。“想象从释典翻译文学的夹缝里挤进来的一点点的、删改得全非本来面目的《罗摩延书》的故事片段会影响到《西游记》故事的成长，也是根本不可能的事情。”

我赞同吴晓铃的观点，我觉得从《罗摩衍那》中找不到孙悟空的血缘关系，孙悟空不是“进口货”。《罗摩衍那》这部史诗描写的是印度十车王的儿子罗摩和妻子悉多，以及他弟弟罗什曼那被逐，在外流浪14年的种种遭遇。悉多非常美丽，曾被楞伽城十头魔王罗波那用计劫走。罗摩在寻妻复仇途中助猴王须羯哩婆夺得他哥哥波林的王位。于是猴王派手下大将哈努曼，随罗摩去报仇。神猴哈努曼勇敢机敏，能在空中往来，又善于变化。他多次识破敌人阴谋，火烧楞伽宫，两次盗仙草救罗摩兄弟的生命，终于帮助罗摩征服了强敌，救出悉多之后凯旋。不过，在史诗中罗摩是最主要的

悟空抹冥簿延猿命

角色，他是大神毗湿奴的化身，文武双全，神通广大，本领远在哈努曼之上，是位半人半神的英雄。哈努曼的形象虽有一定的社会意义，但他既不是书中主角，也不是具有叛逆性格的英雄，充其量不过是个能干的臣仆而已。至于《西游记》中的孙大圣，则是桀骜不驯的、敢于蔑视上天的英雄。无论从故事情节，还是从人物性格上，都没有本质上的相同之处，将二者的血缘硬连在一起，显然是不妥的。

《西游记》中孙悟空的形象虽与《罗摩衍那》中哈努曼无关，却与佛经和佛教故事有缘，这是取经故事题材本身所决定的。如《大唐西域记》卷四“猕猴献蜜及释迦等遗迹”事载：

> 在昔如来行经此处，时有猕猴持蜜奉佛，佛令水和，普遍大众。猕猴喜跃，堕坑而死；乘兹福力，得生人中，成阿罗汉。

这故事见《贤愚经》卷十二，又出《弥沙塞律》卷十、《僧祇律》卷二十九和《佛五百弟子自说本起经》，并被广泛地用于印度佛门寺院雕刻中，将唐僧取经故事与神猴联系起来，衍为师徒关系，恐怕与此传说有关。《师子月佛本生经》载：

> 佛说婆须蜜多菩萨往昔因缘。于然灯佛灭后，堕猕猴身，见一罗汉坐禅，取袈裟披，擎香炉绕行供养，罗汉为授三归五戒，由受戒故命终生兜率天，值遇一生补处菩萨，从是以后值佛无数，今当次补弥勒，号师子月佛，并八万四千金色猕猴，亦授佛记种种因缘。

此中由猕猴修成正果的师子月佛度脱了八万四千金色猕猴，而《大唐三藏取经诗话》中孙行者的初型白衣秀才猴行者，自称是“花果山紫云洞八万四千铜头铁额猕猴王”，二者之间有着某种相似。在《六度集经》卷六《猕猴王本生》和《杂宝藏经》卷二《善恶猕猴缘》中，五百猕猴王和善猕猴就是释迦牟尼佛的化身。六朝梁·僧旻等编辑的《经律异相》除了介绍猕猴持蜜奉佛故事外，还介绍了《杂譬喻经》《法句经》《阿育王经》等中猕猴求法修成正果的故事，在《杂譬喻经》猕猴等四兽与梵志结缘故事中，猕猴是舍利佛的化身。在弼马温《白宝抄》的《千手观音法杂集》载：

经云：毕婆伽罗王文是山神部也。毕者，广也，大也。婆伽罗者亦云摩伽罗，此云猕猴，出《金光明经·诸天药叉护持品》。

此中叫婆伽罗的神猴是观音的扈从。在《觉禅钞》卷二《药师法》中的“安底罗”大将是猕猴，《成菩提集》卷一引《大集经》中的“安陀罗”是猕猴，这三个猕猴很可能是同一神猴，只是翻译成汉文稍有出入，他们都是观音的扈从，也可以说是护法神将。以上这些神猴或升天成佛，或为护法神将，或为佛陀的化身，这种佛经故事传说，在唐代或东汉至六朝时中国早有译文、译介，很值得研究。大概唐人崔牧就是受到此类佛经故事启示，撰述了猿猴晒经，风吹卷落，樵人得经献宝的《大毗卢遮那成佛神变加持经序》文。日本学者太田辰夫在《〈大唐三藏取经诗话〉考》中，将这猿猴设想为取经途中任向导的猴行者的前身。在《佛说出生一切如来法眼遍照大力明王经》中，描写的大力明王菩萨“眼如朱，发如炽火”，“虎皮为衣”，“手持金刚棒”，神通广大，法力无边，能降伏一切魔王，制服龙王，又与须菩提尊者有缘分。在《一字佛顶轮王经》卷一有画像法，当中菩提树下画释迦如来说法相，目观一字顶轮王，在佛眼座下，画孙那利大明咒王，左金刚杵，右连华，皆身金色。在《密迹金刚力士经》载，密迹金刚力大无比，他所持金刚杵，连天帝释都不能举起，释迦牟尼佛的大弟子号称神足第一的目连都不能稍稍移动一下，比孙大圣的金箍棒还沉。据朝鲜人边暹等编的《朴通事谚解》载，元代《西游记》平话中“孙行者证果大力王菩萨”。而吴承恩《西游记》第四十四回“法身元运逢车力，心正妖邪度脊关”中，唐僧师徒被“呐喊之声”惊住，悟空“踏云光，起在空中”，见许多受难和尚“齐喊‘大力王菩萨’”，悟空过去询问，方知太白金星给众僧托梦，待齐天大圣至此可救他们脱离苦海。悟空虽在小说中已经升级了，成为斗战胜佛，但仍于此节中留下旧日之遗迹。再有，悟空之名，本取自唐代一位名僧法号。悟空大师俗名车奉朝，是开元、天宝间人。早年随内寺伯张韬光出使西域，因病未还。他先投舍利越摩而披缁衣，起名法界，后赴印度那烂陀寺留学三年。贞元五年（789）归国奉正度赐名悟空。他是传密教的大师，比玄奘晚一百多年，而且也到那烂陀寺进修佛学，《西游记》中将他们结为师徒关系，是自然不过的事了。

味潜斋石印本《新说西游记图像》　如来佛

总之，齐天大圣孙悟空与哈努曼没有血缘关系，但却受到从轮回中由猴成佛的佛教传说的某种启示。不过，印度的神猴一般缺少神通，只是佛门佣仆而已，根本不具备孙悟空的叛逆精神和追求自由的大无畏战斗精神。

在我国，关于神猴的传说是和龙的传说一样有着悠久的历史和丰富神奇的内容。《山海经·西山经》载，小次之山“有兽焉，其状如猿，而白首赤足，名曰朱厌，见则大兵”，是个凶神。晋·干宝《搜神记》卷十二载，蜀中大猿“一名马化”，“伺道行妇女有美者，辄盗取将去”。汉·焦赣《焦氏易林》卷一“坤之剥”:“南山大玃，盗我媚妾，怯不敢逐，退而独宿。”都十分好色。赵晔《吴越春秋》“勾践阴谋外传第九”载有越女与袁公比剑故事，足见此类传说颇多，那位“飞上树，化为白猿”的袁公，大概就是孙猴子的远祖。到了唐代神猴的传说更丰富多彩。如《广异记·张铤》中善化人形，“衣褐革之裘，貌极异”，使虎、豹、巨熊都听其指挥的“巴西侯”；《续玄怪录·刁俊朝》中因在汉江作恶，被上天追查，避祸于刁俊朝妻子脖子里，能大能小，雅好音乐，变化神奇的水猿；《集异记·汪凤》中，从地穴放走被茅山道士鲍知远囚住的“猴神”，遂使“六合烟尘”的凶煞；无名氏《补江总白猿传》中，平时幻化成“美髯丈夫长六尺余，白衣曳杖”，飞如“匹练”，“半昼往返数千里”，“遍体皆如铁”，“目光如电”，用刀剑砍之“如中铁石”，又能“舞双剑，环身电飞，光圆若月”的“大白猿”，都在某种程度上有孙猴子的身影。明人罗贯中、冯梦龙《平妖传》对上述传说加以归纳道：

生居申位，裔出巴山。生居申位，申阳官子孙聚居；裔出巴山，巴西侯宗族蕃衍。柔肠易断啸月明，谁不含悲？长臂能通登树杪，何愁善射？数学传风后，谁知是前代历师？刀法授云长，错认做人间剑侠。神通却是降龙祖，变化平欺弼马温。

道出各种神猴传说与孙悟空之关系。鲁迅潜心研究中国小说史，在多种资料基础上指出：

《西游》中两提“无支祁”（一作巫枝祇），盖元时盛行此故事，作《西游》者或亦受此事影响。其根本见《太平广记》卷四六七“李汤”条。(《鲁迅书信集》)

我以为《西游记》中的孙悟空正类无支祁。(《中国小说的历史的变迁》)

此中“李汤”即唐人李公佐《古岳渎经》。

我觉得鲁迅的论述很有道理，而且是有案可稽的，主要有以下四点：

第一，《古岳渎经》中涡水神无支祁，在宋人《陈巡检梅岭失妻》话本、元末明初杨景贤《西游记》杂剧、明初无名氏《二郎神锁齐天大圣》杂剧和《西游记》小说中均提过，而且是与孙悟空有关的人物。

石猿洞中猴王即位

《陈巡检梅岭失妻》中自称“齐天大圣”的猢狲精白申公云：“弟兄三人，一个是通天大圣，一个是弥天大圣，一个是齐天大圣，小妹便是泗州圣母。”

杨景贤《西游记》杂剧“神佛降孙”中孙行者云：“小圣弟兄姊妹五人，大姐骊山老母，二妹巫枝祇圣母，大兄齐天大圣，小圣通天大圣，三弟耍耍三郎。喜时攀藤揽葛，怒时搅海翻江。”

《二郎神锁齐天大圣》头折，齐天大圣“自报家门”云：“吾神三人，姊妹五个。大哥哥通天大圣，吾神乃齐天大圣，姐姐是龟山水母，妹子铁色猕猴，兄弟是耍耍三郎。姐姐龟山水母，因水渰了泗州，损害生灵极多，被释迦如来拿住，锁在碧油坛中，不能翻身。”

吴承恩《西游记》六十六回，功曹笑道：“这支兵也在南赡部洲盱眙山蠙城，即今泗州是也。那里有个大圣国师王菩萨，神通广大。他手下有一个徒弟，唤名小张太子，还有四大神将，昔年曾降伏水母娘娘。”在另一处，国师王菩萨说：“奈何值初夏，正淮水泛涨之时，新收了水猿大圣，那厮遇水即兴；恐我去后，他乘空生顽，无神可治。”

从上述几种引文可以看出，无支祁（或称巫枝祇、泗州圣母、龟山水母、水母娘娘、水猿大圣）与孙悟空是有血缘关系的。在话本和杂剧中无支祁是孙行者的姐妹，在小说中虽未谈二者之关系，但实际上也是《红楼梦》中描写甄宝玉之手法。

第二，性状、生活环境及神通上多相似之处。《西游记》中孙悟空生活在花果山、水帘洞，又能入龙宫借宝，即“水猿”之类。他“尖嘴缩腮，金睛火眼”，有七十二般变化，会“觔斗云”，一下子行“十万八千里路”，是神通广大的猴王。《古岳渎经》中无支祁，是“淮涡水神”，“善应对言语，辨江淮之浅深，原隰远近，形若猿猴，缩鼻高额，青躯白首，金目雪牙”，“光彩若电”，他可以“颈伸百尺，力逾九象，搏击腾踔疾奔，轻利倏忽，闻视不可久”。孙悟空与无支祁，从性状上均属猴类，从生活环境上或为水猿或近似水猿，从本领上都力大无穷，异常机敏，善能变化，疾速飞行，难以制驭，故在无支祁身上可以看到齐天大圣的雏形。

第三，在早期的孙悟空形象上还残留着远古和唐人传奇、宋人话本中野性神猴的遗迹。从《山海经》中的“朱厌”、《搜神记》中的“马化”、《焦氏易林》中的“南山大玃、《刁俊朝》中的水猿、《汪凤》中制造动乱的猴神、《白猿传》中的大白猿、《梅岭失

朱厌

妻》中的齐天大圣白申公，突出表现了我国古代神猴传说的三大特点：一是好色；二是不安本分、犯上作乱；三是神通变化，能生活在江河中。在早期的西天取经故事中，孙悟空的形象正具备这三大特点，而这些又恰恰是古代印度传说中神猴所缺乏的。宋代《大唐三藏取经诗话》中缺“第一”部分，其余十六部分内容极简单，只是宋代说话人的提纲，此中白衣秀才是花果山紫云洞八万四千铜头铁额猕猴王，他不安本分，犯上作乱偷王母蟠桃，他能上天宫，入王母池，入龙池，有大神通，杀死白虎精，降伏九条馗头鼍龙，只是未提“猴行者”好色事。在杨景贤《西游记》杂剧中，孙行者好色，盗“金鼎国女子”为妻；又不安本分，犯上作乱偷“玉皇殿琼浆”，“偷得王母仙桃百颗，仙衣一套，与夫人穿着”，“作庆仙衣会，“盗了太上老君炼就金丹，九转炼得铜筋铁骨”。他还神通广大，“喜时攀藤揽葛，怒时搅海翻江”，是“九天难捕我十万总魔君”，具有水猿的本领。小说中孙悟空的叛逆精神虽比杂剧中更突出、强烈，但却不好色。杂剧中孙行者不仅好色，而且说话不正经，如第十九出“铁扇凶威”中，借扇时对铁扇公主说：“弟子不浅，娘子不深，我与你大家各出一件，凑成一对妖精。”因说下流

悟空桃园逢七仙女

话调戏，铁扇公主才大怒与之争斗的，还保留原始猴神的特性。据朝鲜人边暹等在相当于元末时所编《朴通事谚解》学汉文古课本中原注可知，元代《西游记》平话中，孙悟空“去王母宫偷王母绣仙衣一套，来设庆仙衣会”事推测，元人平话中有盗金鼎国女子为妻的情节。在原注中还谈到孙行者居住花果山水帘洞，“洞前有铁板桥，桥下有万丈涧”。他“神通广大，入天宫仙桃园偷蟠桃，又偷老君灵丹药”。可见早期的孙猴子与远古传说及唐宋传奇、话本中神猴的品格上有某种类似，这说明孙悟空这一艺术形象是在我国传统文学和民间文学的土壤里孕育出来的，不是什么纯粹“进口货”。

第四，从无支祁传说的渊源与流变中，也能找到彼此的血缘关系。

《古岳渎经》中“无支祁”或在别处称之为“水母”，是一个很古老的传说。汉·王褒《九怀·思忠》云：“玄武步兮水母，与吾期兮南荣。”注曰：“天龟水神”。它不是水猿，而是龟形水兽、水神。汉·赵晔《吴越春秋》“阖闾内传第四”中河淮水神取马的传说，大概就是无支祁的前身。这种“神形兽视”的神话传说，很可能是远古时代“图腾崇拜”的遗痕，是由完全兽形神变成完全人形神的一种过渡。唐人李公佐集远古神猴传说之大成，塑造了“无支祁”。但这篇小说在唐代并未引起人们多大的注意，李公佐获大名是靠他写《南柯太守传》。到了宋朝此说不仅广为流传，还被搬上舞台，即元代陶宗仪《辍耕录》“院本名目”和《宦门子弟错立身》第十二出【天净沙】中提到的《水母砌》。此传说故事交了好运，或许是因为当时瓦肆艺人讲说“灵怪”故事在推波助澜吧。

《古岳渎经》中说大禹“召集百灵，搜命夔龙，桐柏千君长稽首请命”，“乃获淮涡水神名无支祁”。宋代苏轼将这传说入诗：“川锁支祁水尚浑”（《濠州七绝·涂山》）。入宋后这传说故事还发生讹变。朱熹《楚辞辨证》下“天问”云：“今世俗僧伽降无之祈，许逊斩蛟、蜃精之类，本无依据，而好事者遂假托撰造以实之。”可见已有将大禹讹为僧伽之俚说。僧伽俗姓何，西域人，唐高宗龙朔初年“来游北上，隶名于楚州龙兴寺”，久居临淮，“称泗州大圣”。

“唐景龙二年，中宗皇帝遣迎师，入内道场，尊为国师。”（《泗州通志》卷二十七“仙释”）据《太平广记》卷九十六“异僧十”载，他有诸种神异功能，说他是“观音化身”。赞宁《宋高僧传·僧伽传》载，他有三大弟子：慧岸、慧俨、木叉。木叉“多显灵异”，唐僖宗赐谥曰“真相大师”，塑像侍于僧伽之右，如同配飨。宋代王象之《舆地纪胜》载：“水母洞在龟山寺，俗传泗州僧伽降水母于此。”元代高文秀《锁水母》杂剧，题目正名：“木叉行者降妖怪，泗州大圣降水母。”须子寿《泗州大圣渰水母》杂剧（均见钟嗣成《录鬼簿》），均将大禹降无支祁之说，改录于僧伽师徒名下。北宋大画家李公麟绘有《大圣降水母图》，元代有《大圣降水母》小说，明代中期尚存，吴承恩终生挚友朱曰藩见到过绘画和小说（朱曰藩《山带阁集·跋姚氏所藏大圣降水母图》）。足见这种传说在宋元至明初一直流传、衍变，画家、作家、说话人在为之增色。而在《西游记》小说中，则将僧伽弟子慧岸、木叉合为一人，甚至将久已湮没的大禹降伏水怪的传说也与孙悟空结缘，悟空手中“如意金箍棒”正是大禹治水时定江海深浅的“神珍铁”。从上述各种资料不仅可以窥见孙悟空形象之衍变，同时还可以清晰看到早期取经故事中一直把《古岳渎经》中神话传说及流变作为重要借鉴。孙悟空的形象是从无支祁的狭窄单调描写中，吸收了古代神猿的种种特性，步步扩大、衍变、充实，而更

翠筠山房藏版《西游真诠》　孙行者

宏大神奇的，其中也不乏佛经故事对它的某种启示。

另外，从目前有关资料可知，吴承恩不仅写长篇小说，也写短篇小说，并从小受“野言稗史”熏陶，尤其爱读唐人传奇，“善模写物情，每欲作一书对之”，产生极强创作欲望。后来在他写的短篇小说集《〈禹鼎志〉序》中不胜感慨地说：“虽然吾书名为志怪，盖不专明鬼，时纪人间变异，亦微有鉴戒寓焉。”足见“幼年即好奇闻”的吴承恩，深受六朝志怪、唐宋传奇、宋元话本等影响而从事文学创作。从书名上推测，其中很可能有继《古岳渎经》之后，描写大禹降伏水怪的其他动人传说，或为《西游记》这宏伟巨著的雏形和试笔。所以，鲁迅认为吴承恩在创作《西游记》时，“翻案挪移则用唐人传奇（如《异闻集》《酉阳杂俎》等），讽刺揶揄则取当时世态”，又借鉴于《古岳渎经》，“移其神变奋迅之状于孙悟空，于是禹伏无支祁故事遂以湮灭”（《中国小说史略》）。

“心猿意马”又作“意马心猿”，最初应是道教修炼心性的专用语，后因这四字内涵广，又与儒、佛的经义有相通之处，遂成三教通用语。道教著名经典《参同契》云：

心猿不定，意马四驰，神气散乱于外。

以此比喻人的心思流荡散乱，就如同猿猴，心性攀缘、躁动、多欲，又如同野马奔驰，一逸难追。所以，道教强调要拴住心猿，使意马收缰，清静、存神、坐忘、守一，守持人的精、气、神，使之不内耗，不外逸，不仅可延年益寿，还能长生久视。因此，这一词语在道教的经典中、在道士的诗文中经常应用。儒家讲求内观反省的道德修养功夫，注重心性修养，孔子强调“克己复礼”“思无邪”，孟子主张“存心养性”，“存夜气”而“求其放心”。孔、孟认为人的本性或本心是善良的，应保持这种良善的本能。孟子认为人在白天，心性容易为外物所扰，引发种种欲念，就会丧失固有的善良本性。人在夜间，心绪安静，易于入洁净之境，使心复归于本来面目。所以“存夜气”就是“存心”，就是保持人的本性。而这个良心、本性，一旦被物欲所蒙蔽，就会丧失，是人是禽兽全在于此。因此，孟子又提出“求其放心”，即将丢失了的本心寻找回来，这与道教所说的入静、守一、心猿拴定、意马收缰大同小异。佛教非常重视心性学，实为佛学枢要。认为“心性本净”，“不生不灭”，只是有时会被“客尘所染”，一旦“明心见性”，就能“顿悟成佛”。心性又称“本心”“真心”“净菩提心”“如来藏心”。《大毗卢遮那成佛神变加持经》将人之心灵形象地分为六十种，这其中有贪心、无贪心、瞋心、悭心、痴心、智心、疑心等，第六十种心为“猨猴心”。禅宗认为文字、语言是妄想，是分别之根本标志，它依名（概念）、相（表象），执著于分别和各自规定性。修行在于消除自心妄想流注，从而泯灭名相分别，这就是“法离文字”。语言、文字不是佛法至理，不能表达真如之境，只是一种借助手段。故教化者不用语言、文字阐释、解说来开悟修行者，而用妙喻，不说破的警语、隐语，乃至放喝、行棒等禅机启发，以心传心，催人警醒。所以用“猨猴心”比喻修行者心灵散乱，不能专注于一境，就像猿猴一样攀缘、跳跃，不可禁止，永无宁日。心猿一旦在情欲之林躁动，就会带来烦恼和痛苦。《坛经》中云：

万法尽在自心。

菩提本自性，起心即是妄。净心在妄中，但正无三障。

即宇宙万物都包含一心之中，连神、魔也在心中，“自性迷即是众生，自性觉即是佛”。这正如《西游记》第七回“八卦炉中逃大圣，五行山下定心猿”中所云：

也能善，也能恶，眼前善恶凭他作。善时成佛与成仙，恶处披毛并带角。无穷变化闹天宫，雷将神兵不可捉。

所以使心猿定而归正，意马收缰不逞情欲，自然就能修成正果。足

悟空追猪到福陵山

见“心猿意马”一词，儒、道、释在解说中既有共性，又有个性，含义很广。

“心猿意马”这四字对《西游记》小说关系甚大，实为全书之枢纽。按小说中之意，“心猿”指孙悟空，“意马”指白龙马，悟能指的是“情”，而悟净指的是“性”，这正如第十九回“云栈洞悟空收八戒，浮屠山玄奘受心经”中所描写的情景，悟空先请观音菩萨收服了玉龙，他后来又制服了八戒。于是，他们师徒辞别了高老庄众人，“背了白马三藏骑着”，八戒担着“行李”，“悟空肩担铁棒，前行引路”，“投西而去”。有诗为证：

意马胸头休放荡，心猿乖劣莫教嚎。情和性定诸缘合，月满金华是伐毛。

点明“心猿”“意马”“情”“性”所指之人。在比《西游记》小说出版早三十多年的《清源妙道显圣真君一了真人护国祐民忠孝二郎宝卷》“水火既济品第六”云：

参禅不受明人点，都作朦胧走心猿。

猿猴顿断无情锁，见害当来主人公。
念佛若不拴意马，走了心猿闹天宫。

“心猿不动品第十一”云：

一切神圣全旌表，后收行者孙悟空。
猿猴锁在无影树，意马拴住不动身。

“行者翻身品第十四”云：

老唐僧，为譬语，不离身体。
孙行者，他就是，七孔之心。
猪八戒，精气神，养住不动。
白龙马，意不走，锁住无能。
沙僧譬，血脉转，浑身运动。
人人有，五个人，遍体通行。

在此，宝卷也认为西天取经故事含有隐喻，即人在修身悟道的过程中锁心猿，收意马，使情不动，性不迷，自然无漏而归伏成正果。

在《西游记》小说中，仅从回目看，与“心猿意马”有关的就有：

第七回　五行山下定心猿
第十四回　心猿归正
第十五回　鹰愁涧意马收缰
第三十回　意马忆心猿
第三十四回　魔王巧算困心猿
第三十五回　心猿获宝伏邪魔
第三十六回　心猿正处诸缘伏
第四十回　猿马刀归木母空

第四十一回　心猿遭火败

第四十六回　心猿显圣灭诸邪

第五十一回　心猿空用千般计

第五十四回　心猿定计脱烟花

第五十六回　道昧放心猿

第七十五回　心猿钻透阴阳窍

第八十回　心猿护主识妖邪

第八十三回　心猿识得丹头

第八十五回　心猿妒木母

第八十八回　心猿木母授门人

第九十八回　猿熟马驯方脱壳

竟有十九回之多。若从谈论“心性”的内容情节上来统计那就更多了，它几乎贯穿于小说的始终。在开篇第一回“心性修持大道生”和第二回“悟彻菩提真妙理”，就多方位谈“心性”修持方法。而悟空正是在灵台方寸山斜月三星洞，才修成神通变化的。又因为“官封弼马心何足，名注齐天意未宁”，心生种种魔生，所以才两次反天宫，先受到老君八卦炉火炼之灾，后被如来以甚深大法压于五行山下500年。为使“心猿归正”，悟空必须棒杀“六贼”。佛教认为人有眼、耳、鼻、舌、身、意六种情

心贼归正，六贼无踪

根，又称“六根”或“六情”。因之能分别生成烦恼情识的色、声、香、味、触、法六种境相，这六相有如尘埃，能污染心识，遮蔽了心性本来具有的光明，故而又称之作“六尘”。这“六尘”被认为是因缘和合、自心分别而生成的，并不是事物的本然真面目，是虚妄不真实的，故此又名“六妄”。又因它能劫持一切善法，损害人慧命，故而又称其为“六贼”。人要想修成正道，必须“六根”清净，先除去能污染“心性”的“六贼”，使之不生妄念，所以在小说中描写“六贼无踪”情况下，“心猿”才可能“归正”，同时为了防止再受物欲引诱重又污染“心性”，观音菩萨奉了佛祖之命还增添了防范措施，即给悟空头上戴了金箍，又教授唐僧诵“紧箍儿咒”之法，迫使悟空“心性”不离正轨。所以在锁住“心猿”，使之归入正轨后，接着便在鹰愁涧又使“意马收缰”。在收伏了八戒之后，马上在浮屠山让唐僧遇乌巢禅师，并传授《摩诃般若波罗蜜多心经》一卷，告知宇宙万事万物自性本空的道理。佛祖为了考验唐僧师徒四人的“心性”，特意安排“四圣试禅心”。小说中以“归正”后的“心猿”为“真心”，故而每当唐僧放逐悟空，放弃“真心”时，那么妄念、邪念便生，一些妖魔鬼怪就会乘虚而入，给唐僧带来灾厄。如在第二十七回“圣僧恨逐美猴王”后，在第二十八回就“黑松林三藏逢魔”，先被碗子山波月洞黄袍怪捉住，虽得宝象国百花公主救护脱险，后又被黄袍怪使“黑眼定身法”变作一只“猛虎”。在危难中“意马”即白龙马“忆心猿”，他思念悟空，让八戒去请“有仁有义”的“大师兄”。八戒无奈，义激美猴王，悟空出山力降黄袍怪，并施法破了妖术，使唐僧又由虎还原为人。这正如佛教所说的，善恶在一念之间，或人或兽也在一念之间。如果遣去“真心”，便会如小说中所说：

意马心猿都失散，金公木母尽雕零。

而“圣僧”会变为野兽。若找回“真心”，“意马”也就是意识甚为关键，意正心正，野兽则变为“圣僧”。因此，为人一世，不可存妄心。故而小说中云：

法本从心生，还是从心灭。
生灭尽由谁，请君自辨别。

再如在第五十六回一伙强人将唐僧吊在树上逼钱，悟空救了师父，打死了几个强人，反被责怪，师徒“有不睦之心，八戒、沙僧亦有嫉妒之意”，不想夜晚住在杨老汉家中，又遇强人来打劫，悟空性起，又打杀些强人，因生“二心”，悟空再次被驱逐。人不可有“二心”，董仲舒《春秋繁露》云：“心止于一中者，谓之忠；持二中者，谓之患。”认为“一心”为忠，“二心”为患。佛门也讲究“一心”，心专于一就不散乱，在《阿弥陀经》《大方广三戒经》等经中，以一心不乱为成佛诀要。《华严经》中认为人有二性或二心，即真心和妄心。一切众生本有佛性，即人性中先验地包含着觉悟和自我净化的必然性，也就是本性、真心。但是，人的情况不纯如此，往往还有阴暗一面，即人性中也含有魔性。人性有时为恶所遮掩，但恶不是本质的，故又称做妄心。人绝对不可有“二心”，一有了“二心”便会生出烦恼，便难辨真假，于是真悟空刚刚被逐，假悟空不请自来。接下去第五十八回的情节为“二心搅乱大乾坤，一体难修真寂灭”。人之心本为一，妄加分别为二，其实一即二，二即一，所以观音菩萨不能辨真假，天神、地府也不能识别，观音菩萨念“紧箍儿咒”，真心、妄心皆痛，托塔天王“照妖镜”中出现“两个孙悟空的影子”，而且“金箍、衣服，毫发不差”。这正如佛祖对大众所说的，“汝等俱是一心，且看二心竞斗而来”。佛祖以慧眼知假悟空是六耳猕猴，用金钵盂使之现本相，被悟空“轮起铁棒，劈头一下打死，至今绝此一种”。悟空打杀此猴，才能断了“二心”，离妄归真，复入正轨，不杀之不能断妄。所以小说中有诗云：

灵台无物谓之清，寂寂全无一念生。

真假二悟空战空中

猿马牢收休放荡，精神谨慎莫峥嵘。

除六贼，悟三乘，万缘都罢自分明。

色邪永灭超真界，坐享西方极乐城。

经此磨难之后，观音菩萨语重心长地告诫唐僧道："你今须是收留悟空。一路上魔障未消，必得他保护你，才得到灵山，见佛取经。再休嗔怪。"虚妄之心、不睦之心去掉，唯存一心、真心，师徒四人才能西天取经成正果。换句话也就是说，心中清净无尘，猿马牢收，才能悟佛法。所以在小说即将收尾的第九十八回"猿熟马驯方脱壳"情节中，在"凌云渡"乘接引祖佛无底船，中途唐僧脱掉"凡胎"，然后到达"彼岸"。水中脱掉的"死尸"是唐僧"凡胎"，也是一种"涅槃"，一种新生。

综上所述可知，小说以"心猿意马"为纲，从"心性修持大道生""五行山下定心猿""心猿归正""意马收缰""玄奘受心经""二心搅乱大乾坤"至"猿熟马驯方脱壳"构成全书，说明"猿马牢收"之理。

凡是看过《西游记》的人，最喜欢的是孙悟空，最引起人们争论、研究的也是他。孙悟空的形象是生动的、深刻的、成功的，但美中不足，也有缺欠，认真起来甚至还比较严重，即这一形象前后存在一些矛盾现象。

研究者普遍认为，悟空后来虽不得已皈依佛门，但他大闹天宫的威名仍在，对上天仍很蔑视，他是以另一种英雄的行为出现的，即由前七回中反对神佛的叛逆英雄，变为征服自然、战胜困难、降魔除怪的“斗战胜佛”，因此认为悟空的形象前后并无显著变化。另有极少的研究者认为，悟空在前七回中的形象是英雄，而皈依佛教后的形象是叛徒，是失败者。

从《西游记》的结构上看，虽然前后是从不同的情况下歌颂孙悟空的，但不等于这两种形象没有一点矛盾。在前七回中，玉帝是天上昏庸骄横的最高统治者，太上老君是道教首领，如来是佛门领袖，他们都是维护上天威严的凶恶打手，是窒息人性灵的可憎的象征，是作者在某种程度上蔑视和嘲笑的对象。而追求自由、平等，争取个人权利的孙悟空，他大闹天宫的轰轰烈烈英雄壮举，就被他们联合镇压下去，遭到悲剧的命运。很明显，作者是把全部的热情倾注在悟空这叛逆英雄身上，歌颂他英勇反抗上天的行动，同情他的失败与不幸，那格调是悲壮的、感伤的。但在十三回之后，作者一反常态，又把玉帝写得比较仁惠，把如来、老君、观音等写成正派人物，甚至加以鼓吹。这时的悟空虽不乏叛逆精神，对上天仍有蔑视、不敬，却歌颂多于嘲笑。因为这时悟空最主要的矛盾冲突是西天路上的妖魔，而神佛在某种程度上成了悟空必不可少的强大后援。所以，悟空对他们揶揄讽刺虽间或有之，但比之前期已失去尖锐锋芒，没有咄咄逼人的气势了。他自己就公开表示过：

> 我为人做了一场好汉，止拜了三个人：西天拜佛祖，南海拜观音，两界山师父救了我，我拜了他四拜。

在感情上跟他们也比较相投了。如在第八十七回“凤仙郡冒天止雨，孙大圣劝善施霖”中，竟将这大闹天宫的英雄写成纯粹的佛教徒，在他虔诚劝善之下，“城里城外大家小户，不论男女人等”，都烧香念佛，“一片善声盈耳”。于是，“这一声善念，果然惊动上天”，顿时“风云际会，甘雨滂沱”。这段情节不仅庸俗无聊，而且不符合悟空的独特性格，简直把这叛逆的英雄糟蹋得不成样子了。

第八十七回　凤仙郡冒天止雨，孙大圣劝善施霖

为什么悟空前后变

化如此之大呢？这正是作者吴承恩思想上矛盾所致。

吴承恩出身于中下层小商人家庭，父亲当年以“木讷迟钝”避祸，人称“痴翁”，是不满现实而又半悲剧式的人物。承恩从小受父亲熏陶，后又经历了坎坷的遭遇。他本是一个极有才学的人，但在卖官鬻爵、政治险恶的局势下，这个有正义感的文人，纵有奇才和理想，却屡遭压抑，壮志难申，这使他对社会、对现实生活，不能不怀着一腔怨愤。更何况他又生活在明代君主昏庸（正德、嘉靖），权奸执政（刘瑾、严嵩）的时期，所以他对朝廷极为不满，在《秦玺》中他指出秦虽亡，后世君主仍继亡秦之迹，君权膨胀，摧残民气，暴政不改，并进而把“尊君蔑臣”的明王朝比喻成秦朝暴政。在《申鉴序》中他借汉代“党禁”事，暗示让阉党搞特务统治，必然会给国家带来灾难。他希望自己挥起“斩邪刀”，诛“四凶”，除“五鬼”，但人微言轻，“欲起平之恨无力”（《二郎搜山图歌》），这使他极为感伤。在“进不能匡时，退不能匿志”（《申鉴序》）的情况下，孙悟空这个在民间广泛流传的故事人物，深深吸引了他，引起他心灵中的某种共鸣，他要借这幻想境界中的故事，一吐胸中愤懑，唱出久悒于心头的哀怨和理想的歌。所以在第七回“八卦炉中逃大圣，五行山下定心猿”中，他让齐天大圣大胆地说出了类似“革命者”的宣言：

> 天地生成灵混仙，花果山中一老猿。……因在凡间嫌地窄，立心端要住瑶天。灵霄宝殿非他久，历代人王有分传。强者为尊该让我，英雄只此敢争先。

吴承恩虽不满现状，胸中积蓄着愤火，有改革现状的强烈要求，但他毕竟是生活在16世纪封建社会的文人，他的思想不可能跳出时代的樊篱，不可能不接受他那个阶层对他的教育和影响，正像被“紧箍儿咒”制住的孙悟空一样，他也在时代思想的“紧箍儿咒”下屈服了。吴承恩生活在多灾多难的年代，耳闻目睹民众抗击倭寇的斗争、农民起义的悲壮事迹，这些对他均有心灵的触动。不过，吴承恩并没有超出“皇权主义”范畴，他只是反对“坏官吏”，而拥护“好皇帝”。他心目中的理想是实行儒家“王道”，达到“君正臣贤”。所以，他虽在诗文中抨击时弊，表达内心积愤，那多半是因为他大才未得朝廷重视而感慨、悲怨。他在《答西玄公启》一文中，对自己“才高八斗，笔挽千钧”而无人赏识感到愤慨；但同时，又在《明堂赋》之类文章中，一反常态对明王朝大唱赞歌，吹捧昏庸的嘉靖皇帝朱厚熜是“崇功伟烈”的圣君。可以说，吴承恩虽然不满现实，有一股刚直之气时时溢出，但“身在江湖，心存魏阙”，在内心深处还潜伏着名与利的冲动，也还希望仕进，能被上层人士赏识，一展襟抱，以致有急不择门之失。正因为在这种思想支配下，他在小说第八十八回“禅到玉华施法会，心猿木母授门人”中，通过玉华王来描写所谓“贤君”，所谓“海晏河清，太平之世界”的“王道”样板。由于吴承恩始终处于矛盾的心理状态下，所以他笔下的孙悟空在第十三回之后，虽野性未驯，但“已知悔”了，“情愿修行”。正因为如此，悟空后来虽仍傲视上天，也嘲骂过高等神佛，但从心情上并不敌对，在“紧箍儿咒”的胁迫之下，他“死心塌地”随唐僧往西天取经，再也不敢越雷池一步，甚

悟空谒师始愿从随

至反而觉得自己的大才得到器重，不惜沥尽心血为之效力。说实在的，当初他反抗上天，在一定程度上也因为玉帝太低估了他的才能，让他当弼马温所致。十三回之后的情节，与其说是孙悟空的转变，毋宁说是吴承恩思想另一端的展现，他是在用幻丽的彩丝为自己编织“理想国”的图画，曲折地述说自己的委屈和不平。

孙悟空这一形象之所以在民间流传，逐渐完善，本是广大人民不满现实、追求自身解放的一种理想寄托，吴承恩却把它拿来寄托自己的理想，这不能不产生矛盾。吴承恩虽然久居下层，悒郁满怀，是个半悲剧性人物，能在较大程度上同情广大人民的不幸遭遇，但他的理想与广大人民的理想还是有一定距离的，不过在不满现实、要求改变现状这一点上有着“某些”相近。因为广大人民要求的是彻底推翻封建统治者，而吴承恩则是在不触动封建根基的大前提下，进行一些枝节上的改良。但又正是因为有要求改革现状上的“某些”相近，有对广大人民在较大程度上的同情，所以他才能在民间传说和元人平话的基础上，创作《西游记》这部巨作，才能成功地塑造孙悟空这一叛逆英雄的形象。

尽管吴承恩由于受到历史和生活的局限，使孙悟空这个英雄形象的叛逆性格在后大半故事中受到一定程度的削损，比之于前七回减些声色，但仍不能掩其战斗的光辉，在后七十多回中孙悟空战胜了一道道险阻，降伏了一个个顽敌，展开了一次次惊

第五回　乱蟠桃大圣偷丹，反天宫诸神捉怪

心动魄的殊死斗争，他表现出来的机智、勇敢、百折不回的战斗精神和胆略，在一定程度上象征着人民不怕邪恶，敢于战胜邪恶的英雄气概，仍是具有现实意义的。因此，孙悟空这个英雄形象虽不十分完美，但在当时的历史条件下，作者能在很大程度上突破士林之见，大胆地塑造出这大无畏的叛逆英雄形象，还是很成功的，还是有较深的讽刺意义和战斗意义的。所以，这神通广大的美猴王，能在四百多年间风靡全国，雅俗共赏，成为妇孺皆知的人物。其艺术的魅力，使几个世纪的人为之惊叹。孙悟空不仅成为我国文学史上积极浪漫主义神话小说中最生动感人的形象，在世界文学史上也是罕见的，这不仅是吴承恩的骄傲，也是我们民族文学的骄傲。

《西游记》小说中主人公唐僧，并非纯系虚构出来的人物，而是有真实的历史依据。

玄奘法师（602—664），俗姓陈，名祎，洛州缑氏（今河南偃师县缑氏镇）人，祖籍为陈留（今河南开封市）人。父亲陈慧，“英杰有雅操，早通经术”。玄奘为其“第四子”，“幼而珪璋特达，聪悟不群”。玄奘的二哥长捷，隋大业中“先出家，住东都净土寺”，是位笃学僧人。玄奘受其影响，约于大业十一年（615）13岁时出家，与长捷同住净土寺。不久“隋氏失御，天下沸腾”，玄奘与兄长捷商量，同去长安。到长安后发现，唐初“国基草创，兵甲尚兴，孙、吴之术斯为急务，孔、释之道有所未遑”，在失望的情绪中，兄弟二人赴蜀，暂住成都空慧寺，并闻名蜀郡。玄奘“年满二十，即以武德五年（622）于成都受具”。后来，玄奘独自与商人结伴，离开蜀郡到荆州天皇寺，不久“到赵州，谒深法师学《成实论》。又入长安，止大觉寺，就岳法师学《俱舍论》。皆一遍而尽其旨，经目而记于心，虽宿学耆年不能出也”，因之“誉满京邑”，被称之为“释门千里之驹”（《大慈恩寺三藏法师传》）。

玄奘虽博涉经论，穷究奥理，仍感到各擅宗途，说法不一，不能明了内在联系。又受到新来的印度学者明友（波颇蜜多罗）的启发，获悉在印度最高佛学学府那烂陀寺，有高僧戒贤大师讲《瑜伽师地论》，遂以求实的精神，“誓游西方以问所惑”。

冒险西行

玄奘在贞观三年（629）联合一些僧人上表朝廷，奏请至西方“遵求遗法”。因唐太宗崇尚道教以自炫家世，故未被允纳。诸僧皆退，玄奘于这年八月单独上路，至凉州，被都督李大亮奉旨“逼还京”。于是，玄奘决定私越国境，此举得到河西释门领袖惠威法师赞助，并密遣门人惠琳、道整“窃送向西”。玄奘“不敢公出，乃昼伏夜行”至瓜州。这时，道整已“先向敦煌”，惠琳又“不堪远涉”，遂“放还”而独行。越境前，玄奘遇名叫石磐陀的胡人，“此胡即请受戒，乃为授五戒”。玄奘“见其明健，貌又恭肃”，就告之西行求法事，并托石磐陀买了马。第二天黄昏，“彼胡更与一胡老翁乘一瘦老赤马相逐而至”，言老马识途，与玄奘换马。玄奘换马后，与一少年胡人连夜出发，三更时行至玉门关附近“下褥而眠”。少年胡人起异心，“拔刀而起，徐向法师”，几乎对玄奘下毒手。天明时又对玄奘一再威吓，玄奘“与马一匹，劳谢而别。自是孑然孤游沙漠矣”。玄奘走了八十余里，见第一烽。玄奘在夜色降临后偷渡，“有一箭飒来，几中于膝”。幸亏守卫第一烽校尉王祥信佛，第四烽火台官吏王伯陇是王祥“宗骨”之亲，在他们帮助下，玄奘比较顺利地通过了第一、二、三、四道烽火台。因第五道烽火台官吏不便疏通，他们就指引玄奘从野马泉越过国境。不料，“觅野马泉不得”而“失道”，玄奘被困在茫茫流沙之中：

玄奘陷魔穴失从者

> 是时四顾茫然，人鸟俱绝。夜则妖魑举火，烂若繁星，昼则惊风拥沙，散如时雨。虽遇如是，心无所惧，但苦水尽，渴不能前。是时四夜五日无一滴沾喉，口腹干焦，几将殒绝……

由于玄奘求法心坚，艰难行进，终发现青草和水池，使“身命重全，人马俱得苏息”。玄樊在草池边停息两日后，“方出流沙到伊吾”。玄奘被高昌国国王麴文泰好意扣留，以致通过绝食斗争才获释。临行时，麴文泰与玄奘“约为兄弟”。麴文泰“为法师度四沙弥以充给侍”，赠“法服三十具”，赠“黄金一百两，银钱三万，绫及绢等五百匹，充法师往返二十年所用之资。给马三十匹，手力二十五人”。此后，玄奘持麴文泰给沿途二十四国国王的书信，以高昌王御弟的身份，在叶护可汗的保护之下，成了历史上最阔气的留学生，沿路访名僧求法，历经西域十六国，前后四年到达中印度摩揭陀国王舍城。

天竺求学

玄奘先在那烂陀寺戒贤大师门下学习5年，同时旁及大小乘

《毗昙》各论，后又到杖林山师兄胜军居士处学习2年。玄奘在戒贤大师处已窥瑜伽学全貌，在胜军居士处又廓清了余疑，并游学印度东部、南部、西部、北部数十国，旁通各派，使他能穷究唯识论的奥蕴，佛学研究的造诣大大超过了印度一般学者的水平，甚至超过了戒贤大师，成为全印度超一流的顶尖级大学者。玄奘回到那烂陀寺后，戒贤大师让他主讲《摄大众论》《唯识决择论》。玄奘别开生面地讲授了护法之外的瑜伽学说，为瑜伽学派增添光彩（护法是著名大乘瑜伽行派论师，曾主持那烂陀寺，后住菩提伽耶大菩提寺，首倡见分、相分、自证分、证自证分四分说，是戒贤的老师）。不料，这引起中观派师子光的不满，他据《三论》用中观之学说破斥《瑜伽师地论》，玄奘作《会宗论》三千颂折服师子光，深受戒贤大师赏识。师子光为争回面子，请师兄月师子来寺辩论，但月师子深感自己不是玄奘敌手，未加辩论而去。当时，瑜伽派不仅与中观派争论，也与小乘教，尤其是正量部长期争执。正量部派气势很盛，对瑜伽派批评达12年之久，瑜伽派未能予以圆满解答。玄奘赴印度求学后，正量部派般若毱多（智护）作七百颂《破大乘论》，重新挑起争论，玄奘作一千六百颂《制恶见论》进行彻底反驳。玄奘的学识和活动，深得戒日王支持和敬仰，戒日王召集五天竺沙门、婆罗门、一切异道教众数万人，在曲女城开了长达十八天的盛大法会，揭示玄奘作《会宗论》《制恶见

玄奘秉诚建大会

论》，允许会众提出异议，竟一直无人敢出头诘难。玄奘深受大、小乘人一致推崇，大乘人称其为“大乘天”，小乘人称其为“解脱天”。不久，又在钵罗耶伽举行无遮大会（不分贵贱、僧俗、智愚、善恶，平等看待的布施僧俗大斋会），这里是地处两河之间的平原，有很大的广场。玄奘的活动，显然对扩大佛教的影响大有益处。玄奘战胜了五天竺（五印度）佛学学者，获得极大荣誉，但他并不傲情，他看出所谓毕竟无性说（无佛性不能生佛之人，与众生皆能成佛之说相互矛盾）不能取信于中国人，故在临行前夕与诸大德讨论此事，想方便将此义略而不谈，受到戒贤大师的严厉责备：“边方（指中国）人懂得什么，岂可随便为他们增减义理？”（见《瑜伽师地论》“道伦记”卷五十四）玄奘无法，只好墨守师说，依然传播讲不通的义理。玄奘归国时，由戒日王、鸠摩罗王、跋吒王亲自率轻骑数百送别，“王以素氎作书，红泥封印，使达官奉书送法师所经诸国，令发乘递送，终至汉境”。行至信度大河：

> 将至中流，忽然风波乱起，摇动船舫，数将覆没，守经者惶惧堕水，众人共救得出，遂失五十夹经本及华种等……

过河后至乌铎迦汉荼城“停五十余日，为失经本，更遣人往乌苌那国抄写迦叶臂耶部三藏”。

贞观十九年（645），玄奘终于远涉归国。由于此时他已誉满中外，这位昔年的通缉犯受到唐太宗极为隆重的礼遇。太宗当时在洛阳，先遣左仆射房玄龄迎于东都，不久太宗在洛阳宫中召见玄奘。太宗见玄奘“堪公辅之寄，因劝罢道，助秉俗务”，即还俗为朝臣，玄奘“固辞乃止”（《大慈恩寺三藏法师传》）。受召见后，玄奘被安排至长安弘福寺住，后住大慈恩寺。玄奘带回佛经657部，在太宗资助下设“译场”，他与门人窥基、辩机、神昉、普光等人，用了19年翻译重要经论75部，合计有1 335卷，相当于自汉代开始至隋全部译经数之和，实为一代佛学大宗师。玄奘、辩机所著《大唐西域记》12卷，记载了我国西北地区以及印度、尼泊尔、巴基斯坦、孟加拉国、中亚等地古代历史地理情况，为世界学者所重视。“玄奘门人另有日本人道昭、智通。道昭初传慈恩宗到日本，成立了法相宗，以地方分，这一系为南寺传，其后在智周（玄奘门人慧沼的弟子）门下还有日本人玄昉、智风。玄昉再传法相宗入日本，成为北寺传。法相宗在日本流传不断，至今还有传承。”（吕澂《中国佛学源流略讲》）

第一百回　径回东土，五圣成真

传播佛学

玄奘是佛学大师，是我国四大译经家（罗什、真谛、玄奘、不空，另一说法无不空，改为义净）中最佳者，但作为开宗立派的创始人，没有非凡的社会活动能力是不行的，玄奘具有这种才能。玄奘深知事之成败往往取决于君主，故较能迎合当政者心意。太宗曾问他，往天竺求法“山川阻远，方俗异心”，如何能达到，他却说“自陛下握乾符，清四海，德笼九域，仁被八区”，“赖天威，故得往还无难”。（《三藏法师传》）这纯粹是阿谀奉承之词。玄奘为扩大本宗影响，曾多次恳请太宗为他译经作序，后又恳请皇太子再为作序。玄奘常去见太宗、高宗，了解宫中巨细，甚至连武后生皇子（中宗李显）事，他都事先打探清楚，并为其“乞平安”。待皇子出生后，玄奘又请求收其为门人，上尊号奉为“佛光王”，逾月又在慈恩寺为其剃度。在大慈恩寺内，有梵僧那提，因其相信空宗，与玄奘的法相宗理论有别，携来的经籍没有机会组织人翻译（详见道宣《续高僧传》卷四）。禅师法冲善楞伽宗旨，素为宰相房玄龄所推重，闻知玄奘不允许讲旧时译经，讥讽道："君依旧经出家，若不许弘旧经者，君可还俗，更依新经出家。"（《续高僧传》卷二十五《法冲传》）玄奘一时无言以对，乃止其行。玄奘还把自己从印度获得的唯识学当成奇货，不肯轻易传授门人。他的大弟子窥基，俗姓尉迟，字洪道，是右金吾卫将军尉迟敬宗之子、鄂国公尉迟敬德之侄，出身高贵，社会关系好，又是奉敕为玄奘弟子的，有利于弘扬本宗学说，故受到特殊的培养教育。玄奘译《唯识论》时，原以窥基、神昉、嘉尚、普光四人助译，窥基要求辞退神昉等三人由他一人助译，玄奘便曲从其请，专为窥基讲解《唯识论》。玄奘另一门人新罗王孙圆测贿赂看门人，潜入讲室偷听。第二天圆测抢先在西明寺召集僧众讲《唯识论》，使窥基未达目的。玄奘为安慰窥基，又独授因明学，为他讲解《瑜伽论》。圆测又贿赂看门人，潜入偷听，抢先开讲。玄奘为树立窥基之权威，竟当众宣布："五姓宗法，唯汝流通。"（宋·赞宁《宋高僧传·窥基传》）五种姓说遂成了窥基独得秘传。综上所述可知，玄奘在曲迎当政者、排斥异端、抬高自己、培植势力等方面都是很精明的，绝非不懂政治的学者所能为。历史的局限，竟在这位佛学大师身上投下这么可怕的暗影，实在令人遗憾。有关玄奘的史料，见《旧唐书·方伎传》、唐·道宣《续高僧传》、宋·志磐《佛祖统记》、元·噩梦堂《唐宋高僧传》、觉岸《释氏稽古略》等，但最翔实的记载，则为玄奘门人慧立撰写、彦悰增补的《大慈恩寺三藏法师传》，而《大唐西域记》也记载他往天竺求法的生活和见闻，也是研究他的重要史料。

《大慈恩寺三藏法师传》虽据玄奘口述整理，但并非信史。有些事出自宗教徒之口，就不免夸大失实，狂热神奇。玄奘在古代交通极差的环境下，往天竺求法，路经数十国，往返17年，行程5万里，并以其博大精深的学识声震异域，这本就带有传奇色彩，再加上慧立绘声绘色的描述，引入异境诸种民间传说和佛教神异故事，添上宗教徒因痴迷、热狂而产生的呓语，已经有些传奇小说的味

山间恶龙吃三藏马

道，令人读之着迷了。因此，玄奘取经故事沿着两条道路发展，它不仅盛传于僧众中，成为他们的偶像；也渐渐流入民间，成为引人注目的市井文学题材。二者之间相互影响，连美术家、雕塑家都加入鼓吹的行列。宋代欧阳修《于役志》记载在扬州寿宁寺见到五代时绘“玄奘取经”的“画壁”。在杭州飞来峰龙泓洞口有两组唐僧取经浮雕，在敦煌榆林窟“普贤变”中穿插唐僧取经故事壁画。

从现实到神话

玄奘由现实中的佛学大师，变成文学艺术中大有来头的圣僧，是逐渐衍变而成的。在唐代已盛传玄奘轶闻，如李冗《独异志》载，玄奘“往西域取经”，遇“一老僧，头面疮痍，身体脓血，床上独坐”，并“口授《多心经》一卷，令奘诵之，遂得山川平易，道路开辟，虎豹藏形，魔鬼潜迹”。玄奘“将往西域，于灵岩寺见有松一树”，手摩其枝曰：“吾西去求佛教，汝可西长，若吾归，即却东回。”之后松枝“年年西指”，“一年忽东回”，弟子“西迎之，奘果还”。这个“摩顶松”故事，也载于刘肃《大唐新语》。此外，唐人段成式《酉阳杂俎》、胡璩《谭宾录》和宋人钱易《南部新书》等书中，也载玄奘轶闻。

在宋代《大唐三藏取经诗话》中发生了质变，唐僧由现实中人，变成纯粹虚构的小说中人。《诗话》中唐僧不再是纯正庄严的佛学大师，已沾染上不少市井人之俗气，在“入王母池之处第十一”载：

> 法师曰：“此莫是蟠桃树？”行者曰：“轻轻小话，不要高声！此是西王母池。我小年曾此作贼了，至今由怕。”法师曰：“何不去偷一颗？”……猴行者曰：“树上今有十余颗，为地神专在彼处守定，无路可去偷取。”师曰：“你神通广大，去必无妨。”说由未了，擷下三颗蟠桃入池中去。

清彩绘全本《西游记》　逼母弃儿

此中法师并不板起面孔训人，反而腹中馋虫大动，竟去挑唆猴行者偷桃。市井之人不喜欢虚礼，往往以实惠为主，多是庸俗的唯物主义者，故而作为“说话人”底本的《诗话》中法师反倒使人容易接近。因为人是有七情六欲的，太庄严了，太神圣了，就没有生气，没有人味了。

玄奘大约在元代由河南洛州缑氏人，改为江苏海州弘农县人。这个地名很怪，古时海州有两处：一是江苏连云港市，一是辽宁海城县，唐代都称“海州”。弘农县，历为弘农、恒农、常农，西汉武帝元鼎三年置，今为河南灵宝县。如海州为连云港市，与河南灵宝县南辕北辙不相符，大概当时编戏文时故意所为，以示内容纯系虚构，不含影射之意吧。将玄奘改为海州弘农人，首见宋元戏文《陈光蕊江流和尚》，可惜只剩残曲，但元末明初杨景贤《西游记》杂剧第一本“之官逢盗、逼母弃儿、江流认亲、擒贼雪仇”中比较全地吸收了《陈光蕊江流和尚》戏文情节，大略为：海州弘农人陈光蕊状元及第，娶大将殷开山女儿，赴洪州任太守。在百花店放生一金色鲤鱼。行至江上，水手刘洪起歹意，将光蕊推入江中，胁迫殷氏相从。殷氏已怀八月身孕，欲延陈氏一脉，忍辱允应。殷氏生子满月，刘洪迫令抛弃，殷氏乘间写血书备叙始末，用木匣浮于江中，为金山寺长老救护收养，后出家为僧，曰玄奘。玄奘18岁时始见血书，洪州寻母。太守虞世南捕刘洪，在江上血祭光蕊。昔年光蕊入江，被他放生的化身为金色鲤鱼的龙王所救，至此送光蕊还阳，夫妻、父子团聚。在杂剧中玄奘是“西天毗卢尊者托化”，为的是在“东土开坛阐教”，将玄奘与如来佛拉上关系。在元人《西游记》平话中，玄奘“证果旃檀佛如来”。《朴通事谚解》中介绍平话故事梗概，已经初具《西游记》小说规模，但在玄奘身世注云：“三藏俗姓陈，名伟，洛州缑氏县人也，号玄奘法师。贞观三年，奉敕往西域取经六百卷而来。”似是比较照历史真实写，未采戏文中陈光蕊之说。据《法师传》玄奘“本名祎”，“名伟”是“名祎”之讹。关于旃檀佛传说，《大唐西域记》《释氏稽古略》等中均载，如来佛升忉利天为母亲说法，优填国王思佛，乃刻旃檀为佛像，如来佛复至人间，此像竟有灵性，迎佛稽首，佛为摩顶授记曰：

我灭度千年之后，汝从震旦（东土）也，广利人天。

玄奘回国还带来“檀佛像一躯，通光，座高二尺九寸”。玄奘与旃檀佛结缘，大概是为此吧。在元代，旃檀佛传说颇盛，甚至惊

唐僧

动皇帝，特组织集贤大学士李衎等研究旃檀佛的来历，以辅“政教之所不逮者”，此情况详见程钜夫《旃檀佛像记》。此中“汝从震旦，广利人天”，为这故事赋予新意，正与玄奘西行求法，回归东土大畅释门的行为相近。又因玄奘多次宣传此传说，遂不免被后人附会，终于使玄奘由学识渊博的佛学大师，衍为肉身飞升的法师，又变成佛教传说中的旃檀佛，并为如来佛祖座下的二弟子金蝉子。真实的历史故事与民间故事传说、佛教故事传说渐渐互相影响、融汇，遂成为《西游记》小说中的唐僧。

吴承恩笔下的唐僧，既不似《取经诗话》中法师之市井俗气，也不如历史上真实玄奘之法相庄严，而是二者的矛盾混合体。作者将唐僧作为完备的佛教教义的体现者加以塑造，肯定他取经心诚，善良，有自我牺牲精神和在灾厄面前不妥协的品格，但又在较多篇幅上批判他身上消极的一面，即遇事往往平庸忍让，怯于斗争，耳软心活，有时固执、迂腐到是非不分的可笑又可恨的地步。唐僧的种种错误，多次给师徒在取经路上带来巨大灾难，如果不是“火眼金睛”的孙大圣不断顶住和纠正他的错误观念，恐怕西天取经的神圣任务早成画饼了。

猪八戒是《西游记》中第三号人物，虽是纯虚构出来的，却也可以从远古神话传说、民间传说、唐宋传奇及佛教人物和故事传说中，找到其承袭、借鉴的痕迹。

陈寅恪在《西游记玄奘弟子故事之演变》一文中推考，猪八戒是从《根本说一切有部毗奈耶杂事》卷三《佛制苾刍发不应长因缘》中变大猪救沙门之大神衍化而成的，略云：

> 时具寿牛卧在㤭闪毗国，住水林山出光王园内猪坎窟中。……出光王命掌园人曰："汝今可于水林山处，周遍芳园，皆可修治。……"彼人敬诺，一依王教。既修营已，还白王知。时彼王即便将诸内宫以为侍从，往诣芳园。游戏既疲，偃卧而睡。时彼内人，性爱花果，于芳园里随处追求。时牛卧苾刍须发

皆长，上衣破碎，下裙垢恶，于一树下跏趺而坐。宫人遥见，各并惊惶，唱言："有鬼！有鬼！"苾刍即往入坎窟中。时王闻已，行至窟所，执剑而问："汝是何物？"答言："大王，我是沙门。"王曰："是何沙门？"答曰："释迦子。"问言汝得阿罗汉果耶？答言不得。汝得不还，一来，预流果耶？答言不得。且置斯事，汝得初定，乃至四定？答并不得。王闻是已，转更瞋怒，告大臣曰，此是凡人，犯我宫女，可将大蚁填满窟中，蜇螫其身。时有旧住天神近窟边者，闻斯语已，便作是念：此善沙门，来依附我，实无所犯，少欲自居。非法恶王，横加伤害。我今宜可作救济缘。即自变身为一大猪，从窟走出。王见猪已，告大臣曰，可将马来，并执弓箭。臣即授与，其猪遂走，急出花园。王随后逐。时彼苾刍，急持衣钵，疾行而去。

但陈寅恪对此尚存疑点，故云："猪八戒高家庄招亲故事，必非全出中国人臆撰，而印度又无猪豕招亲之事……此故事复经后来之讲说，憍闪毗国之憍，以音相同之故，变为高家庄之高。惊犯宫女，以事相类似之故，变为招亲"，此即"高老庄招亲故事之起源也。"陈寅恪对佛学研究甚深，可为一说。杭州佛教协会编《灵隐》

行者化女挫却妖精

认为“朱八戒传说是三国时往西域求法的第一个僧人朱士行”。但并未附上任何论据，难以令人信服。

鲁迅认为猪八戒这一形象，是从中国古代神话传说中发展衍变而来，此说详见戈宝权译《关于猪八戒——周树人氏谈》一文，较有说服力。鲁迅推考“小说中写到猪，是六朝时代的事”，并引晋·干宝《搜神记》“猪臂金铃”故事：

> 晋有一士人，姓王，家在吴郡。还至曲阿，日暮，引船上当大埭。在埭上有一女子，年十七八，便呼之留宿。至晓，解金铃系其臂。使人随至家，都无女人，因逼猪栏中，见母猪臂有金铃。

不过，鲁迅未引原文，而是自译成白话文，且在情节上小有出入。他据此断言：“《西游记》中的猪八戒，并不是作者新创作出的人物，而是沿用此前已有的人物创造出来的。”

旷源《闲话猪八戒》一文中进一步发挥和补充了鲁迅的论点，他认为《搜神记》“安阳亭书生”中的母猪精，就其态度之“老实”而言，更接近猪八戒。他还认为《山海经》中两头猪怪“屏蓬”（或“并封”）、“合窳”，《离骚》与《淮南子》中英雄后羿射杀之封猪，是猪八戒的祖先。封猪与猰貐、凿齿、九婴、大风、修蛇等“皆为民害”，是个十分凶恶的野兽。“屏蓬”与“天蓬”音义相近，很可能是一音之转。“合窳”其“音如婴儿”，“状如彘而人面”，“是兽也，食人，亦食虫蛇，见则天下大水”。可见远古传说之猪神还是水神，这正应了猪八戒是天河里的天蓬元帅。《山海经》的《北山经》《中山经》记载了四十多位“彘身人首”的猪神，在远古神怪中颇有势力。别看猪八戒模样不济，却出身于名门望族，是大有根底的人物。

猪神的形象，一入六朝就发生了较大变化，大概是这副模样有损神的尊严，于是从远古传说神的家族中被驱逐出来，降为妖怪中较低的一类。又因这时离人类童年时代较远，故而在新的传说中使

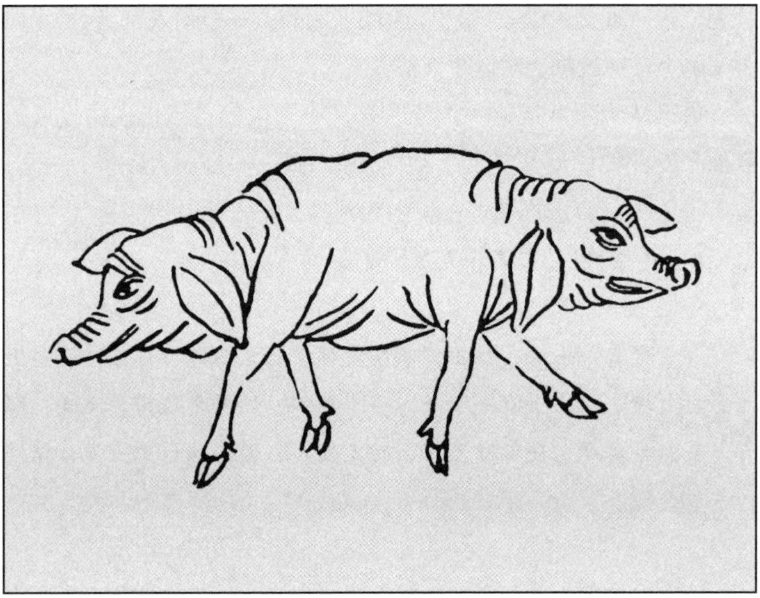

《山海经》并封

其日趋人格化，并具有三大特点：一是好色；二是贪食；三是缺心眼，不机灵。如唐·牛僧孺《玄怪录》中的“乌将军”最具此三大特色。传奇小说中自称乌将军的猪怪，身穿甲胄，戈剑弓矢，手下有不少从卫，一副凛然难犯的样子。他好色，贪食，轻信，“每岁求偶于乡人，乡人必择处女之美者而嫁焉”。他见到素不相识的人，“喜而延坐”，“与对食，言笑极欢”，热情好客，并不防范对方，以致被郭元振“捉其腕而断之”，“毙于围中”。《西游记》中的猪八戒，就颇具乌将军之遗风。

关于猪精托生的传说，由来甚早。东汉郭宪《汉武洞冥记》载：

汉武帝未诞之时，景帝梦一赤彘从云中直下，入崇兰阁。帝觉而坐于阁上，果见赤气如烟雾，来蔽户牖，望上有丹霞蓊郁而起。乃改崇兰阁为猗兰殿。后王夫人诞武帝于此殿。

即汉武帝是赤猪下凡。唐·吕道生《定命录》载：

玄宗御勤政楼，下设百戏，坐安禄山于东间观看。……禄山醉卧，化为一猪而龙头。左右遽告，帝曰："渠猪龙，无能为也。"终不杀之。

此中安禄山也是猪精下凡。在宋代猪神的地位又有所提升，这大概与佛教深入发展有关，因为佛教讲究宿缘、轮回、流转和空空之观，对形状和变相并不十分在意，故有些好事者，为猪神恢复名誉。宋人洪迈《夷坚志》甲志"猪精"载：

绍兴十年春……明年冬，寺中作制院鞫岳飞，遇夜，周卿往往间行鞫所。一夕月微明，见古木下一物，似豕而角，周疑骇却步。此物徐行，往狱旁小祠而隐。……即而闻岳之门僧惠清言，岳微时居相台，为市游徼，有舒翁者善相人，见岳必烹茶设馔，尝密谓之曰："君乃猪精也。精灵在人间，必有异事，它日当为朝廷握十万之师，建功立业，位至三公。然猪之为物，未有善终，必为人屠宰。君如得志，宜早退步也。"岳笑，不以为然，至是方验。

将岳鹏举说成是猪精，比依他名字附会成大鹏金翅鸟之说，显然差劲多了。故后世人多不赞同此说。宋人方勺《泊宅编》卷三载，"婺州有僧嗜猪头，俗号猪头和尚"，平时衣裳"蓝缕，不为礼"，竟是"定光佛"化身。苏轼《东坡志林》载在他家乡"眉州青神县道侧，有一小佛屋，俗谓之猪母佛"。看来猪也能成佛的。至于"八戒"一词，不仅是佛门教义"八戒斋"，而且是唐代一位高僧的名号。据《释氏稽古略》卷三载，唐德宗时清凉国师澄观，"中外台辅重臣，咸以八戒师礼之"。此书同卷引《佛祖通载》及《感业传》所录"毛债"事甚奇异：

寿州毛罕妻，兴元元年产一子，名毛债，猪头象耳，骡足鱼腮人身。既长，每以铁杖自鞭其身，持篠帚金殿扫地。谓人曰：“夙因盗常住钱金，故扫地以偿也。”后越州云门有赞之者曰：“常住分文不可偷，日生万倍恐难酬。猪头骡脚分明见，佛地今生扫未休。”至是癸酉年毛债死。

《西游记》中猪八戒，因犯错误贬出天曹，误投胎成猪形，在西天取经漫漫征途中挑担受罚，从性质上看与毛债很相似。

孙猪两弟杀虎先锋

猪八戒的形象不仅与佛门有法缘，也与玄门有道缘，更与古代猪神、猪怪有血缘。杨景贤《西游记》杂剧四本十三出“妖猪幻惑”中，猪八戒“自报家门”道：

某乃摩利支天部下御车将军，生于亥地，长自乾宫，搭琅地盗了金铃，支楞地顿开金锁。

摩利支，音译作摩利支天、摩利支菩萨、摩利支提婆、摩利支佛母等。意译作阳焰，以其形相不可见、不可取；又作华鬘，以其有天女之形相。是帝释眷属，能隐形，有保护众生不受怨敌侵害之功能，最为武士信仰。不空译《摩利支天经》，说她有“大神通自在之法，常行日前，日不见彼，彼能见日。无人能见，无人能知，无人能害”。天息灾译《大摩利支菩萨经》云：

> 别明成就法，令彼行人先作观想。想彼摩利支菩萨，坐金色猪身之上，身着白衣，顶戴宝塔，左手执无忧相华枝，复有群猪围绕。

由此可知，摩利支天为天女形，三面三目，八臂，持金刚杵、针、钩、箭、索等，立于猪车上。猪八戒为她属下御车将军，是驾猪车武士，又“生于亥地”，按中国十二生肖说，以每一地支与一动物相配，为“亥猪”，显然是猪神。还谈到“盗了金铃”，与六朝时“猪臂金铃”传说又挂上了钩，是中国古代传说与印度佛教传说的大杂烩。

猪八戒“天蓬元帅”的称号，是道教神名。唐末杜光庭《道教灵验记》中《刘载之诵天蓬咒验》云：

> 彭城刘载之……尝遇苏门道士刘大观，授以天蓬神咒……寇陷长安……而密诵神咒以求其祐。是夕，有一人如军人之饰……此人引其手，若腾跃于空中，良久覆地。……有谒者平冠褒袖云：“太帝君令于宾宇憩息。”俄赐酒馔仙果，二仙官与之宴饮，……仙官曰：“太帝是北斗之中紫微上宫玄卿太帝君也。上理斗极，下统酆都阴境。帝君乃太帝之所部天蓬上将，即太帝之元帅也。吾子冥心北元，尊奉神咒，而值此危难，将陷锋镝，太帝阅籍当在驱除之伍，仰轸圣虑，已奉章太上，述勤瘁之心，延寿三纪，使还于故里尔。”……是则太帝之昭鉴，天蓬之威神，不遗毫分之善也。

此书《王道珂诵天蓬咒验》云：“天蓬将军是北帝上将，制服一切鬼神。”在《范希越天蓬印祈雨验》中，范希越“事北帝修奉之术，雕天蓬印”，“为生灵祈雨”。杜光庭所说的天蓬将军，或称天蓬元帅，是北帝属臣，能降妖祈雨，曾使“罗城四江平岸流溢”，与水有缘。北帝或称北极，或称北斗之中紫微上宫玄卿太帝君。《晋书·天文志》云：“北极五星，钩陈六星，皆在紫宫中。”紫宫即紫微宫。故知此三称呼意义相同。我国古代有五方大帝之说，北方为“黑帝汁光纪”，后来道教又奉玄武为北方之大神，《西游记》中又称玄天上帝。《后汉书·王梁传》云：“玄武，水神名。”《淮南子·天文训》：“北方水也，其帝颛顼，其佐玄冥，其神为辰星，其兽玄武。”而《西游记》中猪八戒“本是天河里天蓬元帅”，也是水神。在宋人吴自牧《梦粱录》“四圣延祥观”载：

> 四圣者，紫北极大帝之四将，号曰天蓬、天猷、翊圣、真武大元帅真君。

故可推知小说中猪八戒形成的过程，与道教传说有关，连他曾任“天蓬元帅”的神职，都不是吴承恩杜撰出来的，而与唐宋时道教传说、民间传说有直接关系。只不过《西游记》中将这一神衔由北极大帝属臣晋升为由玉皇大帝的中央部门直接领导了。

第七十二回　盘丝洞七情迷本，濯垢泉八戒忘形

我觉得猪八戒这一形象，从佛门大师身上和佛门教义上取法号，从道教传说中取神职，主要从我国古代有关猪神、猪怪的神话、传说、小说、戏曲中吸收营养，

又兼受佛道传说的影响，而逐渐衍化出来的。他最初定型是在元代，因为在宋人的《大唐三藏取经诗话》中，他还没有出世。佛门八戒：不杀，不盗，不淫，不妄语，不饮酒，不眠坐高广华丽床坐，不涂饰香鬘及歌舞视听，不食非时食。而猪八戒好吃、好睡、好色、好妄语、好杀生，并不看重佛门教义，此中恐怕含有作者对佛教教义的诙讽与不敬。

《西游记》小说中沙僧字悟净，又称沙和尚。沙僧在有关西天取经故事的形成过程中，原比猪八戒出现得早，不晓何因，后来却成了三师弟，或许是因为他生就成“不黑不青蓝靛脸”，印堂发暗，有些晦气吧。

在最早出现比较完整的取经故事——宋人《大唐三藏取经诗话》第八载：

> 深沙云："项下是和尚两度被我吃你，袋得枯骨在此。"和尚曰："你最无知。此回若不改过，教你一门灭绝！"深沙合掌谢恩，伏蒙慈照。深沙当时哮吼，教和尚莫敌。只见红尘隐隐，白雪纷纷，良久，一时三五道火烈，深沙衮衮，雷声喊喊，遥望一道金桥，两边银线，尽是深沙神，身长三丈，将两手托定；师行七人，便从金桥上过了。

> 深沙神合掌相送。法师曰："谢汝心力。我回东土，奉答前恩。从今去更莫作罪。"两岸骨肉，合掌顶礼，唱喏连声。

此中化身为金桥，使玄奘法师、猴行者等七人通过险阻的深沙神，就是沙和尚的前身。从深沙神送行时的"解吟诗"：

> 一堕深沙五百春，浑家眷属受灾殃。
> 金桥手托从师过，乞荐幽神化却身。

可知他因犯了错误才被贬到深沙受苦的，而且还有妻子、儿女。此中深沙神化身金桥渡玄奘七人事，与南朝梁·僧旻等编《经律异相》卷十四所载"目连使阿耆河水涨化作宝桥渡佛"事有些相似。此事见《僧祇律》第六卷，或许《取经诗话》中的情节即从此经中衍出。深沙神是佛教神将，或护法神之一，为忿怒之鬼形，两手执戟，或左手把青蛇，立于岩石上。唐代不空译《深沙大将仪轨》一卷，并无《取经诗话》中的情节。但这位深沙神出现在《取经诗话》中也并非空穴来风。在《大慈恩寺三藏法师传》载：

> 从此已去，即莫贺延碛，长八百余里，古曰沙河，上无飞鸟，下无走兽，复无水草。……是时四顾茫然，人鸟俱绝。夜则妖魑举火，烂若繁星，昼则惊风拥沙，散如时雨。虽遇如是，心无所惧，但苦水尽，渴不能前。是时四夜五日无一滴沾喉，口腹干焦，几将殒绝，不复能进，遂卧沙中默念观音，虽困不舍。……至第五夜半……即于睡中梦一大神长数丈，执戟麾曰："何不强行，而更卧也。"法师惊寤进发，行可十里，马忽异路，制之不回。经数里，忽见青草数亩，下马恣食。去草十步欲回转，又到一池，水甘澄镜澈，下而就饮，身命重全，人马俱得苏息。

玄奘偷越国境困在茫茫"沙河"，备受干渴之苦，以及幻梦中

流沙河头八戒战妖

妖魑侵扰和长数丈执戟大神指点救护等情景，被后人将其与早就传入东土的目犍连故事合为一体，衍成功与过俱有、身高数丈化身金桥之深沙神。而“卧沙中默念观音”事，在更后来的《西游记》小说中，又生发而去，衍为观音派弟子惠岸行者降伏沙和尚。由此可知，在《取经诗话》中，呆头呆脑、可笑可恨又可爱的猪八戒还没有诞生，沙和尚的前身深沙神已经出现了，这大概与《三藏法师传》的上述记载有关系。

在《朴通事谚解》小注中引元人《西游记》平话梗概云：

唐太宗敕玄奘法师往西天取经，路经此山，见此猴精压在石缝，去其佛押出之，以为徒弟，赐法名吾空，改号为孙行者，与沙和尚及黑猪精朱八戒偕往，在路降妖去怪，救师脱难，皆是孙行者神通之力也。法师到西天受经三藏东还。法师证果栴檀佛如来，孙行者证果大力王菩萨，猪八戒证果香华会上净坛使者。

此中沙和尚虽在朱八戒之前加入西天取经行列，但未载其最后证果何职，甚为可惜。或许在元人平话中，沙和尚已渐失灵性，在神通与功劳上均已逊色于八戒了。

在元末明初杨景贤《西游记》杂剧第三本十一出“行者除妖”中载：

〔和尚挂骷髅上云〕恒河沙上不通船，独霸篙师八万年。血人为饮肝人食，不怕神明不怕天。小圣生为水怪，长作河神，不奉玉皇诏旨，不依释老禅规。怒则风生，愁则雨到，喜则驾雾腾云，闲则搬沙弄水。人骨若高山，人血如河水，人命若流沙，人魂若饿鬼。有一个僧人，发愿要去西天取经，你怎么能够过得我这沙河去。那厮九世为僧，被我吃他九遭，九个骷髅尚在我的脖项上。我的愿心，只求得道的人，我吃一百个，诸神不能及。恰吃得九个，少我的多哩。看甚人来者。〔行者上云〕渡船，渡船。〔沙和尚云〕又是个合死的来者。〔行者云〕你姓甚么？〔沙和尚云〕我姓沙。〔行者云〕我认得你，你是回回人河里沙。〔沙和尚云〕你怎么知道？〔行者云〕你嘴脸有些相似。〔沙拿行者咬科〕〔行者云〕诸人怕你吃，恁爷不怕你吃，铜筋铁骨，火眼金睛，鍮石屁眼，摆锡脏头，你有铜牙铁齿，你便来寻我。〔行者做拿沙和尚科〕……〔唐僧上〕〔行者云〕师父，弟子降了这洞魔君。〔唐僧云〕善哉，善哉，你元是何等妖怪？〔沙和尚云〕小圣非是妖怪，乃玉皇殿前卷帘大将军，带酒思凡，罚在此河，推沙受罪。今日见师父，度脱弟子咱。

从沙和尚九次吃掉“取经”人，以及“带酒思凡”被贬恒河受罪的情节上看，他正是从《取经诗话》中有家眷又犯错误被贬到沙河的深沙神直接衍化出来的 。但此中沙和尚已由印度佛教中的护法神，衍为中国玉皇大帝殿前神将，而同时又生活在印度恒河上，实际上是个大杂烩。此外，杂剧中说沙和尚是回回人，可能受到元初吴昌龄《西天取经》杂剧的影响。此剧虽佚，可题目正名曰“老回回东楼叫佛，唐三藏西天取经”，有回族人信佛的内容，其残曲

三藏乘葫芦渡流沙

在《万壑清音》《集成曲谱》《纳书楹曲谱》等书中可见。在《西游记》杂剧第四本十三出“妖猪幻惑”中，猪八戒才初露头角，较沙和尚晚些时候才加入取经队伍，应是三师弟。但在《西游记》杂剧中沙和尚出世，在篇幅上仅为一出的前半部分，内容甚少，足见已不受重视，而晚出场的猪八戒，却整整用了一本四出来加以介绍，真是后来居上，压倒了沙和尚。沙和尚的形象，在西天取经的故事传说中虽然较早，却不知怎的每况愈下，以致在《西游记》小说中竟降为三师弟，成为取经队伍中的第四号人物，实在有点不公平。

沙和尚为玉皇大帝驾前卷帘大将军，不仅见于《西游记》杂剧，也见于《西游记》小说，或许在久已散佚的元人平话中也有此神职。据清末大学者俞樾《茶香室三钞》推考：

> 国朝段松苓《益都金石记》：“唐东岳庙尊胜经幢载诸神名，有南山卷帘将军。”然则《西游衍义》，有卷帘大将之名，亦非无本也。

可见沙和尚这一形象，是在《三藏法师传》记载的基础上，又兼采佛教、道教和民间传说，由诗话、平话、杂剧中几次显露角色，最后在《西游记》小说中定型的。

《西游记》小说中的沙僧，是玉皇大帝“灵霄殿下侍銮舆的卷帘大将”，既无家眷，也不好色，只因“在蟠桃会上，失手打碎了玻璃盏”，被玉帝大怒“打了八百，贬下界来”，在流沙河当了水怪。后被观音菩萨收降，皈依释门，从此专心一念随唐僧往西天取经。

沙僧是个老实厚道的人，没有杂念，一路上保护唐僧，登山牵马，不辞辛劳，毫无怨言。尽管他神通不算广大、又是经常担负着保护唐僧任务的贴身卫士，不能像八戒那样经常手挥钉钯协助大师兄孙悟空与妖魔苦斗，但也始终是勇敢和意志坚定的，在艰苦卓绝的困难和斗争面前，从未产生过像八戒那样“散伙”的念头，也从未像八戒那样在战斗失利的情况下自己先逃命。在沙僧身上没有八戒那么多的小毛病，而且每当八戒挑唆唐僧赶走孙悟空时，他或者挽留，或者中立，所以有一次悟空被逐时，就吩咐沙僧道：“贤弟，你是个好人，却只要留心防着八戒言语，途中更要仔细。”但由于在小说中他只是个陪衬的角色，不仅出场的情节比悟空甚少，就是比之唐僧、八戒也少许多，故而其灵性未能充分展开，是个有点概念化的人物，在读者心目中印象不够深刻。常言道，红花虽好，也要有绿叶扶持。在《西游记》小说中如果没有沙僧之类的人物做衬托，孙悟空的形象

味潜斋石印本《新说西游记图像》　沙僧

也不会那么生动、突出、光彩照人。事实上吴承恩在描写他们西天取经的路上，是常常用唐僧、八戒、沙僧身上的弱点、缺点来衬出孙悟空身上特点、优点之难能可贵。

《西游记》小说中描写，在高高的天界，“有三十三座天宫，乃遣云宫、毗沙宫、五明宫、太阳宫、化乐宫，……一宫宫脊吞金稳兽；又有七十二重宝殿，乃朝会殿、凌虚殿、宝光殿、天王殿、灵官殿，……一殿殿柱列玉麒麟”。天界的最高统治者高天上圣大慈仁者玉皇大天尊玄穹高上帝，简称玉皇大帝或玉帝，经常在金阙云宫灵霄宝殿办公。他的妻子王母娘娘，管理天界仙女，简称王母。她还有块自留地蟠桃园，园中有三千六百株桃树，其中：

> 前面一千二百株，花微果小，三千年一熟，人吃了成仙了道，体健身轻。中间一千二百株，层花甘实，六千年一熟，人吃了霞举飞升，长生不老。后面一千二百株，紫纹缃核，九千年一熟，人吃了与天地齐寿，日月同庚。

悟空失路到兜率天

王母就靠这块自留地，“大开宝阁，瑶池中做‘蟠桃胜会’”。而出生就极不安分的孙大圣，正是因为得知没有请他赴会，才一怒之下偷仙桃、偷玉酒、偷仙肴、偷金丹，搅乱会场，反出天宫。

玉帝的来历

玉皇大帝是民间信仰诸神中最高的神，是天的化身。我国从远古以来就产生天帝的观念，而且这位天帝的形象也在发展变化。在殷商甲骨文中就有记载：

> 乙巳帝允令雨至于庚。(《殷虚文字乙编》)
>
> 伐卬方，帝受我又（佑）。(《龟甲兽骨文字》)
>
> 王宾帝史（宾，祭名；史，殷代官名）。(《卜辞通纂·别录之二》)

在《尚书·召诰》中称天帝作“皇天上帝”，在《君奭》中称“上帝”或“皇天”，还提到“天命”“天威”，在《多士》中提到

“天罚”，“天”已经是有意识的神。在《诗经》的《节南山》《瞻卬》中称天帝作“昊天”，在《云汉》中作“昊天上帝”或“昊天”。古代郊祀，就是祭祀昊天上帝，或称皇天上帝。大约在魏晋南北朝时期，昊天上帝逐渐脱离了抽象的概念，变成了人格化、社会化的“天公”。南朝梁·殷芸《殷芸小说》卷一载：

晋咸康中，有士人周谓者，死而复生。言天帝召见，引升殿，仰视帝，面方一尺，问左右曰：“是古张天帝邪？”答云：“上古天帝，久已圣去，此近曹明帝也。”

关于“张天帝”之传说，这里没有谈到，而在唐·段成式《酉阳杂俎》中有详载：

天翁姓张名坚，字刺渴，渔阳人。少不羁，无所拘忌。尝张罗，得一白雀，爱而养之。梦天刘翁责怒，每欲杀之，白雀辄以报坚，坚设诸方待之，终莫能害。天翁遂下观之，坚盛设宾主，乃窃骑天翁车，乘白龙，振策登天。天翁乘余龙追之，不及。坚既到玄宫，易百官，杜塞北门，封白雀为上卿侯，改白雀之胤不产于下土。刘翁失治，徘徊五岳作灾，坚患之，以刘翁为泰山太守，主生死之籍。

《殷芸小说》中的“张天帝”大概就是《酉阳杂俎》中的“张天翁”，而且在他之前还有更上古的“刘天翁”，因一时大意，被张天翁篡夺了宝位。这是较早流传于民间的上帝形象，已具备人的性格情感，甚至人的机心。尤其是“天帝”之位还可以争夺，无异于人间的帝位。尽管后来由“天翁”变为“玉帝”，但在民间说唱文学中，如《新编说唱宝莲灯华山救母全传》《新出二郎劈山救母全段》等，均说玉帝的妹妹叫“张仙姑”或“张三姐”，还为玉帝保留了姓“张”的传说。

在道教的典籍中，最初最高的神是老子，后来衍为“三清”，而玉帝是属于“三清”之下的“四御”。“四御”，又称“四极大帝”：一昊天金阙至尊玉皇大帝，二中天紫微北极大帝，三勾陈上宫天皇大帝，四承天效法土皇地祇。在“四御”中以玉皇大帝为首最尊，又称做玄穹高上玉皇大帝。

玉帝视妖光知石猿

“玉皇”“玉帝”之名，最初见自南朝梁·陶弘景《真灵位业图》，位于玉清元始天尊之下，“玉皇道君”居右位第十一，“高上玉皇”居右位第十九，似乎是两位大神，后来才逐渐合为一人。南朝陈·马枢《道学传》第七云：“陆修静……初至九江，九江王问道佛得失同异，先生答：在佛为留秦，在道为玉皇，斯亦殊途一致耳。”（见《三洞珠囊》卷二）此中“留秦”，即梵文音译“拘留秦”，又译“拘留孙”，为佛教中前七佛的第四佛，释迦牟尼为第七佛，又为现在劫前四佛第一佛，释迦牟尼为第四佛，将“玉皇”与“留秦”类比，足见玉皇当时在道教的神仙谱系中地位之高。在唐代佛教与道教各借不同的政治势力，都很兴盛，而且为争社会地位的高低斗争激烈。因为佛门有“四大菩萨”，于是支持道教的唐玄宗李隆基就封出了道教“四大真人”与之抗衡。佛门中说释迦牟尼佛有十个称号，于是道徒就为元始天尊也编了十个称号。在唐·史崇等编《一切道经音义妙门由起》中《明天尊第二》引《天师请问经》云：

道为最尊，常在三清，出诸天上，以是义故，故号天尊，或号玉帝，或号高皇，随顺一切也。

又引《宝玄经》云天尊有“十号”：

一号自然，二号无极……九号玉皇，十号陛下。

此中将玉皇大帝说成是道教最高神元始天尊的一个别号。而这种传说大约产生于南北朝至唐代数百年间。所以唐代诗人李白、杜甫、白居易和古文家韩愈、柳宗元等人都有歌咏玉皇之诗句。白居易《梦仙》诗云：

人有梦仙者，梦身升上清。……须臾群仙来，相引朝玉京。安期羡门辈，列侍如公卿。仰谒玉皇帝，稽首前致诚。帝言汝仙才，努力勿自轻。……

看来这时所传的玉皇已是神仙世界的领袖、君主，凡是得道成仙的人都必须去朝拜他，群仙如同世上的公卿大臣一样，都随侍其左右，俨然是天上神仙的朝廷。

逐渐升级

宋朝从开国时就崇道教，到真宗赵恒时达到第一次高潮。他仿效唐制尊古仙人赵玄朗为始祖，以示君权神授。他大兴土木，广修道观，在大中祥符六年（1013）加号道教教祖为“太上老君混元上德皇帝”，七年又封玉帝圣号为“太上开天执符御历含真体道玉皇大天帝”。至宋徽宗赵佶时出现第二次崇道高潮，他自称是天上

玉皇大帝

最尊神霄玉清王上帝的长子下凡，册封自己是“教主道君皇帝”，又加封玉皇为“太上开天执符御历含真体道昊天玉皇上帝”，将远古“昊天上帝”和道教及民间传说中的玉皇大帝合而为一。南宋初，朱熹从儒家正统思想出发，对道教尊崇“三清”，“而昊天上帝反坐其下，悖戾僭逆，莫此为甚”（《朱子语类》），提出严厉批评，要求恢复天帝的最高神位。

道教见从政府到民间，甚至包括文人的心态，都对上天极尊，便顺水推舟送了个人情，承认玉皇大帝的崇高神位，同时为了增添诱惑力，进一步占为己有，编造出《高上玉皇本行集经》三卷本和《高上玉皇本行经髓》一卷节本。说从前有个光严妙乐国，国王净德，皇后宝月光，因多年无子，心情很悲伤。忽然有一天夜里，皇后梦见太上道君及众天仙驾五色龙车，送来一个浑身“毛孔放百亿光”的婴儿。梦醒后皇后就怀孕了，一年后生下太子。太子长大后，“王忽告崩”，于是继位，治理国家。在国泰民安后，他弃王位而入“普明香岩山中修道”。他“行药治病，拯救众生，令其安乐”。“修行三千二百劫，始证金仙，号曰清净自然觉王如来”，“又经亿劫，始证玉帝”。《历代神仙通鉴》将这故事稍加改动，由元始和黄老（中黄子）二人吹口真气，将天外灵宝“碧玉瑶光如意”，“变一婴孩身”送给国王、王后，生下太子。太子修道经八百余年后“飞升天界，证位金仙，初号自然觉王，次曰昊天上帝，为三才主宰，掌一切钧轴”。在《西游记》第七回“八卦炉中逃大圣，五行山下定心猿”中，孙悟空又大闹天宫，玉帝传旨请如来佛降悟空。如来佛问悟空为何屡反天宫，悟空要玉帝让出灵霄宝殿，如来佛呵呵冷笑道：

> 你那厮乃是个猴子成精，焉敢欺心，要夺玉皇上帝龙位？他自幼修持，苦历过一千七百五十劫。每劫该十二万九千六百年。你算，他该多少年数，方能享受此无极大道？你那个初世为人的畜生，如何出此大言！不当人子！不当人子！

但是，悟空不听，并强调“皇帝轮流做，明年到我家”，于是被如来佛以甚深大法压于“五行山”下。如来佛公布的玉帝简历，大概就是在道教为玉帝编造新身份的基础上又加工的结果。

西王母的本相

《山海经》关于王母娘娘的传说，应从西王母开始。“西王母”之名，大约在春秋、战国时代就出现了，《山海经》可能成书于战国或汉初，但它所载的故事，或许是春秋甚至更古时代的传说。《西山经》载：

> 玉山，是西王母所居也。西王母其状如人，豹尾虎齿而善啸，蓬发戴胜，是司天之厉及五残。
>
> 不周之山。……爰有嘉果，其实如桃，其叶如枣，黄华而赤柎，食之不劳。

《大荒西经》又载：

> 西有王母之山……有三青鸟，赤首黑目，一名曰大鵹，一

西王母

名少鵹，一名曰青鸟。

昆仑之丘……有人戴胜，虎齿，有豹尾，穴处，名曰西王母。此山万物尽有。

有什么奇怪之“物”呢？《山海经》中载有“不死民”和“不死之药”。从西王母的外形看，可做两种解释：其一，这种“神形兽视”的神话传说，很可能是远古时期“图腾崇拜”的遗痕，是由完全兽形神变成完全人形神的一种过渡，是王母娘娘最原始的传说。西王母人身豹形，似人非人，半人半兽，简直是个怪物。《尔雅·释兽》郭璞注：“豹，白色者别名貘。”据朱芳圃《中国古代神话与史实》考：“西王母本名为貘，貘与母同音通用，流俗相传，误以为女性的尊称。”另外，西王母从外形上，或许即为西方貘族奉祀的“图腾”神像。所以后来汉代桓驎《西王母传》中对原始传说做了必要修正，认为“王母蓬发，戴华胜，虎齿善啸者，此乃王母之使，金方白虎之神，非王母之真形也”。(见五代·杜光庭《墉城集仙录》)其二是位头戴辟邪饰物或表示巫术法力饰物(“戴胜”)，又妆扮成兽形或戴傩具的女巫师，或许今日女性喜欢戴首饰的风尚即源于这远古的传说。

据《竹书纪年》《穆天子传》载，西王母是远古某部落的首领，或许就是西方貘族的酋长。《竹书纪年》云：“舜九年，西王母来朝。”西王母应是传说中五帝时的某部落首领。《穆天子传》载：“天子觞西王母于瑶池之上。”则西王母又是西周第五朝周穆王姬满时某国的人王。在古代三种《易经》中较《周易》还略早的《归藏》中载：

昔嫦娥以西王母不死之药服之，遂奔月为月精。(《文选》卷六十《祭颜光禄文》注引）

《淮南子·览冥训》也载此传说。《庄子·大宗师》中又将西王母说成是得道之人，其形象逐渐远离半人半兽之状，而成为人王、得道者、吉祥的神，尤其是她有“不死之药”，有“食之不劳”“其实如桃”的嘉果，为后世称做神仙家的方士们津津乐道，为贪生怕死的帝王们孜孜以求，这必然会大大提升她的社会地位。

汉代神仙之说风行，西王母名气很大，而定型为人格神。西汉司马相如《大人赋》云：“吾乃今日睹西王母，嚁然白首。”扬雄《甘泉赋》云：“想西王母欣然而上寿兮，屏玉女而却虙妃。”在早期道教《太平经》中也说“使人寿若西王母”。是位慈祥的老婆婆，老寿星。这时西王母的形象也见于正史。司马迁《史记·赵世家》载：缪王“西巡狩，见西王母”。班固《汉书·哀帝纪》载：“四年春，大旱。关东民传行西王母筹，经历郡国，西入关至京师。”不仅民间信仰西王母，连京师都为她建祠，成为民间和政府都公认的神。

在两晋南北朝时，她成为女仙的首领，并由老妇人变为中年妇女。西晋·张华《博物志》卷八载：

汉武帝好仙道……七月七日夜漏七刻，王母乘紫云车而至……有三青鸟，如乌大，使侍母旁。时设九微灯，帝东面西向，王母索七桃，大如弹丸，以五枚与帝……帝曰：“此桃甘美，欲种之。”母笑曰：“此桃三千年一生实。”……时东方朔窃从殿南厢朱鸟牖中窥母，母顾之，谓帝曰：“此窥牖小儿，尝三来盗吾此桃。”

在南北朝时出现的《汉武故事》《汉武帝内传》就是在此基础

第二十六回　孙悟空三岛求方，观世音甘泉活树

上发挥而成，还突出描写了蟠桃宴的情节。其中有关东方朔事，在《西游记》第二十六回“孙悟空三岛求方，观世音甘泉活树”中，悟空至东华帝君处见到一个童儿，“笑道：‘这个小贼在这里哩！帝君处没有桃子你偷吃！’东方朔朝上进礼，答道：‘老贼，你来这里怎的？我师父没有仙丹你偷吃。’”显然取材于两晋南北朝时的传说。

在葛洪《枕中记》中西王母是元始天王的女儿。在陶弘景《真灵位业图》中她是元始天王的弟子。在唐宋间《老子中经》中她是“第四神仙”，“姓自然，字君思”，“上治北斗”，“下治昆仑之山”。而且西王母的形象变成中年丽人，地位仅次于“三清”，凡是诸仙在“升天之时，先拜木公，后谒金母”，“方得升九天，入三清”，看来她和东王公是专门负责天仙组织工作的领导，有人事权的。在道教的许多经书中，最初把她与东王公说成是元始天王与太元圣母通气结精生出的兄妹，后来说他们共理二气，育养天地，最后说他们是夫妻。但世事多变，待到玉皇大帝的信仰兴起、发展之后，竟无端地让她嫁给玉帝，成为天宫中王母娘娘。大概是天宫太清寂了，王母娘娘喜欢热闹，尽管她仙桃园中的蟠桃不容易成熟，但只要有机会，她就召开蟠桃宴会。不过，令她有些伤心的是总有人偷桃搅局，如悟空闹过之后，华光又“变作花果山齐天大圣”，到王母娘娘的园中偷桃，还嫁祸于人（《南游记》）。而九天玄女的门人白袁公也对王母娘娘的蟠桃馋得“口内流涎”（《平妖传》）。宋元明三朝有许多以王母蟠桃为题材的戏曲和小说，如宋金院本有《瑶池会》《蟠桃会》和《王母祝寿》，元代有《王母蟠桃会》戏文、钟嗣成《宴瑶池王母蟠桃会》杂剧，明人朱有燉《群仙庆寿蟠桃会》杂剧，至于小说除《平妖传》之外，在《封神演义》中还提到玉帝和王母的女儿龙吉公主，“因那年蟠桃会上”“误犯清戒”，被“贬在凤凰山青鸾斗阙”，后助“子牙伐纣”，牺牲在战场上。

总之，玉皇大帝、王母娘娘和蟠桃会，是在远古神话传说和后来民间信仰、道教新编故事中逐渐形成、充实和发展完善的，而《西游记》小说吸收了这些内容，并为其最后定型。

关于二郎神的传说，头绪很多，内容很丰富。最早出自民间传说，指的是战国时李冰之子李二郎，后来又说是晋朝名将邓遐、后蜀国主孟昶，甚至诬为宋代宦官杨戬等。道教将赵昱编为二郎神，一些研究佛教的学者认为是毗沙门天王二子独健。而在《西游记》第六回“观音赴会问原因，小圣施威降大圣”中，二郎神率梅山六兄弟去擒孙悟空，悟空因不认识他遂高叫道：“你是何方小将？”二郎神答道：“吾乃玉帝外甥，敕封昭惠灵显王二郎是也。”大圣道：

我记得当年玉帝妹子思凡下界，配合杨君，生一男子，曾使斧劈桃山的，是你么？

按这种说法，二郎神应该姓杨，但叫什么名字，《西游记》

小说中一直未提。至于杨戬之名，见之于稍晚的《封神演义》小说，但未提他叫二郎神。他出世时，小说已写到第四十回，他拜见姜子牙时自我介绍："弟子乃玉泉山金霞洞玉鼎真人门下，姓杨，名戬，奉师命，特来师叔左右听用。"他随即参加消灭四大天王的战斗，一出手就杀死花狐貂，故小说中称颂道：

杨戬曾炼过九转元功，七十二变化，无穷妙道，肉身成圣，封清源妙道真君。

他最初只凭九转元功，不惧法宝伤身。在第四十七回大战赵公明时，不知他何时有了哮天犬。在第五十五回，他才在石穴得三尖两刃刀、淡黄袍，还收五夷山金毛童子为徒弟。在第九十二回，他诛杀了梅山七圣，并未结成好友，而且他没有第三只眼。但从他会七十二变，使三尖两刃刀、弹弓，又有哮天犬，封清源妙道真君，似应与《西游记》中的二郎神为一人。

因有关二郎神的姓氏、出身、历史，说法很多，而且在姓氏和历史年代上出入较大，至今没有定论，只能拣几个重要人物传说加以介绍和解说。

味潜斋石印本《新说西游记图像》　二郎神

首先，谈谈李冰父子。

李冰是秦昭襄王时蜀郡太守，他在儿子二郎和王叒等人协助下，从灌县南玉垒山下开凿"离碓"，下接金刚堤，附以飞沙堰、平水槽等工程，总称为都江堰。他还主持疏导文井江、白水江、洓水与岷江合流地段，从此使蜀郡沃野千里，号为“陆海”，而他被后世奉为“川祖”。李冰始见《史记·河渠书》:“蜀守冰凿离碓，辟洓水之害，穿二江成都之中。”仅有名无姓。《汉书·沟洫志》与上载大略相同，但首句作“蜀守李冰凿离碓”，才知道他姓李名冰。在应劭《风俗通义》、常璩《华阳国志》中，衍为李冰治水大战江神的神奇传说。据唐·白敏中《成都记》、五代杜光庭《录异记》载，在唐代已为李冰建神祠。宋·高承《事物纪原》卷七载，“伪蜀封大安王，孟昶又号应圣灵感王”，宋太祖“开宝七年（974）改号广济王”。关于二郎神在唐代便有流传，但将二郎神说成是李冰之子李二郎，见于五代和宋初，《事物纪原》卷七载，宋神宗元丰年间：

国城之西，民立灌口二郎神祠，云神永康导江县广济王子。王即秦李冰也。《会要》所谓冰次子郎君神也。宋后敕封灵惠侯。

《宋会要》载，宋仁宗嘉祐八年（1063）封李冰次子为护国灵应王。宋徽宗赵佶好道，又改封他为真人、真君。在《都江堰功小传》载李冰仲子李二郎，奉父命寻洪水祸源，得七个猎人协助，持三尖两刃刀，入水擒孽龙，用铁锁链锁孽龙于伏龙观石柱下深潭中。在《灌志文徵·李公父子治水记》亦载：

二郎喜驰猎之事，奉父命而斩蛟，其友七人实助之，世传梅山七圣。

这样不仅使二郎得了七个助手，使故事情节更丰富了，而且和“梅山七圣”连在一起。《西游记》是将二郎与梅山六兄弟合称“义结梅山七圣行”。关于李二郎的神奇传说，在宋代最为突出，朱熹《朱子语类》中推考：“蜀中灌口二郎庙，当初是李冰因开离碓有功立庙，今来现许多灵怪，乃是他第二儿子，初间封为王，后来徽宗好道，谓他是什么真君，遂改封为真君。”据《元史·文宗纪》载，元文宗图帖睦尔，至顺元年（1330）“加封秦蜀郡太守李冰为圣德广裕英惠王，其子二郎神为英烈昭惠灵显仁祐王”。

其次，谈谈东晋名将邓遐。

邓遐，字应远，陈郡人。在《晋书·邓岳传》附有他的传记。其父邓岳，为东晋西阳太守，参加平定苏峻、郭默叛乱，领平越中郎将，封宜城县伯。邓遐“勇力绝人，气盖当时，时人方之樊哙”。他数次从桓温征伐，“号为名将”。在“襄阳城北沔水中有蛟，常为人害，遐遂拔剑入水，蛟绕其足，遐挥剑截蛟数段而去”，这就带有传奇色彩了。桓温在太和四年率五万精锐伐前燕，北进至枋头，因指挥不当，军粮不继，大败而归。桓温“既怀耻忿，且忌惮遐之勇果，因免遐官，寻卒”。《浙江通志》所载与《晋书》略同，但又补充了一点，说邓遐“尝为二郎将，故尊为二郎神”。大概因流传他入水斩蛟事，与李二郎擒孽龙、赵昱斩蛟事相近，遂被附会为二郎神。此说并不为普遍认可。

第三，谈谈杨二郎。

以杨戬为二郎神，其传说十分荒诞。杨戬是北宋末宦官，受到徽宗宠信，任彰化军节度使，后升检校少保。立“西城所”，索民间田契，夺为公田。又在济、郓数州湖泊内征收船航费。

杨太尉戏宫馆客

每年增田租钱至十余缗，为民众所切齿痛恨。宋·洪迈《夷坚支志》卷五“杨戬馆客”中载，杨戬贵盛时有姬妾数十人，一次他外出时间较长，其姬妾遂与馆客发生了男女关系，而且情不可遏。后杨戬察知，暗中派人将馆客阉掉，“俨然成一宦者”。此事被明人凌濛初《二刻拍案惊奇》卷三十四编成“任君用恣乐深闺，杨太尉戏宫馆客”短篇小说。在冯梦龙所编《醒世恒言》卷十三“勘皮靴单证二郎神”短篇小说中，描写宋徽宗宫人韩夫人在宦官杨戬府养病，一日至清源妙道二郎神庙上香，庙官孙神通会妖术，扮成二郎神夜入杨府私通韩夫人。事发后，杨戬先请王法官失利，后请潘道士击落一只皮靴，由此顺藤摸瓜，勘破此案。作者在篇末说明：“原系京师老郎传流，至今编入野史。”显然是作者根据宋元以来流传故事整理编写的。这篇小说与“杨戬馆客”内容有若干相似，或许是一种不同的流传版本。从北宋末，经过金、元流传至明初，不晓何缘，竟将二郎神与杨戬合二为一。在明嘉靖三十四年（1555）无名氏《清源妙道显圣真君一了真人护国祐民忠孝二郎宝卷》中讲述了杨二郎的身世。“有一人，姓杨名天佑，左金童临凡”，与斗牛宫“仙女云华侍长”发生关系，云华生下一子杨二郎。孙悟空奉命将云华压在太行山，而“斗牛宫里西王母，来取二郎上天宫”。二郎长大后，得知此事，劈山救母。他有“开山斧、两刃刀、银弹金弓”，与“梅山七圣”结拜弟兄，有“白马、白犬”，他救母后还将孙悟空压在山中。此宝卷若按嘉靖三十四年应为乙卯年，若按壬戌年则为嘉靖四十一年（1562），以最晚计算也比最早出版的金陵世德堂刻《西游记》本早三十年，其中有关二郎神身世的内容与《西游记》吻合，而且还牵连上与悟空的恩怨，很值得研究。据唐·段成式《酉阳杂俎》载：“西王母姓杨，讳回”，而在诸种传说和宝卷中又说二郎神与西王母有着血缘关系，或是她的外甥，或是她的外孙，也许他姓杨与此有关吧。杨二郎的形象变化很大，在《二郎宝卷》中他是救母英雄，敢于向守旧势力斗争，表现了积极进取的精神和叛逆精神，但在后来出现的《新编说唱宝莲灯华山救母全传》和《新编说唱沉香太子全传》等中，他保守、专横，反对妹妹三仙圣母私凡，把她压在华山之下，结果引出他的外甥沉香太子，又像他当年一样劈山救母。杨二郎的传说虽属无稽之谈，但自元明清以来在民间流传甚广，被许多小说、戏曲采纳，成为最正宗的说法。

第四，谈谈道教中的二郎神赵昱。

清源妙道真君

赵昱字仲明，是青城山隐士，从李珏学道。据托名唐·柳宗元的《龙城录》载，隋炀帝时屡次征召不就，后为蜀郡嘉州太守。郡内“潭中有老蛟，为害日久，截没舟船，蜀江人患之”，赵昱为了根除水患，乃“持刀投水”，与恶蛟苦斗，使“江水尽赤”，“左手执蛟首，右手持刀，奋波而出”。郡中人十分感戴，“视为神明”。唐太宗时封赵昱“神勇大将军，庙食灌江口”。唐玄宗幸蜀，“加封为赤城王”。据《八闽通志》载，宋真宗赵恒时又“加封清源妙道真君”，入道教的神谱了。在《三教源流搜神大全》卷三“清源妙道真君”条中，以《龙城录》为基础，又参照了民间种种传说，增添出“时有佐昱入水者七人，即七圣”之新内容。又说隋末天下大乱，他“弃官隐去，不知所终”。但是，每逢嘉州江水涨溢之时，蜀人在茫茫“青雾中”，见赵昱骑着“白马引数人鹰犬弹弓猎者，波面而过”，显然已入神道了。此中“七圣”之说出现较早，前面提到李二郎的助手七位猎人，《西游记》中“义结梅山七圣”和《封神演义》中杨戬“伏梅山七怪”，大概都受到此说的影响。在元无名氏《二郎神醉射锁魔镜》杂剧和明初无名氏《灌口二郎斩健蛟》等杂剧中，都有赵昱封为“清源妙道二郎真君”，“同眉山七圣”仗剑入水“斩了健蛟”情节。在元无名氏《二郎神锁齐天大圣》杂剧中，先介绍了赵昱当年与“梅山七圣”斩健蛟事、封“二郎真君”事。因齐天大圣上天宫盗金丹、御酒，于是乾天大仙请赵昱到花果山水帘洞捉妖。赵昱因素知齐天大圣神通广大，有些犹豫。在乾天大仙鼓励下，他手持“三尖两刃刀，跨下独角异兽”，带领“细犬冲围破阵”，又有“梅山七圣”相助，终于擒住齐天大圣。至于二郎神改为杨戬，应是《西游记》《封神演义》之功。

最后，谈谈佛教传说中二郎独健。

此说出现甚晚，是著名史学家张政烺在《〈封神演义〉漫谈》一文中提出来的，并引起学术界重视。他认为“二郎神是进口的”，是“从祖国遥远的西陲传到内地的”。佛教传说中有个毗沙门天王，也称北方天王，他有五个太子，其中第二子独健常领天兵护其国界，第三子那吒太子捧塔常随天王。《大唐西域记》说于阗国（今新疆和田县）是毗沙门天王的故乡，于阗王自称是毗沙门天王的后代。这里“鼠大如蝟，其毛则金银异色”。一次匈奴进犯，国王不敌，设祭请神鼠相助。一夜之间，神鼠将敌人的“马鞍、人服、弓弦、甲”全部咬断，使匈奴大败。另一次在唐玄宗天宝元年，大石、康居等五国围攻安西城，城内官员上表请兵救援。不空奉玄宗之命请北方毗沙门天王神兵应援，忽见毗沙门天王第二子独健率神人二三百人于道场前立，神兵辞别长安，当天下午即到安西城，五国大惧，尽退军抽兵。此事见不空译《毗沙门仪轨》附记中，在宋人赞宁《大宋僧史略》卷下“城阁天王”条、庞元英《谈薮》中亦载，足见此传说在唐中晚期和五代时较为风行。20世纪初，有些德国人在新疆吐鲁番搬走了许多壁画，其中有几幅天王图，突出二郎独健，夸大神鼠形象，将二郎与神鼠相结合，便形成佛门中二郎神的形象，在杂剧中衍为细犬，在小说中变为哮天犬了。唐宋以来一千多年民间信仰的二郎神是不是由二郎独健衍成，还不足令人信服，但二者有多少联系，还值得进一步探索。

综上所述可知，有关二郎神传说的地点一直与四川省灌口有关，二郎神的功迹又一直以斩除水怪、消除水患、保护民众生存为主，故推知最初当以李冰父子为主，后又吸收了赵昱的种种传说，使之更加充实，再后又因种种讹传，竟使杨戬成了正宗的二郎神。

《西游记》中多处提到四大天王，托塔天王李靖和哪吒三太子，均归为玉皇大帝的属下，应该算是道教中的天神，而在佛教经典和故事中也有关于四大天王和哪吒的传说，他们究竟是道教中天神，还是佛教中护法大神，很难分清楚。

四大天王

首先谈谈四大天王。在佛教的经典和故事传说中，四大天王是帝释之外将。帝释，亦译作“帝释天”“天帝释”。音译“释伽提桓因陀罗”，“释伽”意为“能”，是姓；“提桓”意为“天”，“因陀罗”意为“帝”，所以合称作“天帝”。最初是婆罗门教的神，后被佛教吸收为护法大神。据《大日经疏》《俱舍论》《观佛三昧经》等载，帝释为“六欲天”中“忉利天”之主，居住须弥山顶喜见城（一作“善见城”）殊胜殿中，统领三十三天，古印度俗以为彩虹就是帝释宫。四大天王住在须弥山腰，有一山叫犍陀罗山，为“六欲天”中“四天王天”。山有四头，四天王分别守护，所以又称护世四天王。《长阿含经》载：

东方天王，名多罗吒，领乾闼婆及毗舍阇神将，护弗婆提人。南方天王名毗琉璃，领鸠槃茶及薜荔神，护阎浮提人。西方天王名毗留博叉，领一切诸龙及富单那，护瞿耶尼人。北方天王名毗沙门，领夜叉、罗刹将，护郁单越人。

《止持会集音义》又载：

东方持国天王，谓能护持国土故，居须弥山黄金埵。南方增长天王，谓能令他善根增长故，居须弥山琉璃埵。西方广目天王，谓能以净天眼常观拥护此阎浮提故，居须弥山白银埵。北方多闻天王，谓福德之名，闻四方故，居须弥山水晶埵。

以上两经义中的四天王名字，一为音译，二为意译，一般采意译。其中弗婆提、阎浮提、瞿耶尼、郁单越，也都是音译，意译分别为：东胜神洲、南赡部洲、西牛贺洲、北俱卢洲。东方持国天王属下乾闼婆是身如大牛王，左手持箫笛，右手持宝剑的神将，为天龙八部之一；毗舍阇为颠狂鬼，是饿鬼中最凶猛的。南方增长天王属下鸠槃茶为瓮形鬼，专食人精气；薜荔多为饿鬼，常为饥渴逼迫的阴鬼。西方广目天王属下龙，音译那伽，为天龙八部之一；富单那为臭饿鬼，专主热病。北方毗沙门天王属下夜叉为勇健、凶暴丑恶的小神灵，为天龙八部之一；罗刹为捷疾鬼，食肉、血气的恶鬼，男鬼凶恶，女鬼美貌，《西游记》中铁扇公主就是“罗刹女”。夜叉和罗刹为鬼中有权势、财富、力量者，受富乐比于人天，所以又都称作势力鬼。这四大天王在我国佛寺塑画中，持国天王一般为

四大天神与悟空战

白色，手持琵琶；增长天王身为青色，手持宝剑；广目天王身为红色，手缠绕一蛇，杨慎《艺林伐山》考:“所执非蛇，乃蜃也。蜃形似蛇而大，字音如顺。”毗沙门天王身为绿色，右手持伞，左手执银鼠。四大天王各有九十一子、八大名将，辅佐其守护管理四方山、河、森林及地方小神，是佛教中的天神。

《西游记》中虽多处提到“四大天王”，只有在第三十六回“心猿正处诸缘伏，劈破傍门见月明”中，才明确为“持国、多闻、增长、广目”，又说是“按东北西南风调雨顺之意”，显然为道教天神。但如何代表或象征“风调雨顺”之意，及其神像、功能，小说中均未描写。而这些内容在与《西游记》小说同时代的另一部小说《封神演义》第四十回“四天王遇丙灵公”中展开了。他们是殷商末年镇守佳梦关的魔家四将，“乃弟兄四人，皆系异人秘授奇术变幻”。四将为魔礼青、魔礼红、魔礼海、魔礼寿，分别有青云剑、混元伞、琵琶、花狐貂宝物，均有极可怕的魔力，兵伐西岐，给姜子牙兵将造成多次灾害。后来清虚道德真君派门人黄天化下山助战，黄天化用“攒心钉”法宝，在杨戬配合下，先后将魔家四弟兄杀死。在第九十九回“姜子牙归国封神”中，子牙奉“太上元始敕命”，封四将为“四大天王之职，辅弼西方教典，立地水火风之相，护国安民，掌风调雨顺之权”，并明确为：

增长天王魔礼青掌青光宝剑一口，职风。

广目天王魔礼红掌碧玉琵琶一面，职调。

多闻天王魔礼海掌管混元珍珠伞，职雨。

持国天王魔礼寿掌紫金龙花狐貂，职顺。

小说中“四大天王”，还兼职“辅弼西方教典”，显然是中西结合的产物，中国民间又俗称“四大金刚”，既护西方佛法，又成道教中“四天神王”，竟然有两份工作，可见都是能人。

托塔天王

其次谈谈托塔天王李靖。在《西游记》中，“四大天王”与“李天王”是有区别的，李靖是天宫主持军事的最高将领，类似大元帅之职，“四大天王”比他地位略低，协同李天王并哪吒太子去花果山围剿孙悟空，他们都不是悟空对手，“战败了五个天王”。从小说中看，“李天王”与“四大天王”没有什么血缘上的关系。在《封神演义》中李靖先为殷商末年陈塘关总兵，

托塔李天王

拜西昆仑度厄真人为师，学成五行遁术，后又投奔姜太公军营，成为帐下大将，显然是道教人物。他因与三子哪吒之间的父子仇深，被哪吒追杀，遇灵鹫山元觉洞燃灯道人救护，燃灯用玲珑塔将哪吒制住。燃灯知哪吒难驯，临别时将金塔赐李靖，哪吒无奈只好认塔为父。李靖听燃灯之劝，“待周武兴兵”，“出来立功立业”，后来“肉身成圣，托塔天王乃李靖也”。《封神演义》中李靖与魔家四将未交过手，也没有什么关系。

毗沙门天王

佛教中的四大天王，虽都随着译经传到东土，但其中以毗沙门天王即北方多闻天王在东土最为风光。毗沙门天王在佛教中不仅为护法天神，还兼有施福之神性。《法华义疏》云：“此天恒护如来道场而闻法，故名多闻天。”他在胎藏界曼荼罗[1]位于外金刚部院北方之门侧，在金刚界曼荼罗[2]位于西方。此天与吉祥天[3]从古代神话时代就常相关连，或为夫妇，或为兄妹。日本台密奉为天神之一，双身毗沙门，即毗沙门天与吉祥天男女合体之形，男持独钻，女持轮宝，各露四牙，故称“八牙王”，这实际上是密宗与婆罗门教互相吸收的产物。毗沙门天形象有多种，在胎藏界曼荼罗和金刚界曼

[1] 胎藏界曼荼罗：密教认为宇宙万有都是大日如来的显现，表现在理性方面（本有的觉悟，即真如佛性），称胎藏界。它隐含在烦恼之中不显，故喻为“胎藏”；或谓它具有一切功德，如母胎内藏子体，故称“胎藏”，皆就其为觉悟的本原而言。有理（佛性）、因（觉悟基因）、本觉（本性清净）三要义。胎藏界用图绘示，称“胎藏界曼荼罗”。主要经典为《大日经》（《大毗卢遮那成佛神变加持经》）。

[2] 金刚界曼荼罗：密教认为宇宙万有都是大日如来的显现，表现在德智方面称金刚界，以喻此智“无有法能破坏之者”（《大日经疏》），故能摧破一切烦恼，犹如金刚。有智、果、始觉、自证四义。大日如来的智是修证之果，属断惑得来的觉悟（始觉），是自行修证而来的（自证）。金刚界用图绘示称“金刚界曼荼罗”。主要经典为《金刚顶经》（《金刚顶一切如来真实摄大乘现证大教王经》）。

[3] 吉祥天：梵文音译作“罗乞什密”，原为婆罗门教司命运、财富、美丽的女神。佛教以为护法神，或称为毗沙门天王之妹，或称其妻。事见《吽迦陀耶双身毗沙门天王瑜伽念诵仪轨》。

荼罗中，披甲胄，左掌有塔，右持宝棒。在《北方毗沙门天王随军护法真言》中论其画像云：

> 于彩色中并不得和胶，于白氎上画一毗沙门神，七宝庄严衣甲，左手执戟矟，右手托腰上。其神脚下作二夜叉鬼，并作黑色。其毗沙门面，作甚可畏形，恶眼视一切鬼神势。其塔奉释迦牟尼佛。

他虽有八十一子，但只有五子常随左右，为禅尼只、独健、那吒、鸠跋罗、甘露。他有两个显著特点，其一托塔，其二那吒三太子，而这与托塔李天王极相似，不能无缘。宋代徽宗时《宣和画谱》卷一至卷三载：

> 南朝宋·陆探微《托塔天王图》
> 北朝末隋初·展子虔《授塔天王图》
> 唐·吴道子《托塔天王图》《请塔天王像》
> 唐·范琼《降塔天王像》
> 五代·朱繇《捧塔天王像》
> 五代·杜齯龟《托塔天王像》

足见毗沙门天王的塑像、画像中必须要有塔。

毗沙门传说在唐代很风行，《释氏源流》《镇江府志》等载，“唐太宗从高祖起义兵”时，“有神自号毗沙门天王，愿效力定乱，故所向成功”。唐·不空译《毗沙门仪轨》载，唐天宝元载壬午岁，大石康居五国围安西城。“其年二月十一日，有表请兵救援”，一行设道场，“请北方毗沙门天王神兵应援”，天王率二子独健“领天兵救援安西”，“五国大惧尽退军”。又说“天王第三子哪吒太子，捧塔常随天王”。唐卢弘正《兴唐寺毗沙门天王记》载，天王“右扼吴钩，左持宝塔，其旨将以摧群魔，护佛事。……斯人在开元则玄宗图像于旗章，在元和则宪皇交神于梦寐，佑人济难，皆有阴功”。

哪吒太子交战独角大王

在《五灯会元》《释氏稽古略》中亦载天王在唐代灵显之事。《大唐西域记》卷十二“瞿萨旦那国”条载，此国又名于阗（今新疆和田地区），国“王甚骁武，敬重佛法，自云毗沙门天之祚胤也”，是天王的后代，后因无子又往“毗沙门天神所祈祷请嗣”，神像前额裂开，生出一个婴儿。婴儿不食人乳，神像前土地忽隆起如乳状，婴儿饮吮“地乳”长大，后来将“地乳”作国号。对以上传说，今人有两种看法：一是认为毗沙门天王不像是纯粹印度本土之神，或原为西域某部落英雄，征服了某些邻邦，安靖了地方，死后被尊为天王；二是原为印度之神，先传入西域，被土俗化为当地人之先祖。从古代印度与西域各族关系上分析，印度佛教确实先传入克什米尔，又从克什米尔传到于阗，于阗成为西域的一个佛学中心。中国第一个出家的是东汉时的严佛调，而第一个受戒正式出家的和尚是三国时的朱士行，他深感旧译经文义不贯，难以通讲，遂从雍州（今陕西长安县西北）出发，越过流沙，到达于阗，经过二十多年，写得梵本《大品般若》九十章六十余万言，遣弟子弗如檀等送回洛阳，他一直留在于阗，80岁入灭。在公元前2世纪时，月氏族原住在甘肃敦煌、祁连山一带，被匈奴打败，首领被杀，被迫迁到新疆于阗一带，将此地塞族赶走。后来，月氏族占领了克什米尔一带的大夏，又将大夏分为五区，各区封一翕侯管理。公元1世纪时有位叫贵霜的翕侯统一大夏，建立贵霜王朝，并扩张领土，逐渐侵入印度，控制了西北部地区。月氏族大部分又迁走了，被称做“大月氏”，仍留在于阗的称“小月氏”。贵霜王朝第三代迦腻色迦王就属于“小月氏”。迦腻色迦王，汉译或作“真檀王”，真檀即真陀，是于阗的别名。他进一步入侵印度，并效法阿育王支持和利用佛教，使佛教向外扩大影响，又经于阗而传入我国内地。《西域记》中将毗沙门天王的故乡说成是于阗，当与“月氏”入侵印度，对佛教施影响和佛教传入于阗成为入内地中转站大有关系。

托塔李天王，指的应是隋末唐初李靖（571—649）。李靖本名药师，京北三原（今陕西三原县）人。父李诠为隋赵郡守，舅父韩擒虎为隋朝大将。李靖精通兵法，受李渊、李世民父子重用，历任刑部尚书、兵部尚书、尚书右仆射、门下中书平章政事，先封代国公，又改封卫国公。他与太宗讨论军事问题的言论辑录为《李卫公问对》，为武林七经之一。李靖一生充满传奇色彩，而且识人甚深。太宗命他传侯君集兵法，而他不传诡秘之术，君集诬其有私心。他认为天下无事，君集欲学此术“欲反耳”，“后果如言”（《新唐书·侯君集传》）。大约在唐代中晚期，李靖便被逐渐神化，唐人无名氏的《国史记》载，他少困顿，过华山庙，祈于神，极为不平，出庙百步，后面有声音说“李仆射好去”。李复言《续玄怪录》载，他曾代龙王“行雨”。皇甫氏《原化记》载，他入山修成仙道，以药救人。这三则传说分别收入《太平广记》卷六“神六”、卷九“龙一”和卷一“神仙二十九”中。李靖在唐代已配享武成王庙，为十哲之一，五代又封为灵显王，已成武神。武成王即姜尚，其庙为最早的武庙，后被关羽取代，文庙尊孔子，合为文武二圣人。李靖变为武神，自然与毗沙门天王有共同之处，大约在元代渐成合一之势。元人的《西游记》平话中，已有“李天王引领天兵十万及诸神将，至花果山与大圣相战失利”的情节。在元末明初杨景贤《西游记》杂剧第九出“神佛降孙”中，“李天王上云”：“天兵百万总归降，金塔高擎镇北方。四海尽知名与姓，毗沙门下李天王。”而且

托塔天王父子眺金兜山火光

哪吒也成了李天王的“第三太子”，随父同往花果山大战“孙行者”。但这只是二者合流，还没有彻底中国化。正如任何事物都“分久必合，合久必分”，到了明代中期，在吴承恩《西游记》小说中，托塔天王李靖终于同毗沙门天王彻底分手了，成为与“四大天王”无关系的“五大天王”了，成为完全的道教中天神了。这不仅是《西游记》小说之功，《封神演义》更继之推波助澜。

哪　吒

最后，谈谈哪吒。哪吒，是梵文音译“那吒俱代罗”或“那罗鸠婆”的略称，又称“那拏天”。据《佛所行赞》《毗沙门仪轨》等书，他或为天王子，或为天王孙，三面八臂大力鬼王，为佛教护法神。宋·普济的《五灯会元》卷二“西天东土应化圣贤附”载：

> 哪吒太子，析肉还母，析骨还父，然后现本身，运大神力，为父母说法。

在宋·道元《景德传灯录》卷十二载：

三头六臂擎天地，忿怒哪吒扑帝钟。

在宋·洪迈《夷坚志·程法师》中有“哪吒火球咒结印”事，可以“火球”击怪物。宋·严羽《沧浪诗话》中云：“吾论诗，若哪吒太子，析骨还父，析肉还母。”足见此传说在宋代比较风行，但不知最先出处，连宋·陈善卿《祖庭事苑》亦云：“丛林有析骨还父、析肉还母之说，然于乘教无文，不知何依而作此言。”可见哪吒与父母的这种畸形关系在宋代已然定型，后又结合《毗沙门仪轨》中“哪吒太子，捧塔常随天王”事，衍出父子间深仇大怨的动人传说。在《西游记》第八十三回“心猿识得丹头，姹女还归本性”中最早揭示了这新传说：

原来天王生此子时，他左手掌上有个“哪”字，右手掌上有个“吒”字，故名哪吒。这太子三朝儿就下海净身闯祸，踏倒水晶宫，捉住蛟龙要抽筋为绦子。天王知道，恐生后患，欲杀之。哪吒奋勇，将刀在手，割肉还母，剔骨还父；还了父精母血，一点灵魂，径到西方极乐世界告佛。……佛慧眼一看，知是哪吒之魂，即将碧藕为骨，

心猿识得丹头

荷叶为衣，念动起死回生真言，哪吒遂得了性命。……后来要杀天王，报那剔骨之仇。天王无奈，告求我佛如来。如来以和为尚，赐他一座玲珑剔透舍利子如意黄金宝塔。……唤哪吒以佛为父，解释了冤仇。所以称为托塔李天王者，此也。

在稍晚一些时日的《封神演义》中又进一步将不足300字的内容衍为“陈塘关哪吒出世”“太乙真人收石矶”“哪吒现莲花化身”这三回近三万字生动、神奇的故事。此中哪吒是元始天尊门下乾元山金光洞太乙真人的弟子，出生于殷商末年，是纯正的道教中人，纯正的中国人，与古印度的传说彻底分手，就连《西游记》中由如来佛“起死回生”事，也改为太乙真人施展道法了。因此他手持火尖枪，他的法宝乾坤圈、混天绫、金砖一块，也都是道教中宝物，唯有脚踏风火轮，又藕断丝连了。佛教讲四大，指“地水火风”，是构成物质的四大元素，后又增加“空”，形成“五大”之说。由“五大”又形成“五轮”，《大日经疏》云：“一切世界皆是五轮之所依持，世界成时，先从空中而起风，风上起火，火上起水，水上起地，即是曼荼罗安立次第。”佛教又将“五大”赋予五大形体，“火大”为三角形，三角形为炽盛猛利之形也，其故如剑戟等，猛利能破坏一切事物，因为能切断事体的都是三角形；“风大”为半月形，半月为大力之形，其故以一方为平坦安住之形，一方为圆形不住之形，此二相和合而成此形，是自体成立而能成作诸法之义。哪吒脚踏风火二轮，显然含有勇猛、大力而又祥和之义，又与他曾是佛门中大力鬼神有关。

《西游记》小说虽然不是全真教龙门法派始祖丘处机创作的，也不像清代汪象旭所说是“证道书”，更不是悟一子（陈士斌）、悟元子（刘一明）所说金丹大旨，但却与道教有缘，只不过缘分不如佛教之深罢了。

《西游记》第二十四回“万寿山大仙留故友，五庄观行者窃人参”中描写唐僧师徒来到五庄观，入殿后见“那壁中间挂着五彩装成的‘天地’二大字”。唐僧向清风、明月二童子问道：

> 仙童，你这五庄观真是西方仙界，何不供养三清四帝、罗天诸宰，只将“天地”二字侍奉香火？

童子回答：“三清是家师的朋友，四帝是家师的故人。”孙悟空觉得对方说大话，“笑得打跌”。唐僧问二童子“令师何在”，童子回答：

> 元始天尊降简，请到上清天弥罗宫听讲混元道果去了，不在家。

这里提到“三清”，并谈到其中最尊者元始天尊。《西游记》第四十四回“法身元运逢车力，心正妖邪度脊关”描写孙悟空与八戒、沙僧在半夜三更入城内三清观吃供品，八戒嘲笑悟空不识“三清”为何人，就指着三清殿三个圣像说道：

> 中间的是元始天尊，左边的是灵宝道君，右边的是太上老君。

这里的三个圣像：元始天尊、灵宝道君、太上老君，合称“三清”，是道教传说中最高最尊的祖师爷，又称为经师、籍师、度师，合称“三师”。

关于道教的起源与形成，众说不一，这或许如元人马端临《文

登万寿山入五庄观

献通考》所说，“道经”本身“杂而多端”。最初人们认为道教是以黄帝为宗，老子为教。南朝梁刘勰《灭惑论》又认为它“上标老子，次述神仙，下袭张陵”。刘勰是佛教徒，有偏见，故斥之为宣扬“肉芝石华”以延寿，“黄书御女”以纵欲，是术者利用凡愚之情投人所好，“以动浅心”，在乱世则为叛民，在平世则为蠹民，“伤政萌乱，岂与佛同”。其实并不是这样，“道教典籍在中国文化宝库的地位决不下于佛教，甚至更为重要”（任继愈《道藏提要·序》）。近代学者陈撄宁《复兴道教计划书》云：“一为殷周时代的鬼神崇拜；二为战国时期的神仙之说与方术；三为秦汉时期黄老学说中神秘主义成分，或称为两汉时期的黄老道。”章太炎在《訄书》论墨子及附文《黄巾道士缘起说》中认为道教在思想上还吸收了墨子“尊天明鬼”的主张。其实，道教在组织形式上也受到墨家学派的启示和影响。我觉得除上述诸点外，因道教兴起于西汉末年，这时儒家神学化已形成谶纬之学，佛教也传入中土，并引入宗教仪轨和教义，早期道教借鉴儒、佛礼仪、祭祀和宗教仪轨，逐步完善自身的宗教仪式和教义，形成完整的宗教体系。道教活动大约在西汉成帝时，刘骜好神仙方术，欲借天威维护其政权。齐国方士甘忠可借机将黄老道的学说与儒家谶纬学说相结合，在搜集、整理早期道教民间秘典的基础上，组织人编写了《天官历包元太平经》12卷。甘忠可及其门人一度受成帝、哀帝恩遇，但又都先后被诛杀。直至东汉桓帝时，汉室才公开对原始道教采取笼络手段，先派人至楚国苦县（今河南鹿邑县）厉乡曲仁里祭祀老子，后又在宫内“祀黄老于濯龙宫”（《后汉书·桓帝纪》）。在甘忠可编道经的基础上，又进一步充实完善。于吉组织人整理出《大平青领书》，简称做《太平经》，并由其门人宫崇献给汉顺帝。在东汉末年，早期道教有两大系统，其一是张角领导的太平道，发动了黄巾起义，因失败而被迫解体，并永远消失了。其二是张道陵在巴蜀创立的五斗米教，因其子张衡，尤其是孙子张鲁雄踞巴蜀、汉中三十余年，以教代政，政教合一，使五斗米教发展起来，后称正一天师教，成为正式的道教。

老子

道教创立时并无“三清”之说，只供奉老子为教主，奉《道德经》为圣典，规定为教徒必诵功课，又作《老子想尔注》将老子自然主义哲学思想曲解为宗教神学，作为最重要辅助教材。《道德经》云：“道可道，非常道；名可名，非常名。”此中“道”指宇宙本体，它“有物混成，先天地生”，虽“视之不见”“听之不闻”“搏之不得”，是“无状之状，无物之象，是谓惚恍”。但是它“其中有象”，“其中有物”，“其中有精”，而且“其精甚真，其中有信”，即“道”是万物之源，经常变化，虽无色、无声、无形、无名，不可用言语解说，却是真实的物质性的存在，故“玄之又玄”，它是天地之始，万物之母（“可以为天下母”）。老子的思想，是无神论的自然主义哲学，而且是辩证的思维。而道教是宗教，所以便从宗教的角度对老子学说加以曲解和发挥，并与神秘化了的“元气”学说结合起来，使之成为宗教神学。认为“道”是“虚无之系，造化之根，神明之本，天地之元”，“其大无外，其微无内”，它“无形”“无名”，宇宙万物都是由它而化生出来的。《老子想尔注》还把老子和“道”混然为一，说：

一散形为气，聚形为太上老君，常治昆仑，或言虚无，或言自然，或言无名，皆同一耳。

《太平经》卷第八《老子传授经戒仪注诀》云：

老子者，得道之大圣，幽显所共师者也。应感则变化随方，功成则隐沦常住。

由此可知，道教最初时最尊的只是老子一人，将他说成是至尊无上、神变无方的神人。到了晋代始有元始天尊，位于老子之上。至南北朝时，才抬出太上道君，位于元始天尊之下，老子之上，成为第二号尊神。至此，“三清”之说初具规模。

关于“三清”的缘起，南宋朱熹《朱子语类》中认为：

道家之学，出于老子。其所谓三清，盖仿释氏三身而为之尔。……而道家之徒欲仿其所为，遂尊老子为三清：元始天尊、太上道君、太上老君，而昊天上帝反坐其下。

所谓“三身”，即法身、报身、应身。法身，指诸法实相体性的真身，或自性法身。报身，指佛所修功德所感圆满色身，或由智变现化身。应身，指为度化众生而应现的世间色身，或父母生身。北宋张君房编《云笈七签》中将元始天尊、太上道君、太上老君称之为过去、现在、未来三天尊，好像是仿效佛教中以燃灯古佛、释迦牟尼佛、弥勒尊佛为过去、现在、未来“三世佛”。世界之大，无奇不有，相似的事物自然不少，相似却不一定就是模仿。

我觉得“三清”或许受到佛教的启示，但究其本源应是逐渐神秘化了的远古“元气”说。老子《道德经》中说：

道生一，一生二，二生三，三生万物。

即“道”是无形、无象混沌状态的精气，混然一体，故勉强称之为一。但在这最原始物质中，含有两种对抗势力，不得不分化为阴阳二气，故又称做二。阴阳二气对立激化，产生了一个全新的第三者，故称“二生三”，而由第三者产生了万物。这就是从混沌状态“元气”一变成三由简入繁的过程。东汉时《太平经》乙部发挥

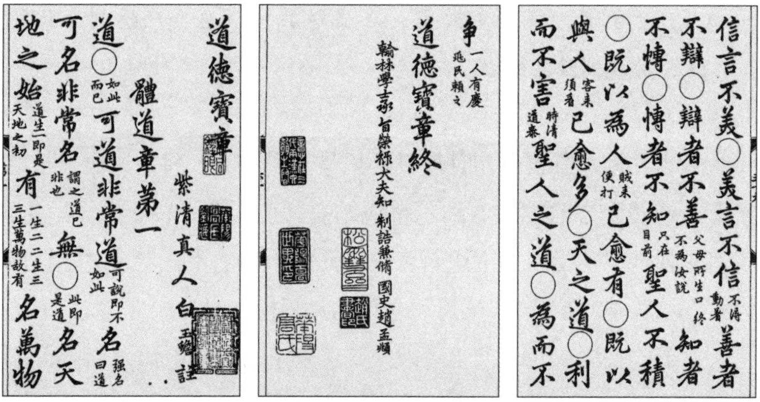
道德寶章
紫清真人白玉蟾註
體道章第一
道○如此而已 可道非常道 可說即不如此 名 强名曰道
可名非常名 謂之道已非也 無○ 此即是道 名天
地之始 道生一即是天地之初 有 一生二二生三三生萬物故有 名萬物

争 一人有慶兆民賴之
道德寶章終
翰林學士承旨榮祿大夫知制誥兼修國史趙孟頫

信言不美○美言不信 不得動著 善者
不辯○辯者不善 父母所生口終不為汝說 知者
不博○博者不知 只在目前 聖人不積
○既以為人 賊來便打 己愈有○既以
與人 客來須看 己愈多○天之道○利
而不害 時清道泰 聖人之道○為而不

道德经

上述观点：

> 元气行道，以生万物，天地大小，无不由道而生者也。
> 元气有三名：太阳、太阴、中和。

也就是说由“元气”可以分成“三气”。道教中这最尊的三清教主正是从“道”，或者说是从最原始的物质即混沌状态的“元气”衍化出来的。道教称最高的天为大罗天，它生出始、元、玄三气，化为“三清”。始气化玉清，元气化上清，玄气化太清，于是出现了三天、三神主、三清仙境：

> 元始天尊，玉清仙境，清微天。
> 灵宝天尊，上清仙境，禹余天。
> 道德天尊，太清仙境，大赤天。

据《枕中书》《真灵位业图》《云笈七签》《集说诠真》《隋书·经籍志》《历代神仙通鉴》等书所载，元始天尊又称天宝君，姓乐名静信，即远古传说中开天辟地的盘古，或盘古托身。“在天地日月未具”时，“状如鸡子，混沌玄黄，已有盘古真人，天地之精，自号元始天王，游乎其中”。他是“混沌”状态“元气”之精，

“蜕去躯壳”而出。“元者，本也；始者，初也，先天之气也。此气化为开辟世界之人，即为盘古；化为主持天界之祖，即为元始”。他为“三清”之首，居玉清有大帝宫殿，又称妙无上帝，天宝丈人，是老子的老师。灵宝天尊又称太上玉晨大道君、灵宝君，名器度，字开元，又说他“托胎于洪氏之胞”，字上开。一说他是元始天尊门人，太上老君之师。他有“三十六变，七十二化”，“后有峨眉镇元子。习其丹书宝篆”。《西游记》小说中的万寿山五庄观镇元子大仙，号与世同君，为地仙之祖，与三清半师半友，属于平辈，神通之大远胜孙悟空，或许就是道教传说中的“峨眉镇元子”。太上道君居上清玄都玉京宫，又号妙有大帝，灵宝丈人。道德天尊即神化了的老子，又号太上老君、神宝君。居太清太极宫殿，为三清之末，又号至尊大帝、万变混沌玄君，一号神宝丈人。一说他是太上道君之徒。道教还称元始天尊是道之祖为祖师，太上道君是法之祖为宗师，太上老君是教之祖为真师。但道教传说版本太多，诸说多有矛盾之处。如或说在大罗天上还有九天，三清之上为大罗天，元始天尊居之，似乎居于玉清仙境清微天的天宝君另有其人，与元始天尊无关。又如在过去、现在、未来三天尊中，“见在太上玉皇天尊”似乎是指玉皇大帝。再如南朝时陶弘景《真灵位业图》玉清三元宫内第一中位是“元始天尊”，第二中位是“太上玉晨元皇大道君”，第三中位“太极金阙帝君，姓李”，

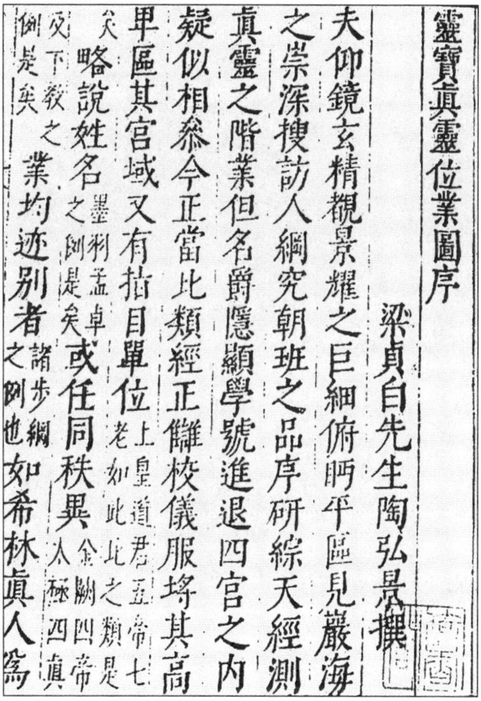
靈寶真靈位業圖序
梁貞白先生陶弘景撰
夫仰鏡玄精覩景耀之巨細俯眄平區見巖海之崇深搜訪人綱究朝班之品序研綜天經測真靈之階業但名爵隱顯學號進退四宫之内疑似相參今正當比類經正讎校儀服埒其高卑區其宫域又有指目單位（上皇道君玉帝七老如此比之類是矣）略說姓名（墨翟孟卓之例是矣）或任同秩異（金闕四帝太極四真及下教之）業均迹別者（諸步綱之例也）如希林真人爲（例是矣）

《真灵位业图》序

第四中位“太清太上老君”，又似乎将老子一分为二。大约在隋唐时，老子又独尊起来，出现了老子一炁化三清之说，使三者统一起来，成为三位一体。

《西游记》小说虽多处提到“三清”尊神，但真正出头露面的只有太上老君及属下青牛精、金银二童子，而且对他及属下多讽刺描写。至于对三清圣像则更大不敬了。在第四十四回中，孙悟空与八戒、沙僧不仅使神通将三清殿内“花瓶烛台，四壁上悬挂的功德，一齐刮倒”，还自变成三清“模样”吃供品，甚至严重到让八戒把三个圣像扛将起来，丢到右边小门外的“毛坑”里，对这又脏又臭的厕所，悟空还诙讽起名作“五谷轮回之所”，这实是对道教的最恶毒攻击。这也从反面证明了此书决不会出自丘处机之手，更不是什么证道书、金丹大旨了。

老 子 其 人

老子是历史上真实的人物，是春秋时期伟大的思想家、哲学家，是道家学说的创始人。司马迁《史记·老子韩非列传》载，他姓李名耳，字聃，楚国苦县（今河南鹿邑县）厉乡曲仁里人，当过“周守藏室之史”。据河上公《老子道德章句》说，老子字伯阳。老子生卒年不可详考，约生于公元前580年（周简王六年），死于公元前500年（周敬王二十年），比孔子和释迦牟尼略早，应是他们的前辈。据吕思勉《先秦学术概论》、柳诒徵《中国文化史》考，老子为周朝藏室柱下史，即御史大夫属下中丞之职，掌管图籍秘书。周秦时御史大夫为副丞相，掌承天子，助理万机，不专司一事或一面，故能明白君人南面之术。东汉班固《汉书·艺文志》云：

道家者流，盖出于史官，历记成败、存亡、祸福、古今之道，然后知秉要执本，清虚以自守，卑弱以自持，此君人南面之术也。

内“清虚以自守”，外“卑弱以自持”，这确实是道家之要义。人只有不专宗于一术，才能兼采众长；不胶于一事，才能处理众事。道家因能兼容并蓄，故能在观察众事的基础上融会贯通，知“成败、存亡、祸福、古今之道”，深明柔弱者可以久存、刚强者终必挫折的辩证观。西汉刘向《说苑·敬慎》载一则故事：

常枞有疾，老子往问焉，曰：“先生疾甚矣，无遗教可以语诸弟子者乎？……”张其口而示老子曰：“吾舌存乎？”老子曰：“然。”“吾齿存乎？”老子曰：“亡。”常摐曰：“子知之乎？”老子曰：“夫舌之存也，岂非以其柔耶？齿之亡也，岂非以其刚耶？”常摐曰：“嘻，是已。天下之事已尽矣，何以复语子哉！”

常枞，《高士传》作“商容”，是老子之师。看来老子强调慎言、不争、以柔克刚的思想，承之其师常枞，鲁迅据此写了小说《出关》。《史记》中《老子韩非列传》《孔子世家》俱载孔子曾“问

孔子问礼于老子

礼于老子”，受益匪浅。后来孔子对门人说，鸟、鱼、兽都可知，而老子“犹龙”，“乘风云而上天”，“吾不能知”。宋人贾善翔编写有关老子的传奇故事，书名《犹龙传》。老子见周室已衰微，便辞官隐退。“至关，关令尹喜曰：‘子将隐矣，彊为我著书。’于是老子乃著书上下篇，言道德之意五千余言而去，莫知其所终。”至于离去何关，诸说不一。司马贞《史记索隐》考为函谷关，葛洪《抱朴子》考为散关。刘向《列仙传》中增添新的色彩：“老子西游，关令尹喜望见有紫气浮关，而老子果乘青牛而过也。”骑青牛过函谷的传说缘于此，青牛成了老子坐骑，又衍成《西游记》中金兜山金兜洞兕怪。又说：“尹喜与老子俱之流沙之西，服巨胜实，莫知其所终。”即古之罽宾，今之克什米尔，是印度佛教最早传入之处，这又为后来《老子化胡经》开了端由。

老子思想

老子生活的春秋时期，社会大动荡，一切都处在变化之中。以老子的思想水平、文化知识，又加之他多年管理国家的图书和档案，他已清楚周王室必将灭亡。他虽熟悉民族过去的历史，却无法洞悉未来社会，而在社会动乱中萌生的新兴封建因素，在他看来似是祸端，反复其道的循环论天道思维模式，使他往往向后看，竟未能向前去探寻新的希望的曙光。他以天才的“天道观”和悲哀消极的“人道观”构筑了他道家思想的宏伟结构框架，在奴隶制走向封建制的暴风骤雨的历史前夜，形成了他的卓越思想，并完成了《道德经》这部哲学巨著。此书经战国时齐国稷下学宫著名学者环渊整理，而成《道德经》上下篇。老子《道德经》标志着我们中华民族的哲学已进入理性思维发展的历史新阶段，它否定了奴隶制主导思想“天命观”，剥下了巫术文化的神秘外衣，继承并发扬了前代和当代科学思想的优秀成果，构筑了我们民族哲学发展的新的结构体系，就其达到的水平而言，超过了与他同时或稍晚的古希腊、罗马哲学家泰利士、赫拉克利特、毕泰戈拉、德谟克里特等人，充分

老子骑牛图

展示了我们民族的智慧，并对尔后两千多年的社会生活、文化艺术产生了深远影响。

老子本是凡人，是道家学派创始人、大学者，与宗教神学之间有着本质上的区别。但是，道教在初创之时，为了取信于不同层次的民众，借重于老子，将其供奉为祖师，又因一时还编不出有分量的经典，便将《道德经》奉为最主要经典，这就把哲学家老子与宗教神学拉上了关系。《道德经》提纲挈领的两大概念是“道”与“德”:“道”指宇宙本体、万物本源;“德”指对“道”的功用和显现，是从属关系，也就是说“道”是最基本的思想。道教也宣扬“道”为最根本的信仰和教义，也借用此意，但它从宗教角度加以曲解，并神秘化发挥、渲染。《道德经》也讲到“长生久视”等长寿之法，以及“谷神不死”“陆行不遇兕虎，入军不被甲衣”之说，道教利用道家思想，将长寿发挥、渲染为长生不死，即肉身成仙的思想，成为他们追求的目标，为其基本信仰服务。对于现实苦难，基督教认为苦难是提升精神必须的途径，佛教认为苦难是人生的本来面貌，又称做“苦谛”，故二者都宣扬禁欲主义，追求的是来世，即彼岸世界。而道教则采取享乐主义，讲究今世，肉身成仙，追求无拘束的自由生活及人世快乐，包括男女之情欲，而且体现了不同层次的人对快乐的理解。其实，自由、幸福等都是相对的、复杂的。人性中对美好的追求往往会夹杂动机不纯的贪婪，对自由的追求往往会侵害别人的自由，而对本性的肯定往往是情欲的序言，是满足的渴望。

包装老子

道教徒们为了追求今世永恒的享乐，自神其事，取信于民众，重新包装老子，使之神化，而且不厌其详地为他改写出身、历史，编造神异的故事，制造出许许多多的道经，终于使肉眼凡胎的老子脱胎换骨，成为宇宙间最尊贵的大神。在晋代葛洪《抱朴子》《枕中书》、唐代段成式《酉阳杂俎》、徐坚《初学记》、宋代张君房《云笈七签》等书中涉及老子的神异故事，在《神仙传》、宋代《老子中经》、明代王世贞《列仙全传》、徐道《历代神仙通鉴》等书有老子的简单传记，宋人贾善翔《犹龙传》六卷、谢守灏《混元圣记》九卷，为老子编了详细的、全面的神异传记，谢守灏还编了《太上老君年谱要略》一卷、《太上混元老子史略》二卷。上述种种对老子多方位的神化，主要突出以下三点：神秘高贵的身世、神奇无边的法力、对宇宙万物的贡献。

唐代《老子内传》载，楚国苦县曲仁里，老子之母感流星入口，有娠七十二年，生老子于李树下，或依其母家姓李。宋·罗泌《路史》载，老子父李乾，母洪氏，生于周御史之家。元·赵道一《历世真仙体道通鉴》载，老君之母曰“无上元君”，又称“圣母元君”“玄妙玉女”，降为天水尹氏之女，名益寿，嫁给古仙人李灵飞。梦天坠五色珠，吞之有娠，怀八十一年后生老君。后有千乘万骑，拥八景玉舆，匝之升天。明·徐道《历代神仙通鉴》载，太清仙境分神化气，寄胎于玄妙玉女腹中。玉女八十多岁未婚，怀胎八十一年而不觉，日精从天坠下，化为流星，吞之不久，忽从左胁下诞生一子。一出生就行走了九步，步生莲花，左手指天，右手指地说：“天上天下，唯道独尊。”出生九天，身有九变，指李树为姓。“鹤发龙颜”“顶有日光”，“天冠天衣，自然被体”，因“耳大，取名重耳”，“以其生而白首，号之曰老子”。这种出生，这种神通，往好处解释，是在编神话故事，否则就是胡说八道了。

太上老君收妖魔

在隋唐时张泮《太上老君开天经》中，老君对宇宙万物的贡献太大了，是创造世界的大神。此经说宇宙生成要历经“洪元”“混元”“太初”等阶段，“洪元一治至于万劫，洪元既判，而有混元，混元一治万劫，至于百成，百成亦八十一万年，而有太初”。在“太初”时，太上老君自虚空而降，为“太初”之师，口吐《开天经》四十八卷，一卷有四十八万字，一字辟方一百里，以教“太初”，“从此始有天地”。这种编造法，大概只有狂热的宗教徒才能完成。

老子化胡与佛道之争

在许许多多为老子编造的道经中，最引起争议的是西晋王浮撰《老子化胡经》一卷，以后又经别的道教徒陆续扩增为十卷本。老子化胡的故事虽是编造的，但并不自王浮始，大约在西汉末年，不会晚于东汉。在汉桓帝时，襄楷上书云：“或言老子入夷狄为浮屠，浮屠不三宿桑下，不欲久生恩爱，精之至也。天神遗以好女，浮屠曰：“此但革囊盛血，遂不盼之。其守一如此，乃能成道。”（《后汉书·襄楷传》）此传说至三国时又有所发展，《三国志·魏书·乌丸鲜卑东夷传》裴松之注引鱼豢《魏略·西戎传》云：

> 临儿国，《浮屠经》云其国王生浮屠。浮屠，太子也。父曰屑头邪，母云莫邪。浮屠身服色黄，发青如青丝，乳青毛，蛉赤如铜。始莫邪梦白象而孕，及生，从母左胁出，生而有结，堕地能行七步。此国在天竺城中……昔汉哀帝元寿元年，博士弟子景卢受大月氏使伊存口授《浮屠经》，曰复立者其人也。……《浮屠》所载与中国《老子经》相出入，盖以为老子西出关，过西域之天竺，教胡。浮屠属弟子别号，合有二十九，不能详载，故略之如此。

可见此传说在西汉末期已具雏形。在《浮屠经》中老子已成为佛陀之师。此中“浮屠”，是梵文“佛陀”的最初音译和别译，意译为觉悟者，指释迦牟尼。最初的这种传说一直在佛、道二教中流传，而且在相当长的一段时间内，佛教徒并未抗议，似乎默许了。因为在佛教初传中土时势力不够大，居于劣势，往往借重于儒、道的思想和术语以解说经典，采取灵活变通的方式逐渐扩大自己的势力，被称作格义佛教。所以老子化胡之说，最初佛教徒并不特别反对。但当他们的实力已经雄厚，在中土已经站稳脚跟，要称雄一方时，则不能忍受了。在西晋惠帝时，佛、道之争日益激烈，谁优谁次必须说明白，于是道教的头面人物王浮与名僧帛远（一称“白远”）辩论佛道邪正时，在历来有关老子化胡的传说基础上，加以引申、充实和发挥，编写了《老子化胡经》一卷，说明道在佛先，理应在佛之上。王浮撰《老子化胡经》一卷本早已散佚，后来增补成的十卷本也已散佚，幸敦煌存此经一、二、八、十等卷的残文写本，可知其大概。主要内容是说老子与门人关令尹喜西入天竺，关令尹喜化入摩耶夫人肚中，化为佛陀，立浮屠教，从此产生了佛教，因此佛教教主释迦牟尼是老子的门人。而且老子所过之诸国，无不受其教化。

老子化胡图说

《老子化胡经》问世后，立即成为佛、道两教争端的最大公案，环绕此经真伪，争辩了一千多年。道教徒们为证明此经之真，又在此经的基调上，陆续编造了类似的道经，如《太上灵宝老子化胡妙经》《老君变化无极经》《太上混元真录》《文始内传》《关令尹喜传》《玄妙内篇》等，进一步证明道教高于佛教。佛教徒们不甘于此辱，不仅力辩此经之伪，还采取同样手段编造佛经来反击，并波及儒家。在《清净法行经》《造天地经》《周书异记》《汉法本内传》等伪经书中，说释迦牟尼前身为儒童菩萨（“摩纳缚迦”），受教于燃灯佛，蒙古佛授记在此贤劫成佛。释迦牟尼成佛后，遣三弟子来东土，一为儒童菩萨，化为孔子；二为光净菩萨，化为颜回；三为摩诃迦叶，化为老子。将佛陀说成是老子、孔子之师，以此来争社会地位。在唐高宗显庆年间和武则天武周时期，因武则天欲依佛教势力，取李唐王朝，当时以玄奘法师为首的佛教徒上书要求调整道先佛后的关系，显庆二年（657），高宗李治召集二教代表公开辩论。大约至上元元年（674），李治不得已下诏宣布二教平等，不分先后。在武周时期，佛教势力大增，佛教徒要求朝廷下令禁毁《老子化胡经》，终致两次下令毁经。但因当时禁毁令不严，《老子化胡经》不仅未根除，还照旧流传于世。真正的禁毁是在元宪宗、世祖两朝。第一次焚经在宪宗蒙哥八年（1258），命忽必烈主持两教辩论《化胡经》真伪，僧人以少林寺长者福裕为首，西藏萨边派首领八思巴也参与此会。道士以张志敬为首，参加辩论会。结果宣布《化胡经》等为伪经，雕板尽令焚毁，参加辩论会的道士送往龙光寺，17名代表被削发，受骂为驴马、畜类。第二次焚经在元世祖忽必烈至元十八年（1281），因八思巴门人胆巴建议，在大都长春宫（今白云观）召集佛道头面人物进行辩论，佛教再次获胜。元世祖召百官集悯忠寺（今法源寺），宣布尽毁《化胡经》等道藏伪经杂书，并派遣人通知各地严格执行。经过这两次焚经、毁板，《化胡经》终致被根除了。幸赖敦煌存有唐玄宗时写本残卷，今人尚可知其大概，并加以研究。

在《西游记》小说中，在两次极为重要的时刻，提到久已散佚的《老子化胡经》中事。第一次是在第六回“观音赴会问原因，小圣施威降大圣”中，孙悟空被封为齐天大圣后自在逍遥，玉帝恐他“闲中生事”，就派他“权管那蟠桃园”。后因知即将召开的“蟠桃嘉会”没有请他，不禁大怒，在瑶池偷饮仙酒，在兜率宫吃了老君炼就的金丹，二次反下天宫。玉帝差李天王、四大天王、哪吒太子点十万天兵往下界花果山捉拿孙悟空。李天王等人不是悟空对手不能取胜，观音菩萨赴蟠桃会，知军情紧急，就举荐灌江口二郎真君去擒悟空。二郎真君率梅山六兄弟及帐下一千二百草头神赶赴花果山，与悟空赌斗。在李天王布下的天罗地网中，悟空力战二郎真君和梅山六兄弟，双方

小圣施威降大圣

战成平手。观音菩萨有些着急，想抛下净瓶暗算悟空，助“二郎小圣，好去拿他”。老君为抢功，阻止了观音，“捋起衣袖”，“取下一个圈子”说道：

> 这件兵器，乃锟钢抟炼的，被我将还丹点成，养就一身灵气，善能变化，水火不侵，又能套诸物；一名“金刚琢”，又名“金刚套”。当年过函关，化胡为佛，甚是亏他。早晚最可防身。等我丢下去，打他一下。

于是，他用“金刚琢”打中悟空的头，悟空跌了一跤，又被二郎的细犬咬住，众人才乘机将他擒住。第二次是在第五十二回“悟空大闹金皘洞，如来暗示主人公”中，悟空在金皘山遇一兕怪，用一个亮灼灼白森森圈子，不仅套去悟空金箍棒，连十八罗汉的十八粒金丹砂也被套去，最后得知此怪是老君坐骑青牛精。悟空问老君此宝是何物，老君道：

> 我那“金刚琢”，乃是我过函关化胡之器，自幼炼成之宝。凭你甚么兵器、水火，俱莫能近他。

这次若无老君出面，很难降伏青牛精，也就不能救出唐僧、八戒、沙僧，取回金箍棒。吴承恩在小说中反复述说老子化胡故事，说明这一公案不仅在佛、道两教中产生争端，而且在知识阶层和市井之民中一直流传，颇有市场，故而采之入小说中，增添些趣味。另外，从他叙述中也表明他并非特别站在某派立场上辩论，只是游戏笔墨而已。

四大天师自此传

在《西游记》小说第三回首先提到葛玄，第四回提到张道陵，第五回提到许逊，从第六回后就四大天师同时出现。在第三十一回明确指出为“张、葛、许、邱四大天师”。在第五十一回又点明为“张道陵、葛仙翁、许旌阳、邱弘济四天师”。在第八十七回又称做“邱洪济、张道陵与葛、许四真人”。其中“邱弘济”的“弘”字，改为另一“洪”字，而且“四大天师”又称做“四大真人”。

关于“天师”一词，古代有四种解释：（1）天生人师，《庄子·徐无鬼》中黄帝称襄城牧马童子为天师。（2）天之医师，《黄帝内经·素问》：“其能调和六气，乃天之医师也，故曰天师。”（3）东汉时称“传道者”为天师，《太平经》：“今天师为王者开辟太平之阶路，太平之真经出。”（4）天授为人道之师，道教传说太上老君在青城山册封张道陵及其后人代代为天师。道教中“天师”之意应是天授为人道之师，最尊贵的传道士。

张道陵（34—156）原名张陵，字辅汉，东汉沛国丰（今江苏丰县）人，通五经，为太学书生，以直言极谏科中拜巴郡江州（今重庆市）令。谢官后，他归隐洛阳北邙山修炼。后偶遇魏伯阳，求教一些炼丹之术。他与弟子王长入江西云锦山炼九天神丹，有龙虎现形，故名“龙虎山”。复往嵩山，在石室中得《三皇内文》《黄帝九鼎丹书》。汉顺帝时，他至四川大邑县北鹤鸣山修道。传说当时有一仙人黑面浓须，头戴铁冠，手执铁鞭，身跨黑虎来守护丹室。自称姓赵名朗，字

张道陵

公明，秦时避世山中，为终南山仙人。张道陵收公明为徒，奏请天庭封为天将，授“正一玄坛元帅”，故又称“黑虎玄坛”（详见《三教搜神大全》），即是民间尊称的财神爷。张道陵在巴蜀宣教布化，创立天师道教，自称“天师”“三天法师正一真人”。在道教传说中，他被老君封为正一平气大法师，此后凡是升天成仙的人必须先去拜谒他，经他同意才能入玉帝宫殿。于是，他成了仙道高级职称的最重要评委。他将远古巫教与巴蜀的“鬼道”（巫术）进行融合、改造，尽量去其邪伪，使之合乎正道的规范，创立了天师道，俗称“五斗米道”。此教或缘于《五斗经》，相传老君传授道陵。“斗米”，巴蜀一带古音读“古姆”，为众星之母。陵母梦见神人自北斗魁星中降，感而有孕，遂生陵（详见杜光庭《录异记》）。道陵之母奉鬼道，而蜀人崇拜北斗，北斗为坎宫重水，重阴性，即所谓“上善若水”（《道德经》），称“五斗米道”恐亦与此有关，不仅仅是“从受道者出五斗米”，“世谓之米道”（《三国志·魏书·张鲁传》）。道陵作道书《灵宝经》，奉老子为教祖，设神明化俗治病，盟威鬼神，立治（二十四治、三十六靖庐）布化，教区遍布巴蜀及汉中之地。其子张衡、孙张鲁嗣行其教，被后世奉为“三师”（天师、嗣师、系师）。尤其是张鲁雄踞巴蜀、汉中三十余年，以教代政，政教合一，设立义舍，行宽惠之政，得民心，对天师教的发展起了极大作用。宗教在发展中的首要任务是神化教主、祖师，因此便将张道陵的家世说得十分显贵。在明初四十二代天师张正常《汉天师世家》一卷本中，有宋濂《汉天师世家序》，说道陵是姬姓轩辕子青阳氏第五子挥之后，乃汉代留侯张良之八世孙。临终前，他将经箓、印、剑付其子张衡，为传承信物，并说：“世世一子，绍吾之位，非吾家宗亲子孙不传。”经箓，笔画屈曲似篆文，又称“云篆”“丹篆”“符字”，说是天神文字，再加上天师印、天师剑为三件最重要凭证。教区最初在巴蜀、汉中一带，建安二十年（215）张鲁降魏，曹操封张鲁为镇南将军、阆中侯，又封其“五子皆为列侯”。张鲁一家迁邺城，建安二十一年（216）去世。在西晋怀帝永嘉年间（307—312），张盛自称是张鲁子，入江西龙虎山传教。就以永嘉元年计算，距张鲁死时相隔92年，而《三国志·张鲁传》中封列侯五子中并无此人，因此极为可疑。天师道主要经典为河上公注解《老子道德经章句》《老子想尔注》和《黄书》。《黄书》八卷已佚，北周甄鸾《笑道论》批评此书为男女合炼之术，其书符文黄色，乃五斗米道不敢公开宣讲之秘典。

葛玄（164—244）字孝先，人称太极葛仙翁。三国吴人。本琅琊（今山东胶南县）人，后迁丹阳句容（今江苏丹阳县）。葛玄出身宦族名门，自幼好学，博通五经，十五六岁就名震江左。但他性喜老庄之学，不愿仕进。后入天台赤城山修炼，遇到左慈，即《三国演义》中戏曹操的那位异人。左慈传授他《白虎七变经》《太清九鼎金液丹经》《三元真一妙经》等，后遨游名山大川，寻求灵异之处。汉室倾覆，三国纷争，他在江西清江县閤皂山东峰建庵筑炉，专炼九转金丹。又潜心整理《灵宝经诰》，研习“上清”“灵定”诸部真经，故后世灵宝道士奉他为閤皂宗祖师。葛玄最喜欢弄些怪异事，玩些小把戏，《太平广记》卷七十一录《神仙传》载，能坐“积薪烈火”上而“衣冠不灼”，“能入深泉涧中卧”后“身不濡湿”，能冬天为“客设生瓜，夏致冰雪”，还能治病除妖。吴大帝孙权很看重他，想把他留在身边。一次行舟江上，葛玄落水不见，孙权叹道：“葛公有道，亦不能免此乎？”他差人打捞沉舟，寻葛玄尸身。不料第二天葛玄“从水上来”，“有酒色”，说是伍子胥强拉他喝酒，“不得已随去”。由于孙权不放他走，无法炼丹药，他告诉门人准备“尸解”。他先是“卧而气绝，其色不变”。门人守之三日，夜半忽起大风，“声如雷，炬灭”，“失玄所在”。《广德神异录》载：“吴帝赤乌七年（244）八月十七日，葛玄于方山上得道，白日升天。”其门人白仲都、姚光也都成仙。葛玄最得意的门人是郑隐，葛玄从孙葛洪师事郑隐，受丹术。

许逊，字敬之，人称许真君。晋代道士，江西南昌人。据唐代张鷟《朝野佥载》、段成式《酉阳杂俎》、无名氏《十二真君传》、五代杜光庭《墉城集仙录》、宋代刘斧《青琐高议》、吴曾《能改斋漫录》等书载，许逊弱冠，师从吴猛，学习三清法要。因乡里举

许逊

孝廉，拜蜀郡旌阳县令。逢晋室纷乱，弃官东归。后来游于丹阳，谒见谌姆，精修道术。谌姆将兰公所受孝悌王诸秘旨、金丹宝经、铜符铁券等一一传之。许逊得真传后，道术高妙，能驱除邪祟，仗剑斩蛟，福及苍生。许逊在辽江“禹步敕剑”斩了“巨蛇”，在长沙杀了为害一方变幻多端的蛟精。为了防止水怪为患，他“役鬼神于牙城南井，铸铁为柱”，“钩锁地脉”永“镇洪州”。在晋孝武帝宁康二年（374），许逊一家人“拔宅上升”，天帝授许逊以九州都仙太史、高明大使之职。许逊因出任旌阳令，故人称许旌阳。他以南昌西山为中心传教，与吴猛、施岑等人为教团骨干，人称十二真君。许逊斩蛇诛蛟，为民除害，又合家飞升的传说在民间很风行。至宋代受到皇室尊崇，被封为“神功妙济真君”，并在洪州西山改建了玉隆万寿宫。南宋何真公，宋末元初刘玉、黄元吉师徒，都假托许逊神灵降授，开创净明道，供奉许逊为第一代祖师。此教最注重净、明、忠、孝四字，即修炼要达到内心一尘不染，不触及思想境界，并以忠、孝为日常生活的准则，还融合儒、道、释，提倡三教合一，修道者在家出家均可。

丘处机（1148—1227）字通密，号长春子，世称长春真人，是全真教创始人王嚞的七大弟子之一，对后世影响最大，为龙门法派祖师。法身埋在北京白云观雷祖殿下。认为“一念无生即自由，心

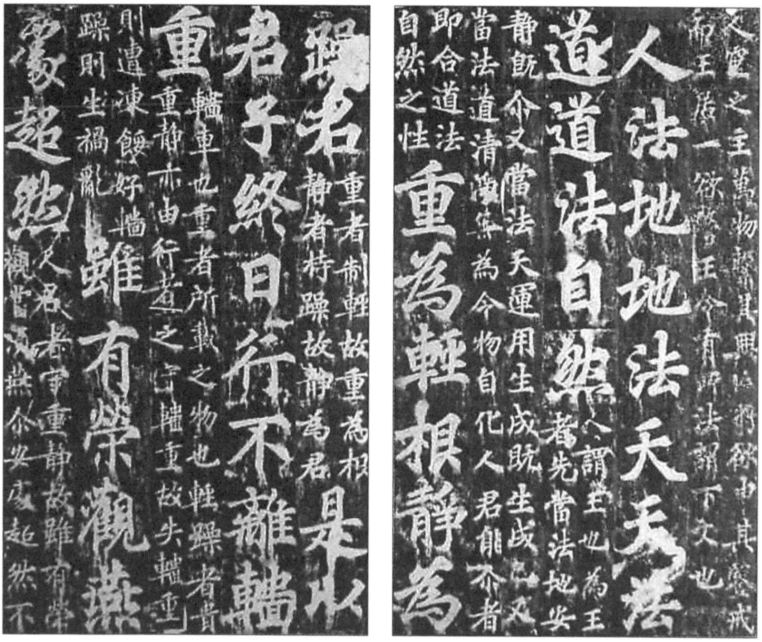

唐玄宗亲注御书《道德经》

头无物即仙佛”。有关他的生平情况，在《拨开云雾识作者》中已介绍，此不赘述。

上述四人在《西游记》小说中被称做“四大天师”，或“四大真人”。其实在道教历史上可称做“天师”的只有三个人：一是张道陵，是道教创始人，世称“正一天师”；二是寇谦之，改革道教为新天师道，世称“北天师”；三是陆修静，整理三洞经书，完备道教仪式，世称“南天师”。而小说中葛玄只称做“葛仙翁”，或“太极仙翁”。许逊一般称做“许真君”，或“许旌阳”。丘处机世称“长春真人”，或“丘真人”“丘祖师”。至于道教中“四大真人”之说，出现在唐代。唐玄宗李隆基，因李家王朝一直尊老子为祖宗，扶持道教。又鉴于武则天、韦后均依佛教势力篡夺政权，故为维护自己的政权，也要提高道教地位，充实道教势力。再加上佛教传入东土后，一直有“四大菩萨”之说，而道教在老君之下，人才确实显得少了些。于是，玄宗在开元二十一年（733）亲注《道德经》，又设崇玄馆，规定道举制度，以《老子》《庄子》《列子》《文子》

为“四子真经”，开科取士，并设玄学博士。在天宝元年又封庄子为南华真人、文子为通玄真人、列子为冲虚真人、庚桑子为洞虚真人，合称“四大真人”，以对抗“四大菩萨”，而张道陵、葛玄、许逊、丘处机四人从未被合称过“四大真人”。但是，自从《西游记》小说问世风行之后，因雅俗共赏，影响甚大，故而“四大天师”之说，先在民间达成共识，后来道教徒们顺乎民风，便也承认此说。而“四大真人”之说在道教中早有定论，故而道俗对此都维持旧说。

关于古代门神的传说，由来已久，而且在历代变化甚大，形成多种神奇的故事，多种层次的信仰。

我国古代祀典中有五祀，《周礼·春官·大宗伯》载："以血祭祭社稷、五祀、五岳。"《礼记·祭法》载："诸侯为国立五祀。"在《白虎通·五祀》中注："五祀者，何谓也？谓门、户、井、灶、中霤也。"五祀究其本源，起于原始人的自然崇拜。原始崇拜认为，凡是与人日常生活有关的事物，都有神主持，五祀所供奉的就是与人居住、出入、饮食有关的事物，所以祭祀以答谢。门为五祀之首，并非邪神，尤其为人重视，故神而祀之，这就是门神最初之来源。

至于说，"门神，阴气之神""小神，居人之间，司察小过，作谴告者"，那是后人在注疏《礼记·月令》时对门神职能社会化的补充，在汉、晋时比较流行。但其较原始的职能是守护门庭，防止邪恶侵入家门，所以早期门神呈威武之状，用以恐吓邪魔。

《论衡》卷二十二引《山海经》佚文云：

> 沧海之中，有度朔之山，上有大桃木……其枝间东北曰鬼门，万鬼所出入也。上有二神人，一曰神荼，一曰郁垒，主阅领万鬼，恶害之鬼，执以苇索而食虎。于是黄帝乃作礼，以时驱之，立大桃人，门户画神荼、郁垒与虎，悬苇索，以御凶魅。

在《风俗通义·祀典》和《搜神记》佚文中均引《黄帝书》，内容与《山海经》佚文相同，但名字略有出入，如“神荼”作“荼”“荼与”，“郁垒”又注作“郁律”。在《重修纬书集成》卷六《河图括地象》又稍加改动云：

> 桃都山有大桃树，盘屈三千里。上有金鸡，下有二神，一名郁，一名垒，并执苇索，伺不祥之鬼，禽奇之属。

《太平御览》卷二九及卷九一八引《玄中记》，又作“桃都山”下有二神，左名隆，右名窟；“今人正朝作两桃人立门旁”，即其“遗象”。《历代神仙通鉴》卷三则云，郁垒、神荼为“兄弟二人”，“西南曰神门，神荼守之”，凡有邪神入山欲偷桃，他便“以木剑砍其项，桃枝贯其腮”，投入海中喂“毒龙”。“东北曰鬼门，守以郁垒”，若有“贪饕之鬼上树残食”，他就用“苇索缚之，射以桃弧”，投之山坳喂“猛虎”，而且还有十位壮士做这兄弟的副手。上述诸种传说都离不开桃木，这与上古民俗有关系。据《淮南子·诠言训》载：“羿死于桃棓。”注云：“棓，大杖，以桃木为之，以击杀羿，自是以来，鬼畏桃也。”连古代神箭手羿都死于桃木棒之下，所以鬼神自然都畏桃木。《太平御览》卷九六七引《典术》云：

桃者，五木之精也，故压伏邪气者也。桃之精生在鬼门，制百鬼，故今作桃人梗著门以压邪，此仙木也。

神荼、郁垒

晋司马彪《续汉书·礼仪志》云："大傩讫，设桃梗郁垒。"古代在傩仪之后，要立一个桃木人。据《论语》《礼记》《吕氏春秋》《淮南子》等书记载，傩仪一年有三次：一、春季"国人傩，九门磔禳，以毕春气"。二、仲秋"天子乃傩，御佐疾，以通秋气"。三、季冬"命有司大傩，旁磔，出土牛以送寒气"。由此可知傩的设置，与人身体健康有关，即驱除疫鬼。而门神的设置，与傩近同，乃承袭而来，故神荼、郁垒是继承上古桃木驱鬼的民俗，又吸收了傩仪中的主要成分，由桃椎辗转衍化而成。

但中国的神话传说，并不特别定型，常常发生变化。鲁迅在《中国小说的历史的变迁》中说：

因为中国古时天神、地祇、人、鬼，往往殽杂，则原始的信仰存于传说者，日出不穷，于是旧者僵死，后人无从而知。如神荼、郁垒，为古之大神，传说上是手执一种苇索，以缚虎，且御凶魅的，所以古代将他们当做门神。但到后来又将门神改为秦琼、尉迟敬德，并引说种种事实，以为佐证，于是后人单知道秦琼和尉迟敬德为门神，而不复知神荼、郁垒，更不消说造作他们的故事了。

我国远古传说的诸神，几乎后来都有变化，其中尤以门神变化最多，也最有影响。

最初人们悬挂或粘贴神荼、郁垒像，后来渐渐地简化为悬桃符驱邪，而镇邪、守护门庭的职务被武士门神，或钟馗、秦琼、尉迟敬德、温峤、岳飞等人替代。不过，在宫廷和贵族之家，仍在除夕悬挂神荼、郁垒画像，这风俗一直延续至清代。而在民间门上有时在武士门神画像上标上神荼、郁垒之名，还有的地方不贴门神肖像，只在门上写神荼、郁垒之名，这说明远古的传说并没有消亡，仍残存在民间。

在《封神演义》第九十回“子牙捉神荼郁垒”中，又衍为高明、高觉阻周兵，云：

> 此业障是棋盘山桃精、柳鬼。桃、柳根盘三十里，采天地之灵气，受日月之精华，成气有年。今棋盘山有轩辕庙，庙内有泥塑鬼使，名曰千里眼、顺风耳；二怪托其灵气，目能观看千里，耳能详听千里；千里之外，不能视听也。

姜子牙命人往棋盘山绝其灵气之根，才将二人除掉。宋元话本《武王伐封书》又作“离娄、师旷战高祁二将”。离娄，传说是黄帝时人，能于百步之外看清毫末，后世传为千里眼。师旷是春秋时晋国乐师，盲目，耳朵极灵，善辨音，后世传为顺风耳。在平话中二人都成为殷封王手下大将，被姜子牙派殷交、南宫括捉住，建法场斩之。不料“忽见一阵大风，起沙走石”，这二人“不知去向”。姜子牙命人寻根追察，在陕府东“轩辕黄帝庙门前两壁厢有千里眼、顺风耳”，“太公见言，更不穷究二人之事”。在《西游记》小说第一回“灵根育孕源流出，心性修持大道生”中，这神荼、郁垒又成了高天玉皇大帝金阙云宫南天门外的门神，只呼作千里眼、顺风耳。在《西游记》杂剧第三本十二出“鬼母皈依”中【鬼三台】曲文仍云“千里眼离娄疾，顺风耳师旷休迟”，大约这传说在元代比较风行。

子牙捉神荼郁垒

武士门神在汉代比较流行。《汉书·广川王传》载：

> 其殿门有成庆画，短衣、大绔、长剑。

晋灼注曰：“成庆，荆轲也，卫人谓之庆卿，燕人谓之荆卿。”即《史记》所载刺秦王之勇士荆轲。但颜师古不赞同此说，认为：“成庆，古之勇士也，事见《淮南子》，非荆卿也。”追究其本义，仍不外是以威武之形状恐吓邪魔，守护门庭。

在唐代中期以后，有关钟馗的传说兴起，至今不衰，其影响在前此诸门神之上。宋人沈括《梦溪笔谈补》卷三载：

> 明皇开元讲武骊山，幸翠华还宫，上不怿，因痁作，将逾月，巫医殚伎，不能致良。忽一夕，梦二鬼，一大，一小。其小者衣绛犊鼻，屦一足，跣一足，悬一屦，搢一大筠纸扇，窃太真紫香囊及上玉笛，绕殿而奔。其大者戴帽，衣蓝裳，袒一臂，鞹双足，乃捉其小者，刳其目，然后擘而啖之。上问大者曰：“尔何人也？”奏云：“臣钟馗氏，即武举不捷之进士也。誓与陛下除天下之妖孽。”梦觉，痁苦顿瘳，而体益壮。

玄宗诏大画家吴道子，按梦中所见绘钟馗图。

在《旧五代史·吴越世家》载，“岁除画工献钟馗击鬼图”，这是钟馗始见之于正史。关于钟馗的传说颇多，《历代神仙通鉴》卷一四说他是“终南举子”，因“应试不捷，羞归故里，触殿阶死”，“奉旨赐进士，蒙以绿袍殓葬，岁时祭祀”。又说有一次玄宗问叶法善张果“根蒂”，叶法善云：

混沌初分，有黑白二蝙蝠。寝殿啖鬼之钟进士，黑者所化，此老是白者修成。

钟馗与八仙之一张果老，竟成天地刚刚分开时黑白二蝙蝠精所变化的。其实“钟馗”二字最初只是文字游戏，“终葵”（“钟馗”）反切音为“椎”字，扬雄《方言》又云：“齐人谓椎为‘终葵’。”古人以桃木杖、椎能驱逐恶鬼，起于远古大傩，与神荼、郁垒同出一源。

魏征斩老龙

元明之际，门神又发生大变化，衍为唐初两员大将：秦琼、尉迟敬德。在《西游记》小说第十回“老龙王拙计犯天条，魏丞相遗书托冥吏”中，因为魏征梦斩了泾河龙，故而老龙的鬼魂在宫中出现，手提着一颗血淋淋的头惊扰唐太宗，不得安宁。秦琼和尉迟敬德自告奋勇，身披甲胄，手“执金瓜钺斧，在宫门外把守”：

头戴金盔光烁烁，身披铠甲龙鳞。护心宝镜幌祥云，狮蛮收紧扣，绣带彩霞新。这一个凤眼朝天星斗怕，那一个环睛映电月光沉。他本是英雄豪杰旧勋臣，只落得千年称户尉，万古作门神。

这两员猛将守卫宫门，一连二三夜“俱安”，老龙王鬼魂不敢入宫。太宗大喜，于是诏丹青妙手“传二将真容，贴于门上，免得劳他”。宫门贴了二将画像，“夜间也即无事”。如此二三日后，“又听得后宰门，乒乓乒乓，砖瓦乱响”，于是徐茂公建议让魏征提着诛龙宝剑在后门侍立守卫，“一夜通明，也无鬼魅”，所以后来民间也有以魏征为门神，不仅为专用于后门的门神，也用之于前门的门神，似乎职称范围更广。在《三教源流搜神大全》中“门神二将军”载：

按传唐太宗不豫，寝门外抛砖弄瓦，鬼魅号呼，三十六宫，七十二院，夜无宁时。太宗惧之，以告群臣，秦叔宝出班奏曰：“臣平生杀人如剖瓜，积尸如聚蚁，何惧魍魉乎？愿同胡敬德戎装立门以伺。”太宗可其奏，夜果无警。太宗嘉之，谓二人守夜无眠，太宗命画工图二人之形象全装，手执玉斧，腰带鞭练弓箭，怒发一如平时，悬于宫掖之左右门，邪祟以息。后世沿袭，遂永为门神。

此中记载与《西游记》大略相同，大约是受到《西游记》影响而定型的。《历代神仙通鉴》卷十二中也有类似记载。秦琼、尉迟敬德之说，是在汉代武士门神的基础上发展、衍变、神化的，更因《西游记》小说雅俗共赏，所以为不同层次的人所接受，风行于民间，至今不仅在乡镇间不衰，在大中小城市里每逢春节仍可见画像贴在门外和室内，成为一种祈求吉祥的装饰。秦琼、尉迟敬德这二位猛士，取代了自远古以来流传的许多门神，成为我国大多数民众普遍公认的门神。尉迟敬德除为门神外，因他生前是铁匠出身，又监造过一些塔寺，又被民间供奉为炉火神，在姚福均《铸鼎余闻》中有详载。

此外，还有一些地方性门神和不大普遍的门神。如苏州一带民间信奉的门神，“又作温、岳二神，想即温元帅、岳鄂王”(《集说诠真》)。《吴县志》谓“门神彩画五色，多写温、岳二神之像”，即东晋名将温峤、南宋初抗金名将岳飞。受《封神演义》《三国演义》《孙庞演义》等小说影响，在个别地区，还有以赵云、赵公明、燃灯道人、孙膑、庞涓等为门神，加以祭祀崇拜的。

至于道教，在山门有特殊的门神：“左为青龙孟章神君，右为白虎监兵神君。”（明姚宗仪《常熟私志》）本于道教以青龙、白虎为左右护卫神之说。在佛寺山门前，立千佛之末青叶髻、娄至德二金刚力士为门神，寺门内立四大天王（又作“四大金刚”）为门神。受《封神演义》影响，寺门二金刚渐渐衍为哼哈二将，即小说中的郑伦、陈奇二将。

牛精自古多怪才

《西游记》中唐僧师徒西天取经，途中遇到许许多多的妖怪，其中以牛精一族人数最多，而且各具不同的怪才，并衍出复杂动人的神奇故事，有的甚至前后关联，引发出种种恩怨，颇具人的情趣。

原始初民就与牛结缘，在殷商时代，牛骨与龟甲同用于占卜，并留下极为珍贵的甲骨文。据《礼记》及汉代郑玄注释可知，古代“天子社稷皆太牢”，而祭祀用“牛曰太牢”，“羊、豕曰少牢，诸侯之卿大夫祭宗庙之牲”，足见在古代牛是比羊、豕更贵重的。《山海经》记载了许多牛神，如“北岳之山”有兽，“其状如牛而四角，人目、彘耳，其名曰诸怀，其音如鸣雁，是食人”。在古代有关牛神的传说颇多，牛精一族也是人才济济的。

在《西游记》第十三回“陷虎穴金星解厄，双叉岭伯钦留僧”中，唐僧奉唐太宗之旨初行不久，就在一山岭被魔王寅将军手下妖邪捉住，“正要安排吞食”之时，有熊山君、特处士来访。于是寅将军为款待二友，就共同将唐僧的“两个长行从者”活活吃掉了。在“渐渐的东方发白”时，太白金星化成老叟将唐僧救出险境，并告诉他“处士者是个野牛精”，寅将军是老虎精，山君是熊罴精。言罢，化作一阵清风跨鹤腾空而去，飘下一张简帖：“吾乃西天太白星，特来搭救汝生灵。前行自有神徒助，莫为艰难报怨经。”此中部分情节似借鉴《太平广记》卷四百三十四“畜兽一”《宁茵》。唐宣宗李忱大中年间，秀才宁茵借宿于南山下大寮庄，“因夜风清月朗，吟咏庭际”，先后有“桃林斑特处士”和“南山斑寅将军”叩门来访，三人谈古论今，初虽融洽，后因饮酒过多，语相抵牾，不欢而散。“及明，视其门外，唯虎跻牛踪而已，宁生方悟。寻之数百步，人家废庄内，有一老牛卧，而犹带酒气，虎即入山矣。”注“出传奇”，当是唐人裴铏所作。将这故事中又添出熊山君，便衍成唐僧西行求法“出城逢虎第五难，折从落坑第六难”。

《西游记》第四十回“婴儿戏化禅心乱，猿马刀圭木母空”中，枯松涧火云洞圣婴大王红孩儿，化作七岁小孩，“弄了一阵旋风”，“将唐僧摄去了”。悟空问山神、土地，得悉是自己五百年前结拜的大哥牛魔王与罗刹女之子，心甚高兴，因为当年关系甚好，论辈分悟空是红孩儿的“老叔”。对悟空的乐观态度，八戒怀疑，沙僧笑道：“三年不上门，当亲也不亲。”悟空不以为然。但是当悟空找上门去，高叫“贤侄”，大叙“亲情”时，红孩儿却翻脸不认情，并与悟空拼杀起来。红孩儿不是悟空对手，悟空不想杀他，不料他炼成三昧真火，使悟空无计可施。最后往南海请来观音菩萨，用天罡刀、金箍儿及咒语将其制服。为了除去他的野性，“教他一步一拜，只拜到落伽山，方才收法”。红孩儿“五十三参，参拜观音”，“归了正果”，成为观音菩萨属下善财童子。红孩儿是大力牛魔王之子，自然也是牛精。在杨景贤《西游记》杂剧第十二出“鬼母皈依”中，红孩儿是鬼子母之子，与铁扇公主和牛魔王无关系，而是据梁僧旻等编译《经律异相·鬼子母先食人民佛藏其子然后受化》

佛经故事衍成的。在大乘佛经《华严经·入法界品》中善财童子与鬼子母、红孩儿也无关系。善财童子问学和修行未得要领，在大塔前伤悲，文殊菩萨乘狮子自空而至，劝他去寻善知识，他寻了五十五人，其中开头、结尾均为文殊菩萨，而第四十四人遍友童子师未说法，实际上只有五十三人，也就是五十三参。善财童子所遇第二十八人，即观音菩萨，此经译作“观自在菩萨”。《普陀山志》亦载此事：“一名补陀，《华严经》又称补怛洛伽山，盖梵名也，犹华言小白华云。乃善财第二十八参观音菩萨说法处，传记称东洋西紫竹旃檀林者是也。在今定海县之东，距百余里，孤峙海中。”吴承恩是将佛经中的鬼子母之子和善财童子合二为一，又参照杨景贤杂剧中红孩儿事，编出“大圣殷勤拜南海，观音慈善缚红孩”的动人故事，并由此又引出如意真仙和牛魔王、铁扇公主的神奇故事。

红孩儿

《西游记》第五十三回“禅主吞餐怀鬼孕，黄婆运水解邪胎”中，描写唐僧、八戒在西梁女国误饮了“子母河”里的水，俱“觉腹痛有胎”。只有再饮正南街上解阳山破儿洞里的“落胎泉”水，才能“解了胎气”。破儿洞改名作“聚仙庵”有位如意真仙占据，“须要花红表礼，羊酒果盘”，“拜求得他一碗儿水”。悟空急往解阳山取水，不料这如意真仙是牛魔王的兄弟，是红孩儿的叔叔。他因红孩儿之事，寻悟空报仇，以致二人在聚仙庵前狠斗。如意真仙根本不是悟空的敌手，“战经十数合”便败走。悟空并不去赶他，只入庵内寻水。但是，每逢悟空用吊桶打上水来，因如意真仙又来捣乱，竟无法取水。悟空只好回去，将沙僧引来合谋取水。悟空在庵外与如意真仙交手，沙僧潜入庵内取了满满一吊桶水而去。悟空对如意真仙道：“我本待斩尽杀绝，争奈你不曾犯法，二来看你令兄牛魔王的情上。”不料他不识好歹还来纠缠，被悟空夺过如意钩，“抉作四段，掷之于地”。足见悟空还念与牛魔王结义旧情，不忍下杀手。

《西游记》第五十九回至六十一回中，描写了悟空与牛魔王及其妻妾之间的矛盾斗争。唐僧师徒西行路阻火焰山，这“是西方必由之路，却有八百里火焰”，无法通过。悟空向人打听，得知在西南方翠云山芭蕉洞有位铁扇仙，有柄“芭蕉扇”，“求得来，一扇息火，二扇生风，三扇下雨”，“故得五谷养生”。悟空飞至翠云山，方知铁扇仙即牛魔王之妻罗刹女，想到“伏了红孩儿”事和“解阳山破儿洞遇他叔子”事，“今又遇他父母，怎生借得这扇子”，不禁“大惊失色”。果如悟空所料，尽管悟空一再躬身施礼，口称“嫂嫂”，并提及当年与牛魔王结拜之情，罗刹女仍提红孩儿事不肯借扇，双方终致拼斗。罗刹难敌悟空，遂取出宝扇，只“一扇阴风”就把悟空吹到小须弥山。灵吉菩萨赐悟空一粒“定风丹”，悟空又返回翠云山，又向罗刹女借扇。罗刹女“连搧他两三扇”，想让悟空“找不着归路”，这回悟空“巍然不动”。“罗刹慌了，急收宝贝，转回走入洞里”。悟空变化成小飞虫钻进洞中，又飞在茶沫之下进入罗刹女腹中，罗刹女被悟空制住，只好请“孙叔叔饶命”，并叫女童拿一柄芭蕉扇献给悟空。悟空欢喜得扇而归，不料是把假扇，越搧火越大，只好去找牛魔王套交情。牛魔王现住在积雷山摩云洞，洞主万年狐王死后，唯有一女玉面公主，得百万家私，无人掌管，知牛魔王神通广大，招赘为夫。牛王贪利，“弃了罗刹，久不回顾”。悟空赶至积雷山遇见玉面公主，将其吓退。牛魔王持棒出洞，悟空又大谈昔日友情，并要借扇灭火。牛魔王因红孩儿之事不满悟空，又因欺他妻妾，遂动刀兵。二人正酣斗之际，有人来请牛

罗刹女芭蕉扇搧悟空

魔王赴会。牛魔王入碧波潭赶会，悟空趁机盗其避水金睛兽，化为牛王往翠云山，从罗刹女手中骗得真芭蕉扇，不料被牛王发觉，化为八戒又将扇子取回。悟空和八戒与牛王狠斗，四面八方又有“佛兵天将”助阵，牛王现出本相大白牛，用两只铁角触人，被哪吒用火轮挂角，吹动真火制住，“情愿归顺佛门”。罗刹女献出宝扇，悟空连搧四十九扇，“断绝火根”。在战斗中，玉面公主被八戒“一钯筑死”。她无大过，死得冤枉，而牛王夫妻皈依佛门，保全了性命。双方虽成死敌，但悟空在称呼上一直比较客气，而罗刹女在失败后，也称悟空为“孙叔叔”，比较有人情味。

此中四大金刚奉佛命助阵及哪吒真火降伏牛王事，与三国支谦译《撰集百缘经·佛度水牛生天缘》有相近之处：

佛在憍萨罗国……至一泽中。……恶牛卒来，翘尾低角刨地吼唤，跳踯直前。尔时如来，于五指端化五师子，在佛左右，四面周匝，有大火坑。时彼水牛，甚大惶怖，四向驰走无有去处，唯佛足前有少许地，宴然清凉，驰奔趣向，心意泰然，无复怖畏，长跪伏首，舐世尊足，复更仰头，视佛如来，喜不自胜。……

我觉得牛魔王被真火烧服，皈依佛门的情节，或许是受到《百缘经》的启示。此外，还应特别加以说明，在古印度时，人们对牛异常重视，有关牛正面、负面的神话传说丰富多彩。在比婆罗门教、佛教更远古的吠陀教时代，就出现圣牛的传说，尤其崇尚牝牛（母牛）。这在最古老的《梨俱吠陀》一些神曲中，在尔后的《薄伽梵歌》《摩奴法典》《奥义书》等中都有反映。这些书中称天父狄奥斯为牡牛（公牛），地母毕利提维为牝牛。宇宙大神因陀罗、火神阿耆尼都是他们的儿子。因陀罗别号“醉公牛”有时还化身为公牛显示大神力。又如荒神鲁陀罗，后衍为毁灭大神湿婆，被称为“公牛神”，其妻毕莉斯妮是雌性神牛，生下风暴神摩鲁特。再如乾闼婆这位“香音神”，后成为佛教传说“天龙八部”之一，《补陀落海会轨》描述他的模样：“顶上有八角冠，身相赤肉色，身如大牛王，左定执箫笛，右慧持宝剑，具大威力相，发髻有焰鬘冠。”显然是大牛神。在《薄伽梵歌》中“生主”（即薄伽梵，大神毗湿奴）与阿修罗共同搅动乳海，搅出珍宝（如意牛），能满足人任何的愿望。在《摩奴法典》中牟尼族因得这神牛之力，打败了太阴家族国王毗斯跋密陀罗的强大军队。婆罗门教更奉母牛为圣牛，不杀不食。《摩奴法典》规定“在祭火的场所，在圈牝牛的地方，在婆罗门面前，在阅读圣典和用饭时，要袒右臂”，以表敬意。在婆罗门教东迁之时，印度广大下层民众开展俗信运动与之对抗，民众采纳印度最古老信仰，崇拜当地土著原始神灵，其中就有对圣牛之崇尚。在佛教典籍中，对圣牛的说法更神奇，《生经》第四卷“水牛王忍猕猴辱”中，“佛言：水牛王即我，是为菩萨时，堕罪为水牛中王。常行忍辱，修四等心，慈悲喜护，自致得佛。”（南朝梁僧旻、宝唱等撰集《经律异相》）。竟然连佛祖都当过水牛王。至于“牛魔王”这一名号，最早见印度教中一个降魔传说。三相大神之一湿婆的妻子难近母，为拯救人类，化身为水牛与牛魔王殊死搏斗，她大显神通，十次变形，最终将牛魔王杀死。印度教有六大节日，其中难近母节，亦称九夜节，就是纪念难近母战胜牛魔王的节日。（见中外名人研究中心编《世界宗教全书》）我觉得《西游记》中“牛魔王”的名号，可能借用这一传说。同时，更结合我国古代牛神传说，逐渐衍成而添入《西游记》故事中，遂使牛魔王较晚才成为西行求法的阻力。因为在杨景贤《西游记》杂剧和元人《西游记》平话中，不仅没有牛魔王，连铁扇公主都没有丈夫，与红孩儿也不是母子关系。可能因为印度教的一些传说流入中土较晚，故而这些情节至明代中期才由吴承恩添入，使之丰富多趣。

牛魔王战悟空

在《西游记》第五十回“情乱性从因爱欲，神昏心动遇魔头”中，金峣山金峣洞独角兕大王，神通广大，尤其是有“一个亮灼灼白森森的圈子”，使悟空、天兵神将，甚至十八罗汉都抵挡不住。后来得知是太上老君的青牛精，老君用芭蕉扇收了“金刚琢”才降伏此怪。他也是牛精一族中的一位怪才，本领十分了得。汉代刘向《列仙传》载:“老子西游，关令尹喜望见有紫气浮关，而老子果乘青牛而过也。”小说中独角兕怪，正是从老子骑青牛过函谷传奇衍化而成的。

《西游记》第九十一回“金平府元夜观灯，玄英洞唐僧供状”

第九十一回　金平府元夜观灯，玄英洞唐僧供状

中，青龙山玄英洞有三位犀牛怪，自称做辟寒大王、辟暑大王、辟尘大王。这妖精在此有千年了，爱食酥合香油，成精之后假装佛像，哄了金平府官员人等，设立金灯，每年正月十五变佛像收油。唐僧因去观灯，“被妖精摄去了”。悟空从四值功曹口中得悉真情，赶往玄英洞除妖救师，不料未能如愿，仅平手而归。后来八戒、沙僧又落入妖怪之手后，悟空独力难支，遂请天神帮忙。二十八宿中四木禽星：角木蛟、斗木獬、奎木狼、井木犴正好是犀牛精的克星，在四星协助下，三个犀牛怪先后被杀，锯下六只犀牛角，四只由四星“拿上界去进贡玉帝”，余下两只，一只在“府堂镇库”，“一只去献灵山佛祖”。小说中妖怪“头上角极能分水”，这是我国民间的传说，晋·葛洪《抱朴子》、唐·段成式《酉阳杂俎》都提到通天犀牛角“衔以入水，水常为开”。

在《西游记》小说中，唐僧从西行求法一开始就遇牛怪特处士险些丧命，这时悟空、八戒、沙僧尚未入门下，直至西行接近尾声，又遇三个犀牛怪磨难，这一路上遇到八个牛怪，各具奇能怪才，为五色迷人的西行路线图增添了神奇的色彩。

《西游记》第七十四回至七十七回中，描写唐僧师徒被八百里狮驼岭阻挡了路程。太白金星化作老人报信，在岭上狮驼洞有三个魔王，十分厉害。大魔青狮精、二魔白象精、三魔大鹏金翅雕，在狮驼国伤人。悟空化作小钻风混入洞里摸底，被三魔大鹏金翅雕识破，装入阴阳二气瓶中，几乎丧命，幸亏他拔下三根救命毫毛，钻透此瓶，逃出妖洞。悟空显神通先后降伏了狮精、白象精，三个妖怪诡说拜服，又抬轿送唐僧师徒过境，却在途中设下埋伏，搞突然袭击，使师徒均陷入魔爪。悟空施神通脱离险境，至灵山请如来佛祖相助，如来佛道：

是那混沌分时，天开于子，地辟于丑，人生于寅，天地再交合，万物尽皆生。万物有走兽飞禽。走兽以麒麟为之长，飞禽以凤凰为之长。那凤凰又得交合之气，育生孔雀、大鹏。孔雀出世之时，最恶，能吃人，四十五里路，把人一口吸之。我在雪山顶上，修成丈六金身，早被他也把我吸下肚去。我欲从他便门而出，恐污其身，是我剖开他脊背，跨上灵山。欲伤他命，当被诸佛劝解：伤孔雀如伤我母。故此留他在灵山会上，封他做佛母孔雀大明王菩萨。大鹏是与他一母所生，故有些亲处。

所以，悟空闻言笑道，“若这般比论，你还是妖精的外甥哩”。后来，文殊、普贤二菩萨收了青狮、白象，只有那第三个妖魔不伏：

腾开翅，丢了方天戟，扶摇直上，轮利爪要刁捉猴王。原来大圣藏在光中，他怎敢近？如来情知此意，即闪金光，把那鹊巢贯顶之头，迎风一晃，变做鲜红的一块血肉。妖精抡利爪刁他一下，被佛爷把手往上一指，那妖翅膊上纵了筋，飞不去，只在佛顶上不能远遁，现了本相，乃是一个大鹏金翅雕。……佛祖不敢松放了大鹏，也只教他在光焰上做个护法。

那金翅雕欲脱难脱，要走难动，万般无奈，只得皈依了佛门。

金翅鸟，梵文音译作迦楼罗、迦留罗、揭路荼、誐噜拏等，意译作金翅鸟、妙翅鸟、顶瘿鸟等，是一种鸟形的凶猛鬼神，是龙的死对头。《分别业报经》载：

能修大布施，高心陵蔑人，由斯业行生，大力金翅鸟。
修行大布施，急性多瞋怒，不依正忆念，后作大龙身。

《长阿含经》卷十八载，诸龙有三苦：一被热风热沙烧灼身体，二恶风暴起失宝饰衣，三被金翅鸟所吞食。《增一阿含经》卷十九载，金翅鸟有卵生、胎生、湿生、化生四种类鸟，龙也相应有卵生、胎生、湿生、化生四种类龙，在金翅鸟入海捉食龙时，有极严的禁忌，即卵生鸟只可吃卵生龙，胎生鸟只可吃卵生和胎生龙，湿生鸟只可吃卵生、胎生和湿生龙，倘若金翅鸟去捉食违禁的龙，“鸟身即死”。只有化生鸟才可随意捉食任何种类的龙。此经中载金翅鸟食龙的方法很神奇：

如来二菩萨收妖怪

> 化生金翅鸟欲食龙时，上铁叉树上，自投于海；然彼海水纵广二十八万里，搏水下至，值卵种龙、胎种龙、湿种龙、化种龙，皆能捉之；海水未合之顷，还上铁叉树上。

《菩萨从兜术天降神母胎说广普经·八贤圣斋品第二十八》载：

> 时金翅乌王身长八千由旬，左右翅各长四千由旬，大海纵广三百三十六万里，金翅鸟以翅斫水取龙，水未合顷衔龙飞出。金翅鸟法：欲食龙时，先从尾而吞。到须弥山北，有大缘铁树，高十六万里，衔龙至彼，欲得食噉，求龙尾不知处。

由旬是古印度计里程之数目，帝王一日行军之里程，或云三十里，或云四十里，在后秦僧肇注《维摩诘所说经》云：“由旬，天竺里数名也。上由旬六十里，中由旬五十里，下由旬四十里也。”如按四十里计算四千由旬为十六万里，如按六十里计算当为二十四万里。但一般多以《法华文句》《佛说海龙王经》等载：

如来恒行慈心，恒行悲心，恒行喜心，恒行护心……有大筋力，有大勇猛，不可沮坏。以是之故，金翅之鸟不能食龙。

《佛说海龙王经》：

有四种金翅鸟，常食斯龙及龙妻子，恐怖海中诸龙种类，愿佛拥护，令海诸龙常得安隐，不怀恐怖。于是世尊脱身皂衣，告海龙王：汝当取是如来皂衣，分与诸龙王，皆令周遍。所以者何？其在大海中，有值一缕者，金翅鸟王不能犯触。……佛化四鸟，皆识宿命。……改心易行，发大道意，行四等心，不害群黎。

《文殊师利菩萨根本大教王经·金翅鸟王品》还载有“金翅鸟王与无量金翅鸟”听文殊菩萨说法，皈依佛门的故事。金翅鸟自首悔过，皈依佛门后，与龙王都成为天龙八部中守护佛教的天神。金翅鸟中最强者称金翅鸟王，在佛经中有时又用以譬佛，旧《华严

狮驼洞妖怪吞悟空

经》三十六载：

佛子，譬如金翅鸟王，飞行虚空，以清净眼，观察大海龙王宫殿。奋勇猛力，以左右力搏开海水，悉令两辟。知龙男女有命尽者，而撮取之。如来应供养，应等正觉，金翅鸟王亦复如是。安住无碍虚空之中，以清净眼，观察法界诸宫殿中一切众生，若有善根已成熟者，奋勇猛大力止观，两翅搏开生死大爱海水，随其所应出生死海。除灭一切妄想颠倒，安立如来无碍之行。

在《大智度论》卷二十七载：

譬如金翅鸟王，普观诸龙命应尽者，以翅搏海，令水两辟，取而食之。佛亦如是，以佛眼观十方世界，五道众生……除三障碍而为说法。

因此，在佛门中有一术语“迦楼罗观”，即除诸灾害，如迦楼罗鸟除毒蛇之害，这种观法名曰迦楼罗观意译作微妙观。“止观”是佛教修行的重要法门之一，“止”是扫除妄念，专心于一境之意；“观”是在“止”的基础上生发出智慧，辨清事理，即佛门“三学”“六度”中的定慧，或称静虑、般若。玄奘法师赴印度求法，曾与戒日王关系甚好。戒日王不仅在政治上有才能，还精于文学，创作了三部剧本，其一《龙喜记》就是写金翅鸟传说。说佛前世为云乘太子，一次见金翅鸟要吃一条小龙，他为救小龙要求以自身替代，终于感动了金翅鸟，此后不再以龙为食。玄奘与戒日王友善，又精通印度的语言、文字，想来定看过此剧，受其影响。《西游记》中的大鹏金翅雕，显然是在佛教传说的基础上加以改编，推陈出新创造出来的。在《续西游记》第八十六回中，当唐僧师徒回归东土，路过长溪时，遇到大鹏金翅雕的后代六鲲妖怪阻难，后来西天“四尊大力神王”相助，才将这六怪降服。

大鹏金翅雕的形象，在我国古代小说中有多种版本。在明稍晚于《西游记》的另一部神魔小说名著《封神演义》第六十二回中，有位蓬莱岛羽翼仙就是大鹏精，他协助张山兵伐西岐。羽翼仙在白天出兵失利，被哪吒乾坤圈、黄天化攒心钉、杨戬哮天犬所伤，在夜晚他“现了本像，乃大鹏金翅雕。张开二翅，飞在空中，把天也遮黑了半边”，“好利害，有赞为证，赞曰”：

二翅遮天云雾迷，空中响亮似春雷。曾搧四海俱见底，吃尽龙王海内鱼。只因怒发西岐难，还是明君福德齐。羽翼根深归正道，至今万载把名题。

此中所谈正是《增一阿含经》《佛说海龙王经》等的内容。他原想“叫西岐一郡化为渤海”，因元始天尊用“瑠璃瓶中三光神水”把西岐护定，他折腾一夜也没有成功。自觉惭愧，没有回张山军营，飞至一座山洞。灵鹫山元觉洞燃灯道人即燃灯古佛，施大法用一百零八个念珠化为点心，让羽翼仙吞食，将其心肝锁住。大鹏金翅雕遂拜燃灯为师，往“灵鹫山修行”。在第七十回“准提道人收孔宣”中，孔雀明王化为孔宣兵阻金鸡岭，燃灯助姜子牙大战孔宣时，他大呼一声“门人何在”：

准提道人收孔宣

只听半空中一阵大风飞来，内现一只大鹏

雕来了。孔宣见大鹏雕飞至，忙把顶上盔挺了一挺，有一道红光直冲牛斗，横在空中。燃灯道人仔细定睛，以慧眼观之，不见明白，只听见空中有天崩地塌之声。有两个时辰，只听得一声响亮，把大鹏雕打下尘埃。

此中的金翅鸟不是孔雀精的对手，二人不相认，好像并无《西游记》中所说的姐弟关系。

清初钱彩《说岳全传》第一回“天遣赤须龙下界，佛谪金翅鸟降凡”中，描写如来佛在大雷音寺讲经，正说得天花乱坠、宝雨缤纷之际：

不期有一位星官，乃是女土蝠，偶在莲台之下听讲，一时忍不住撒出一个臭屁来。我佛原是个大慈大悲之主，毫不在意。不道恼了佛顶上头一位护法神祇，名为大鹏金翅明王，眼射金光，背呈祥瑞，见那女土蝠污秽不洁，不觉大怒，展开双翅落下来，望着女土蝠头上，这一嘴就啄死了。

那女土蝠一点灵光射出，往东土投胎为王氏，后嫁与秦桧为妻，残害忠良，“以报今日之仇”。金翅鸟犯戒也被贬到东土投胎，在途经黄河，又啄伤铁背虬龙，啄死团鱼精。此怪一灵不灭，投胎为万俟卨，后以冤狱害岳飞。金翅鸟一再行凶，被陈抟老祖看到，知“冤冤相报”，不禁嗟叹。后金翅鸟投胎河南相州岳和家中，取名岳飞字鹏举。铁背虬龙为报一啄之仇，水淹岳家庄，犯了天条，被玉帝杀之。他一灵不忿，东土投胎就是秦桧。秦桧、王氏和万俟卨联手，终将岳飞下狱，害死在风波亭上。此中金翅鸟虽已成正果，为佛顶上护法神，但野性不改，凶猛之行不减当年，是个没有改造好的凶神。不过，他虽凶猛，却不邪恶，极为刚正，疾恶如仇，他的不幸遭遇值得同情，而如来佛对他的处罚方式显然太过分了。

如来佛在《西游记》中是佛教的最高首领，在悟空大闹天宫，无人能制时，玉帝传旨“请佛老降伏”。如来佛唤阿傩、迦叶离了雷音寺，同往天廷，阻止悟空行凶。如来自报家门“是西方极乐世界释迦牟尼尊者”，并用甚深大法，将悟空压在五行山下五百年。

小说中的如来佛，即佛教的创始人悉达多·乔答摩。他出生于公元前6世纪，是迦毗罗卫国净饭王（“首图驮那”）的太子。此国位于尼泊尔与印度交界处罗泊提河的东北部（今为尼泊尔泰来地区），是喜马拉雅山下一块盆地。传说当时有十个城邦，最大的城叫迦毗罗卫，因之为国名，是共和制的国家。释迦族来源不详：一说是雅利安族，中亚细亚移民；一说是蒙古种族。释迦牟尼身呈金色，黄种人特征。部族名曰太阳，在婆罗门《吠陀经》中太阳神为苏利亚。迦毗罗卫国经常受憍萨罗和摩揭陀两大强国之威胁，面临国破家亡之危险，情况十分严峻。净饭王与摩耶夫人婚后二十多年才生释迦牟尼，起名“悉达多”，意译作“吉财”或“终成正果”。摩耶夫人产前依旧俗回母家，行至蓝毗尼园，顿觉不适，在一棵生出莲华如车轮的树下休息，佛出生了，堕在莲华上。《浮屠经》对此加以神化，说佛出生“作狮子吼，一手指天，一手指地，周行七步，目顾四方，曰：‘天上天下，惟我独尊。’”时间为四月八日。出生七天后，母亲去世，由姨母波阇波提（也是净饭王的妻子）养之。从小受婆罗门名师跋陀罗尼教育，学习“五明”“四吠陀”理论。据《华严经》载，乔答摩为太子时娶三位夫人：一曰瞿夷，舍夷长老之女；二曰耶输陀罗，善觉王之女；三曰摩奴舍。多数经中说瞿夷与耶输陀罗为一人。释迦族王室与拘利族天臂城主阿拿释迦王三代联姻，耶输陀罗的父亲善觉王，是乔答摩的亲舅父和亲姑父。乔答摩29岁时，耶输陀罗为他生了儿子，取名罗睺罗，意译“覆障”。他见有了王位继承人，心愿已了，便决心修行。马夫旃达迦伴他离开王宫，从此切断与俗世联系，剃发为出家人。出城后在附近苦行林遇跋伽仙人，这应算是他的第一位老师。对跋伽苦行方式能否觉悟和解脱，他心存疑虑，故只在林中住一宿，便另寻大道。他最重要的导师有两位：其一是阿罗蓝仙人，他传授四禅天修习之法，使人转生入“非想非非想处”。这种禅定之法虽未令乔答摩完全赞同，却对他影响甚大。《大般涅槃经》有类似说法。其二是郁陀仙人，学术观点与阿罗蓝仙人大同小异，语言神秘难解，保留在《杂阿含经》中。乔答摩告别了郁陀仙人后，不久来到王舍城东槃荼婆山，尝试自己修行，获得解脱。他面临两次考验：一是摩揭陀国频毗娑罗王亲至槃荼婆山，劝他还俗，愿转让一半领土隶属权；二是净饭王差乔答摩最敬重的老师和大臣，劝他还俗，承担对国家应负的历史重任。他求法心坚志诚，先后谢绝这两种诱惑。净饭王知无法挽回，就在亲族中选派阿若憍陈如、跋堤、跋波、摩诃男拘利、阿说示（“马胜”）为随侍臣仆，照顾他的修行生活。乔答摩逐渐感到已无一可师之人，决定不再奔波，自己修持觉悟大法。他来到摩揭陀国伽耶城外伽耶山（“正觉山”）附近优留毗罗西那尼村伽耶毕波罗森林中苦行林修行。此处面临尼连禅河，两岸白沙，地势平坦，是闲寂清修之地。他独自苦修了六年，终因体力不支而放弃了这种修行方式。病危时，他接受了村女斯佳塔的乳糜，逐渐又恢复了体力。阿若憍陈如五人见此情景，以为他放弃了信心和努力，便失望离去，往波罗奈城（“贝拿勒斯”）修行。顿时茫茫天地间只剩下他一人了，但他并未沮丧。相反，他通过多年实践感悟到苦行不是好办法，要获解悟用肉体受苦之法是不行的，只有忘却肉体的存在才能使心清净，才能消除一切污秽，走上解脱大道。于是，他离开苦行林，渡过尼连禅河，在伽耶山的一座小山旁，伽耶毕波罗森林的一棵毕波罗树（“菩提树”）下，见到金刚座，上有昔年许多修行者的遗痕。他拾了一些柔软草叶铺在金刚座上，一心、正念、端坐，排除了心中种种杂念，终于解决了生死问题，达到内心绝对清净的境界。他看到众生因为业行，不停息生死轮回，善有善报，恶有恶报，明白造成痛苦的根源及消灭痛苦的方法。他终于大彻大悟，成了大觉者，成了得道的佛陀。这时他已35岁。在这年十二月八日清晨，他仰望着东方黎明的晨光，感到无比光辉灿烂，达到了无上正等正觉（“阿耨多罗三藐三菩提”）的境界。他通过了许多磨难，以独立思考方式，形成了自己的学说体系，证得了真理。这正如他在《法句经》偈语所云：“无明

释迦牟尼佛

已破，知识已生；黑暗已破，光明已生。”他以慧眼观察大千世界，如池中青莲、红莲、白莲并不相同。最初他觉得冥思苦索而觉悟到的东西太深奥了，别人不易理解，犹豫许久不准备去教化世人。据佛教传说，梵天娑婆波帝现形，劝他去弘扬佛法。于是，他深感到“永生之门已经打开，凡有耳能听者，皆可表示信仰”。佛陀在离开伽耶山途中，遇见裸体苦行者，他庄严宣称自己是：

世间圣者，最高导师，圆满无上佛陀，证得寂静和涅槃，前往波罗奈转动正义之轮，在世间黑暗中，打击永生之鼓。

佛陀到了波罗奈鹿野苑为阿若憍陈如等五人说法，先讲了他的“中道观”，又讲了“八正道”（正见、正思维、正语、正业、正命、正精进、正念、正定），最后宣讲了“四圣谛”（苦、集、灭、道）说，即“初转法轮”，亦称《转法轮经》。他从35岁开始，历时45年宣扬自己的学说，以摩揭陀、憍萨罗、跋沙三国为活动中心，而他大半生多居住在憍萨罗国内，同时也往别处传教，活动范围很广。他在80岁那年二月十五日，去舍卫城途经拘尸那迦城郊外娑罗树林间，觉得身体不适，躺在娑罗双树间，午夜涅槃。在这之前，有游学的婆罗门学者须跋陀罗（“善贤”）前来拜佛，阿傩想阻止，但佛陀在临终前为其解答了疑惑，须跋陀罗成了佛陀的封门弟子。佛陀在半夜嘱咐弟子们，不可沉缅于痛苦与欢乐，这都是苦的根源。又说心能使人成佛，也能使人成兽，迷为众生，悟则成佛，所以心要正，不能脱离正道。他还告诉弟子，“我将逝去。尘世无常，有生必有死。现在我躯体将要像朽木、破车一样倒塌，

阿若憍陈如尊者

这是现身说法，万事无常之理。佛陀的本质不是肉体，而是觉悟。因此，并非见不到我的肉体便失去了我，只要懂我教法的人，就与我长在”。佛陀讲了许多话后，心无牵挂，就安然涅槃了。传说拘尸那迦城昔日是须达沙那国的首都，以前很繁华，佛陀前生曾是须达沙那国的国王（详见《摩诃须达沙那本生经》）。佛陀“涅槃”后火葬了，摩揭陀阿阇王等八国都要佛舍利，遭到拘尸那迦人拒绝，几成争端。后来接受罗纳建议，将佛舍利分别给了八国，再加上存放佛遗体的瓮和火葬后的余灰，人们建筑了十座塔供奉。因为乔答摩是释迦族中圣人，所以称之为释迦牟尼。

释迦牟尼生前有数千门徒，其中地位最尊的为“十大弟子”：舍利弗、目犍连、富楼那、须菩提、迦旃延、大迦叶、阿那律、优波离、阿傩（“阿难陀”）、罗睺罗。《西游记》中明显提到的为须菩提、大迦叶、阿傩三人，还有一位不明显的是目犍连，在我国又简称做目连僧。在《西游记》第八回“我佛造经传极乐，观音奉旨上长安”中，如来佛在镇压了孙悟空后，返回灵山。一日，如来佛合集了属下说：“今值孟秋望日，我有一宝盆，盆中具设百样奇花，千般异果等物，与汝等享此‘盂兰盆会’如何？”事见西晋竺法护译《佛说盂兰盆经》。盂兰盆是梵文音译，意译作解困厄，救倒悬，并不是“一宝盆”。此经写目连僧受佛指示，为救在地狱中受苦的母亲，在七月十五日，设大斋“施鬼神食”，终于救渡母亲脱离苦海。其实释迦牟尼的原始佛教本无忠孝内容，而据较早佛教经典《中阿含经·降魔品》《根本说一切有部毗奈耶杂事》载，目连前世为魔打伤拘留孙佛的上足弟子，又“淫溺其妇，于母不孝”，还欲伤害其母，以致先入地狱受苦，后又在“五百生中”“身常被打碎”，遭到因果报应。所谓竺法护译经，实际上是我国佛教徒结合国情编造的新经，此经却使目连在一千多年间广泛受人供奉，是释迦牟尼弟子在东土最风光的人。

不研究古代印度历史、不研究佛学的人，往往认为释迦牟尼的学说消极厌世，或逃避现实生活，这种看法很片面，其实他是直面社会人生的，是有感而发的。他主张众生平等，反对暴力，以此批判婆罗门教灭绝人性的“种姓制度”，他用众生“五道轮回”（后来扩展为“六道轮回”）说，反对婆罗门教鼓吹“一生族”永世受苦而“再生族”入轮回说；他用万物缘起说，反对婆罗门教梵天创世说。他还认为人生是苦，万物无常，应识相破相，识法破法，不执于有无，获得心灵解脱。他的这些观点，在当时的历史条件下是比较民主的、自由的、进步的思想，因此能被除婆罗门外的其他三个种姓刹帝利、吠舍、首陀罗甚至贱民（“旃陀罗”种姓）所接受与拥护。

《西游记》中的佛教圣地灵山，是如来佛的大本营，西天取经的终点，在古天竺摩揭陀国王舍城东北部，梵文音译作“耆阇崛山”“耆阇窟山”，又译作“姞栗陀罗矩吒”，意译作“灵鹫山”“鹫峰”“鹫头”等，因为山形似鹫鸟，山中又多鹫鸟，所以称做“灵鹫山”，略称做“灵山”。释迦牟尼生前常在这里开法会，据《增一阿含经》卷六《利养品》载，佛在“耆阇崛山，与大比丘五百人俱”，演说佛法。释提桓因（“帝释”）晚到，“头面礼足”，“以偈颂问如来义”:“尊今灵鹫山，唯愿演此义”。佛教中的重要经典《妙法莲华经》就是释迦牟尼在灵山法会上宣讲的，所以灵山又称为释迦牟尼报身之净土。至于灵山上的雷音寺，佛典中并无此说。但在五方佛中的东方阿閦佛，别名叫天鼓雷音佛，谓其如天鼓，虽无形相住处，而能演说法音警觉众生。我推测小说中雷音寺或取名此义，即佛法无音，闻之若雷。佛陀入灭不久，他的大弟子

第八回　我佛造经传极乐，观音奉旨上长安

迦叶得到摩揭陀国阿阇世王赞助，在灵鹫山东南大竹林中一个有名的大石室毕波罗延石窟（“七叶窟”）中首次召开了有五百比丘参加的大结集，使佛陀的学说统一化、规范化，也是在灵山弘佛法。

释迦牟尼是一位思想家、教育家和实干家，他生前并没有什么神秘色彩，虽然弟子众多，对他十分尊敬，但并没有神化，称他为“世尊”“班特”（“主”），也没有超出一般尊敬的界限。无论身份高贵或卑贱的人来访，他都平易接待，来访的人见他仅双手合十，躬身施礼，就可在一旁听讲或提出疑难问题，告别时可从右边离去。他为宣传自己的学说，在各地创建许多僧团。为了让民众听懂并信仰他的学说，他不允许用梵语宣讲教义，并鼓励弟子自由采用方言土语传教。他还经常采用民间传说，采用比喻方式，深入浅出地加深民众对深奥教义的理解。他接受别人食物、衣服、房子，甚至花园等物施舍，但不接受过度的礼节。如有位王子为迎接他，在宫中铺上白布让他踏过，他不肯往上走，直至将白布取走才进入，这说明他朴实无华，不追求隆重礼遇。他待人既严肃，讲原则，又温和、亲切，有人情味。如他见一比丘病倒在路旁，身上很脏，他便亲自给这比丘擦洗身体。在儿子罗睺罗出家为沙弥时，净饭王很难受，对释迦牟尼说，过去你出家，你弟弟难陀出家，令我心痛，如今孙儿罗睺罗又出家了，骨肉之情难舍，思之痛入骨髓，希望以后未得父亲赞同，僧团不要接纳。释迦牟尼

如来佛

接受父亲请求，并将此意列入律文中。这说明他生前只是个圣人、伟人，不是神。但是，当佛陀“入灭”后，僧团失去了自己的伟大导师，在宣传教义和组织发展上，在内部团结和统一上，很快便遇到前所未有的困难，如何弥补这巨大损失，维持局势，谋求进一步发展，除了搞大规模集结佛说，造佛画像、刻像和建塔寺外，更重要的是神化佛陀的形象，并伴之以宗教礼仪膜拜方式。这正如克雷维列夫《宗教史》之分析：

> 早期佛教具有教义抽象、神话不够发达和祭祀仪式比较贫乏的特征。这些特征限制了它在群众中的传播，因为群众对神话形象化比对哲学抽象更感兴趣，他们愿意在激情洋溢的宗教仪式中去感受、去寻找出路。

于是，一个大规模的造神运动逐步展开了，为了把佛陀神化，“弟子们说起谎来似乎是毫无边际的”，这恰如韦尔斯《世界史纲》中讥讽的：

> 一旦投身于宣传工作就会变成厚颜无耻的骗子和说谎者，这是我们人类天性中窘人的荒唐行为之一。……不久就向听众大谈附会于佛陀诞生的奇迹……讲他日常生活中的种种奇迹，一直讲到他逝世时刻身上发出某种光辉为止。

将这一代又一代僧徒们编造的五百多个奇迹收录在一起，就是《佛本生故事》，我国译得不全，为《佛本行集经》六十卷。由于这么多神化的奇迹，终于使释迦牟尼从真实的历史人物，变成了虚构的超自然的神，于是与小说接轨了，成为印度和中国神话小说中的人物。如来佛不仅在《西游记》中出足了风头，在《东游记》《南游记》《三宝太监西洋记》《女仙外史》等小说中都有他高大神圣的身影，成为反映佛教内容的小说、戏曲、弹词、宝卷中不可缺少的大人物。

燃灯古佛和弥勒尊佛，虽然在《西游记》中出场甚少，也不是重要角色，但这二位佛祖却在东土传承甚多，对我国宗教、民俗、文学、艺术产生甚深影响，知名度甚高。

燃灯古佛

燃灯古佛，梵文音译作“提和竭罗”“提洹竭”，意译作“锭光佛”“定光佛”和“燃灯佛”。《大智度论》载：“如然灯佛，生时一切身边如灯，故名然灯太子，作佛亦名然灯，旧名锭光佛。”《太子瑞应本起经》载：

锭光佛时，释迦菩萨名儒童，见王家女曰瞿夷者，持七枝青莲华，以五百金钱买五茎莲，合彼女所寄托二枝为七茎莲奉佛。又见地泥泞，解皮衣覆地，不足，乃解发布地，使佛蹈之而过。佛因授记曰：是后九十一劫，名贤劫，汝当作佛，号释迦文如来。

《大乘本生心地观经》载：

昔为摩纳仙人时，布发供养然灯佛，以是精进因缘故，八劫超于生死海。

此中“摩纳”，亦译“儒童”，即释迦牟尼佛的前身。在大乘诸经中，燃灯是久远劫前出世的一尊古佛，不仅是释迦牟尼佛前世的导师，而且是比释迦牟尼以前的六佛都早出世的古佛。佛教讲三世佛之说，为过去劫，又称庄严劫；现在劫，又称此贤劫或贤劫；未来劫，又称星宿劫。“前七佛”中前三佛毗婆尸佛、尸弃佛、毗舍浮佛，都是先后在过去劫成佛的，后四佛拘留孙佛、拘那含佛、迦叶佛、释迦牟尼佛，都是先后在此贤劫成佛的，而燃灯佛是在比过去劫还早的久远劫出世的，所以在佛经中尊称做“燃灯古佛”。在唐·玄奘所译《大般若波罗蜜多经》第六会中，释迦牟尼佛为最胜天王说过去燃灯佛求法得忍的故事。在隋·阇那崛多所译《佛本行集经》中，谈到燃灯菩萨供养宝体如来事和得到能作光明如来的授记、作佛、说法、化生等事。还谈到释迦的种种前身，供养从燃灯到迦叶的十五世佛并得到授记等事。在姚秦·鸠摩罗什所译《妙法莲华经》中，释迦牟尼佛对“菩萨大众，弥勒为首”的“诸善男子”讲自燃灯佛等“入于涅槃后”，他“以方便分别”说法事。足见燃灯佛在佛教传说的远古诸佛中，资格最老，地位最尊，俨然是头号的祖师爷。

在我国大大小小的佛寺中，几乎都供奉三世佛，有专门的大殿和塑像。三世佛又分两类，即横三世和竖三世。横三世是从方位上加以分别的，指三个不同的佛世界，表现为三个并坐的不同的三尊佛像：东边是药师琉璃光王佛，又称大医王佛，为东方琉璃世界的教主；中间是释迦牟尼佛，为娑婆世界，又称大千世界的教主；西边是阿弥陀佛，为极乐世界，又称西方净土世界的教主。竖三世是从时间上加以分别的，指过去、现在和未来的不同佛世界，也表现为三个并坐的不同的三尊佛像：东边是燃灯古佛，为过去世教主；中间是释迦牟尼佛，为现在世教主；西边是弥勒尊佛，为未来世教主。但也有一些寺院竖三世佛塑像，以迦叶佛替代燃灯古佛。迦叶佛又称饮光佛，其像多骑青狮子。迦叶佛是释迦牟尼佛前世的老师，而《西游记》中的迦叶尊者，又称摩诃迦叶，是释迦牟尼十大弟子之一，二者不同。燃灯古佛在《西游记》第九十八回“猿熟马驯方脱壳，功成行满见真如”中才露面。阿傩、迦叶向唐僧要“人事”，唐僧不识路子，没有送礼，于是二尊者心生不良，给了唐僧师徒假经：

却说那宝阁上有一尊燃灯古佛，他在阁上，暗暗地听着那传经之事，心中甚明——原是阿傩、迦叶将无字之经传去。却自笑云：“东土众僧愚迷，不识无字之经，却不枉费了圣僧这场跋涉？”问：“座边有谁在此？”只见白雄尊者闪出。古佛吩咐道：“你可作起神威，飞星赶上唐僧，把那无字之经夺了，教他再来求取有字之经。”

第九十八回　猿熟马驯方脱壳，功成行满见真如

于是，白雄尊者“驾狂风”赶上唐僧，夺了假经，又将其散包抛下，使唐僧师徒方知所取竟是“无字的白纸本

儿”。在《西游记》第一百回“径回东土，五圣成真”中，描写小说全书结尾时，大众合掌皈依，都念：

南无燃灯上古佛。南无药师琉璃光王佛。南无释迦牟尼佛。……南无弥勒尊佛。南无阿弥陀佛。……南无旃檀功德佛。南无斗战胜佛。南无观世音菩萨。……南无净坛使者菩萨。南无八宝金身罗汉菩萨。南无八部天龙广力菩萨。

燃灯古佛——在诸佛、诸菩萨的名次排列中，高居榜首。

燃灯道人

在《封神演义》中有位“道行深高”的燃灯道人，就是影射燃灯古佛。他初次出场是为了化解李靖与哪吒父子间的仇怨，他先用玲珑塔将哪吒制住，后又将此塔及秘术传与李靖，迫使哪吒认塔为父。李靖感激拜在门下，并问“高姓大名”，道人回答：“贫道乃灵鹫山元觉洞燃灯道人是也。”此中的“灵鹫山”，梵文旧称“耆阇崛山”，新称“姞栗陀罗矩吒”，略称做“灵山”“鹫台”“鹫峰”“鹫岭”等，古印度摩揭陀国王舍城东北（今比哈尔邦底赖雅），传昔日为释迦牟尼多次说法处。在释迦牟尼“入灭”后，由摩诃迦叶提议并主持的第一次结集，也是在灵鹫山七叶窟举行的。在《西游记》中，唐僧师徒西天取经的终点就在灵山，是佛教的大本营。此中“元觉”，即“圆觉”，是佛教中术语，即圆满的灵觉、心智，是从佛之所证，众生本具有的本觉真心，又称“圆觉妙心”“如来藏清净心”，其实就是佛性，人人都具有。未觉时称“如来藏”，“藏”含染净诸法。心本清净，因无明为诸幻妄所障，以幻妄为实有，不得周遍清净，一旦明心见性，就大彻大悟。佛门中《圆觉经》便阐述这高深义理。从燃灯道人修行的山洞，显然是佛门中大德。他第二次出场是在闻太师请十天君摆下“十绝阵”，阐教十二大弟子齐助姜子牙破阵，感到难以应付时，燃灯道人从空中“跨鹿乘云，香风袭袭”而至，受到众仙礼拜，说他是“仙

燃灯义破十绝阵

人班首，佛祖源流”，并请他为总指挥。尤其值得注意的是这道教十二大弟子中文殊广法天尊、普贤真人、慈航道人名下注明后成文殊菩萨、普贤菩萨、观世音大士，竟是佛门四大菩萨中的前三位菩萨，还有一位受他指挥的惧留孙，名下注“后入释成佛”，竟是佛门“前七佛”中第四佛拘留孙佛，此贤劫“前四佛”中第一佛，比释迦牟尼还早的一位古佛。后来，他得到赵公明二十四颗定海珠，鼓掌大呼“吾道成矣”，“此珠后来兴于释门，化为二十四诸天”。

在明代罗懋登的《三宝太监西洋记》中，燃灯古佛托生于东土杭州金员外家中，出生后父母双亡，在净慈寺出家，号金碧峰。不晓何因，这正派的金碧峰，后又在清代通俗小说和弹词鼓书中衍为邪派教主金壁风。在中都逸叟编次《异说后唐传三集薛丁山征西樊梨花全传》中，教主金壁风摆下诸仙阵，孙悟空助轩辕、李靖、孙宾（膑）、谢应登、尼山（骊山）老母破阵，将金壁风吓跑了。将比释迦牟尼佛还尊贵的古佛，降为邪派教主，实在太不应该了。

弥 勒 佛

弥勒尊佛，梵文音译名，意译作慈氏，指姓氏，名叫阿逸多，译作“无能胜”。据《弥勒上生经》《弥勒下生经》等载，他出生于南天竺婆罗门家，为释迦牟尼门人，先于释迦牟尼“入灭”，生于兜率天内院。他又经四千岁（相当于人间五十六亿七千万年），下生人间，在华林园龙华树下成佛，以三会说法，度释迦余残人天三根众生。据《增一阿含经》《摩诃摩耶经》《大智度论》《毗奈耶杂事》等载，迦叶奉释迦牟尼法旨，受袈裟，于鸡足山入定，待弥勒成佛，传法衣以为见证。弥勒为此贤劫第五佛，将继承释迦牟尼佛在人间教化人天众生，是未来劫第一佛。在公元四五世纪，印度富娄沙富罗国无著、世亲兄弟创立大乘有宗，又称瑜伽宗。据称上天请弥勒菩萨讲授《瑜伽师地论》，终成正果。世亲门人陈那、陈那门人护法曾主持那烂陀寺，后离开此寺，由其门人戒贤长期主持那烂陀寺。玄奘入印度求法，正拜在戒贤门下。玄奘所学正是托弥勒之名传下来的瑜伽宗，从这种意义上说，玄奘应属弥勒系统。

弥勒佛的中国化

弥勒尊佛在我国产生深远影响的不是瑜伽宗义理，而是西晋·竺法护译《弥勒下生经》中描绘的“谷食丰贱，人民炽盛”“无疾病乱想之念”的理想王国，对战乱、苦难中的民众极有诱惑力，于是弥勒观念在下层社会广为流传，从南北朝时开始，就出现打着弥勒旗号造反称王的人，并逐渐形成弥勒教。至五代时，奉化和尚契此，被附会为弥勒佛的化身，传说他“弥勒真弥勒，分身千百亿。时时示时人，时人自不识”。（《五灯会元》）此后，佛寺中弥勒佛被塑成笑口常开、慈悲为怀的大肚佛祖形象。有时在塑像下有“得大自在”四字，有时塑像两侧有一副对联：

大肚能容，容天下难容之事。
开口常笑，笑天下可笑之人。

从南宋以后，弥勒观念被白莲教吸收，一直延续到元明清三

弥勒菩萨变老翁哄妖怪

代，下层民众以“弥勒下生，明王出世”为口号，屡次反对政府。此外，如摩尼教（明教）、弘阳教、八卦教、九宫道、皈一教、东大乘教等都在不同程度上受弥勒观念影响。在《西游记》第六十六回“诸神遭毒手，弥勒缚妖魔”中，悟空遇黄眉怪，不敌妖怪的法宝“人种袋”，心情悲伤之时，弥勒佛从空而降：

大耳横颐方面相，肩查腹满身躯胖。
一腔春意喜盈盈，两眼秋波光荡荡。
敞袖飘然福气多，芒鞋洒落精神壮。
极乐场中第一尊，南无弥勒笑和尚。

显然是我国佛寺中雕塑的形象。其实正宗弥勒为菩萨形，躯体金色，天冠天衣。密宗称金刚因菩萨，肉色，左手拳，右手持轮。弥勒佛助悟空降伏了此怪。原来是他司磬的黄眉童子，偷了他“几件宝贝”，“假佛成精”。小说中弥勒尊佛不是以印度正宗菩萨形为标准，而是以我国佛寺中大肚佛祖的形象创造出来的。

何谓“菩萨”

佛教中的菩萨数不胜数，佛都有“千佛”之说，菩萨恐怕得上万了。净土宗《十往生阿弥陀佛国经》中突出“二十五菩萨”，密宗《金刚顶瑜伽中略出念诵经》中谈“十六大菩萨”。大乘佛教又有“八大菩萨”之说，《八大菩萨经》说常随侍佛救护众生的有文殊、观音、弥勒、虚空藏、普贤、金刚手、除盖障、地藏。在《药师琉璃光如来本愿功德经》《般若理趣经》中，这“八大菩萨”又各有较大出入。汉传佛教徒依大乘经典所说突出“四大菩萨”，即表大智的文殊师利菩萨、表大行的普贤菩萨、表大悲的观音菩萨、表大愿的地藏菩萨。但也有异说，如《法华经》以弥勒、文殊、普贤、观音为“四大菩萨”。弥勒因是未来世佛，所以通常说的“四大菩萨”不包括他，而是以前说为准。

菩萨是菩提萨埵之略称，又音译作“菩提索埵”“摩诃菩提质帝萨埵”。“菩提”，意译作“觉”“智”“道”，指觉悟的智慧和觉悟的途径。“萨埵”，意译“大心众生”“勇猛求菩提”。即“上求菩提（觉悟）、下化有情（众生）”，“发大心的人”。又译作开士、始士、高士、大士、超士、圣士等。“菩萨”一词最早见于佛本生故事中，是当时佛教徒对成佛以前释迦牟尼或释迦牟尼前生的尊称。大乘佛教产生后赋予这一名称新义，成为修行者追求的最初目标。小乘佛教以证阿罗汉果为目的，大乘佛教以成佛为终极目标，不满小乘佛教的说法，但又深知不可能一下子达到那么高境地，所以就把“菩萨”作为成佛的初级阶段，比阿罗汉果还高一等的职称。凡是修行的人，只要决心为众生幸福而竭尽努力，就意味着他已踏上了趋向成佛的菩萨道，从此他据“六度”“四摄”进行修行，终能从菩萨达到成佛。

文殊菩萨

文殊，是梵文音译“文殊师利”“曼殊室利”“满殊尸利”的略称，意译作“妙德”“妙首”“普首”“妙吉祥”。文殊、曼殊，意译“妙”之义；师利、室利，意译“头”“德”“吉祥”之义。文殊菩萨有三世果位，过去称龙种上佛，又名大身佛、神仙佛，现在号欢喜藏摩尼宝精佛，未来为普见佛。在《五灯会元》卷一“七佛”中说“曼殊室利为七佛之师”。“七佛”时间先后顺序为：毗婆尸佛、尸弃佛、毗舍浮佛、拘留孙佛、拘那含牟尼佛、迦叶佛、释迦牟尼佛。此中第六佛迦叶佛，又译作饮光佛，是释迦牟尼前世之师。《法华经·序品第一》说，在久远劫时，妙光菩萨为日月灯明佛“说大乘经，名妙法莲华”，使其成佛。日月灯明佛“灭度后”，“其八子，皆师妙光”。后来这八子也都成佛，“其最后成佛者，名曰燃灯”，即《西游记》第九十八回出现的燃灯古佛，是比“七佛”还早的一位古佛。所以《放钵经》说：“过去无央数诸佛，皆是文殊师利弟子，当来者亦是其威神力所致。譬如世间小儿有父母，文殊者，佛道中父母也。”《心地观经》称其为“三世觉母妙吉祥”。文殊左手持青莲花，以无相的智德，不染诸法三昧；右手持利剑，能断一切众生烦恼。他本是九代之祖佛，是燃灯之师、七佛之师。但他为了弘扬佛法，普渡众生，竟以菩萨面目出现，甘为释迦牟尼的弟子。他这种为救济世人，不计个人名分、地位的精神，的确感人。山西清凉山，

三藏不忘本，四圣试禅心

由五峰环抱而成，又称五台山，传为文殊菩萨应化道场。北魏时就建佛寺，北齐时山中寺院已多达二百多处。唐代华严宗四祖澄观据《华严经》《文殊陀罗尼经》，认定此山即经中所提文殊道场清凉山、五台山，成为中国佛教四大名山一。

文殊菩萨在《西游记》主要出场三次：初次“四圣试禅心”时，为莫贾氏的女儿；二次是悟空在乌鸡国要消灭假国王青毛狮子精时，文殊出面救护，原来这妖精是他坐骑；三次是文殊降伏狮陀山老魔青狮精。在《封神演义》中他原是道教教主元始天尊十二大弟子之一“五龙山云霄洞文殊广法天尊”，但一出场又注明“后成文殊菩萨”。在破万仙阵时，降伏虬首仙，即青毛狮子精。他还是李靖长子金吒的老师。

普贤菩萨

普贤，梵文音译“三曼多跋陀罗”，据《法华义疏》解释，“三

曼多”意译作“普”，“跋陀罗”意译作“贤”，故曰普贤，又作遍吉，为遍一切处而妙善义。又解释为“化无不周曰普”“至顺调善曰贤”。一般为菩萨相，白肉色，天衣天冠，左手执莲花，上有利剑，骑六牙白象。他与文殊为释迦牟尼佛两胁士，文殊驾狮子侍佛之左方，普贤乘白象侍佛之右方。在密教中是仅次于大毗卢遮那佛的候补佛，就如同显教中弥勒之于释迦牟尼佛。据金刚智《金刚顶经大瑜伽秘密心地法门义诀》记载，《金刚顶经》的教义按照大毗卢遮那佛的嘱咐，被金刚萨埵藏在南天竺驮那羯磔迦大石塔中。一说此塔虽为大理石造，酷似白铁，一说塔上有金属装饰，故名铁塔。数百年后，有一大德龙树，即大乘中观宗创始人，或认为是另一龙树，诵持《毗卢遮那念诵法要》，大毗卢遮那佛现身启示，“于七日中绕塔念诵，以白芥子七粒打此塔，门乃开”。遂潜心在塔内诵持经，“记持不忘，便令出塔，塔门还闭如故”。他背写出的经文就是《金刚顶经》。《理趣经》云：“大乐金刚萨埵即是普贤金刚萨埵。”在密宗即真言宗八祖中，一祖为毗卢遮那佛，二祖为金刚萨埵即普贤，又称金刚手秘密主，手持金刚铃、金刚杵。此外，还有一位普贤王如来，是“法身普贤王如来”“原始法身普贤王如来”之略称，丁福保编的《佛学大辞典》把他与普贤菩萨说成是同一人，可能还是有区别的。正如天王佛不等于天王，迦叶佛不是摩诃迦叶尊者。普贤王如来在藏传佛教中又称“阿达尔玛佛”，是宁玛派供奉的本初佛，为东方阿閦佛、南方宝生佛、西方阿弥陀佛、北方不空成就佛（释迦牟尼佛之别称）、中央毗卢遮那“五智如来”之师。其形相为天青色、裸体趺坐，披发，以表五佛及众生本元心性，一尘不染，一丝不挂。四川峨眉山又称光明山，相传为普贤菩萨应化道场。此山周围千里，主峰甚高，有金顶佛光之称誉，又风光秀丽，有寺院百余处。晋代建普贤寺，为尊奉普贤之始。宋范成大《吴船录》载：“泊嘉州，单骑入峨眉，小峨、中峨，昔传有游者，今不复有路。惟大峨一山，为佛书所记普贤大士示现之所。”峨眉山因较早建普贤寺，又有金顶“佛光”，历来被认为是普贤道场，并成为佛教四大名山之一。

八戒十分陷风流阱

在《西游记》中普贤菩萨主要出场两次：初次“四圣试禅心”时，为莫贾氏的女儿；二次是降伏狮陀山二魔白象精。在《封神演义》中他原是道教教主元始天尊十二大弟子之一“九功山白鹤洞普贤真人”，但又注明“后成普贤菩萨”。在破万仙阵时，降伏灵牙仙，即白象精。他还是李靖次子木吒的老师。

地藏菩萨

地藏，梵文音译作“乞叉底蘖婆”，意译作“地藏王菩萨”。玄奘译《大乘大集地藏十轮经》解释，“安忍不动犹如大地，静虑深密犹如秘藏”。佛教传说，在忉利天，地藏受释迦牟尼佛嘱咐，每日晨朝入恒河沙禅定，观察众机，在佛陀入灭之后，弥勒尊佛未成道之前，这段无佛的世界里，教化六道众生。地藏发大愿，必尽渡六道众生，始愿成佛，并现身于人天地狱之中，以救苦难。这正如《圆觉经》所说：“众生国土同一法性，地狱天宫皆为净土，有性无性齐成佛道，一切烦恼毕竟解脱。”很近似庄子的齐一论。在密教中，其密号悲愿金刚，或称与愿金刚。他的法相，据《秘藏记》载：“地藏菩萨，白肉色，左手执莲花，上幢幡，右手持宝珠。”

地藏王的传说甚多，分歧甚多，主要有以下五种说法：其一是位男性的善心菩萨，受佛陀之嘱，在无佛之界，教化六道众生，事见《地藏十轮经》。其二是位救母出苦海的婆罗门女，因其母“讥毁三宝”，坠入地狱苦海，她为救母，真诚供奉觉华定自在王如来，得佛启示，在“大铁围山西面第一重海”找到母亲，又接受无毒鬼王劝告，在佛前“立弘誓愿”，终使母亲解脱。“婆罗门女者，即地藏菩萨是”，事见《地藏菩萨本愿经》。其三是摩诃目犍连，简称目连，佛的十大弟子之一，为“神足第一”。据西晋竺法护译《佛说盂兰盆经》载，目连“得道”后，因“亡母坐饿鬼中”，在佛陀启示下往地狱救母，在“七月十五日，为七世父母厄难中者，具饭五果”等，“供养众僧”。其实《盂兰盆经》是佛教徒迎合东土人风俗编造的伪经，因为据《中阿含经》，目连前世为魔王，因打伤拘留孙佛的门人而下地狱受苦“百年”。据《毗奈耶杂事》卷十八，目连往昔因母亲与他妻子不和，而生伤母之“恶心”，因此遭果报于“五百生中常被打碎如捶苇”，根本不是孝子。目连在东土成孝子，是佛教传入后与儒家思想妥协的产物。所以在《三教源流搜神大全》《集说诠真》和《目连救母劝善记》等戏文中，又给他起个中国的姓名叫傅罗卜，父亲傅相，母亲姓刘，完全中国化了，并说他“殁而为地藏王”。其四是金乔觉。据《宋高僧传》《三教源流搜神大全》等载，他是新罗国王子，“唐时渡海，居九华山，年九十九，忽召徒众告别”圆寂。“尸坐于函中，洎三稔（一年两稔），开将入塔，颜貌如生”，“骨节若金锁焉，故曰‘金地藏’”。其五是太玄洞玉虚天尊，这是道教中的传说。据《历代神仙通鉴》载，尹喜因久不见玉虚天尊，“叩请老君”，老君告诉他，玉虚“愍及幽冥”，“发大慈悲，身投十地，托生新罗国，为叶氏子，自幼出家，圣名守一”，又“举手向地藏”曰:“只此便是。”“地藏称谢，众仙方悟为金蝉子。”《西游记》中唐僧为如来佛第二弟子“金蝉子转生”。这真是一笔糊涂账。以上五种说法中最流行的为金乔觉。九华山，原名九子山，唐代大诗人李白在天宝十四年南游汉江发现此处，作《改九子山为九华山联句并序》，称“妙有分二气，灵山开九华”，

真行者打杀假悟空

惊叹山奇秀美。此山在安徽青阳县西南，周围二百里，有九十九峰。据传金乔觉至山修行始建寺院，此后山中寺院渐多，朝礼者渐多，僧众渐多，有地藏肉身塔及地藏禅林。因传金乔觉在此坐化，故为地藏菩萨应化道场，为中国佛教四大名山之一。在《西游记》中地藏王应属《十轮经》中那位修行得道的“善男子”。

地藏王在小说中主要出场两次：初次在悟空从须菩提祖师学成神通变化回花果山后，因未跳出轮回，被勾入地府，悟空勾去生死簿，大闹幽冥界而去。十代冥王大惊，遂“同拜地藏王菩萨，商量启表，奏闻天上”。二次是六耳猕猴冒充悟空，真假难辨，同入幽冥界请地藏王菩萨“查看生死簿”，地府神兽谛听虽然能分辨，但“恐妖精恶发，搔扰宝殿”，不敢说出。地藏省悟，遂让真假悟空去“西天佛祖之前折辨”。

观音菩萨

观音，梵文音译作“阿缚卢枳底湿伐罗”“阿婆罗枳底湿伐罗”，“阿缚卢枳”意译作“观”，“底湿伐罗”意译作“自在”，合起来意译作“观自在”，而鸠摩罗什译《法华经》《楞严经》时，译为“观世音”，“世音”义兼“自在”，称其普察人间善恶，只要诵此菩萨名，“即时观其声音，皆得解脱”，故有观世音之号。在唐代，因避讳太宗李世民之名，故译此菩萨名时，去掉“世”字，略为“观音”。有关观音的传说，或男或女，或西或中，变化甚大。《悲华经》载，往昔阿僧祇劫，转轮王无诤念有千子，长子不眴，次子尼摩。无诤念先从宝藏如来修行成无量寿佛，后来不眴也修成正果，号观世音，尼摩成正果，号大势至。不眴、尼摩又从菩萨成佛，分别号为一切光明功德山王如来、善住珍宝山王如来。在《观世音得大势受记经》又载，昔金光狮子游戏如来国，国中无女人，国王威德“于园中入三昧，左右二莲花化生二子”，“左名宝意即是观世音，右名宝尚即是得大势”。此中无量寿佛即阿弥陀佛。在《悲华经》中，宝藏如来之父宝海“即今释迦如来”。《观音三昧经》又说“观音先已成佛，号正法明如来，释迦为彼佛作苦行弟子”。二经所说释迦佛身份悬殊。在汉魏南北朝时，所译佛经中观音多为男子，而且兄弟二人俱成正果。在南北朝中后期，观音形象或男或女，有多种化身。在《北齐书·徐之才传》《北史·王劭传》中提到观世音是美妇人。唐太宗李世民的长孙皇后，小字观音婢，故知观音也是女人。可是在《僧伽大师传》中，万回师对唐中宗说僧伽是“观音化身”，此中观音又为男性。根据佛教的观点，观音可以为说法而现示不同法相，但他的法相慈悲，在中国人的心里越来越呈现慈祥的美妇人形象。南宋甄龙友《题观世音像》云：“巧笑倩兮，美目盼兮，彼美人兮，西方之人兮。”元初大书法家、画家赵孟頫妻子管道升撰《观音大士传》云，观音生西土，名叫妙音，是妙庄王的三女儿。“因忤王被贬”，出家修行。后来“王病疮濒死，乃自幻形为老僧上奏：非至亲手眼不可疗”。王以长、次二女为“至亲”，让她们献出手眼，“俱不用命”。观音幻化为香山仙长，“自断剜其两手眼”以救父。《三教源流搜神大全》也载此故事，但又稍有出入，即“观音乃鹫岭孤竹国祇树园施勤长者第三子施善化身，来生于北阙国中”，父亲仍为妙庄王，她仍为第三女儿，因“力阻父命，誓不成姻”而遭贬，舍入汝州龙树县白雀寺为尼。她死后“升天界”，得释迦如来指点，在南海普陀岩修行成正果。又“割手目以救父病”，一家骨肉升天。玉帝“从老君妙乐之奏”，封她为大慈大悲救苦救难观世音菩萨，将释、道混杂一起，而且还提到汝州，逐渐中国化了。于是，在《汝州志》中将观音由妙庄王之三女，进一步改为楚庄王之三女，脱胎换骨变成纯粹的中国故事传说了。在唐宋之后，普遍认可的观音菩萨是女性形象，身穿白衣的慈和美妇人，坐在莲花宝座上，手持净瓶，上插杨柳枝。普陀山，又称补陀洛迦，原名梅岭山，在浙江普陀县舟山群岛之中，上多平冈幽洞，海涛潮音，风物壮美。在唐代大中年间有一印度高僧来此山，传说曾见观音现身说法，遂传此山为观音菩萨应化道场，成为佛教四大名山之一。

观音菩萨

在《西游记》中观音菩萨是慈和妇女形象，在小说中她多次出场，往往起到关键作用。如她向玉帝出谋划策，让二郎真君去擒悟空，又和老君一起助战。她奉如来佛法旨到长安寻找取经人，为悟空、八戒、沙僧和小白龙指出解脱之路。她为制住悟空之妄心，给悟空戴上紧箍儿，又教会唐僧咒语。她赠悟空三根救命毫毛，还在危难时多次亲自救助并指明出路，是书中十分关键的角色。在佛教四大菩萨中，她是在东土民间最有影响、信仰最众、历时最长的救苦救难菩萨。她的塑像、画像不仅遍及全国各大、小寺院，在不少人家里也有供奉。

《西游记》小说中虽然描写了形形色色的神佛，却有三大谱系，即佛、道和玉帝。表面上看似乎有条不紊，而实际上却并不认真，随意性很大，以致乱点了关系谱。

《西游记》小说是以佛教的故事、传说为主体的，所以有关佛教中的佛、菩萨、神将是比较多的。《西游记》表面上是写如来佛的体系，但实际上又写了阿弥陀佛的体系，并把二者混为一说。在佛教中有竖、横三世佛之说，竖三世佛是从时间上分为过去、现在、未来三世佛，横三世佛是从地域上区别，为东方琉璃世界的教主药师琉璃光王佛，娑婆世界的教主释迦牟尼佛，西方极乐世界的教主阿弥陀佛，指三个不同的佛国，三个不同的派系。在密宗还有五方佛之说，即东方阿閦佛、南方宝生佛、西方阿弥陀佛、北方不空成就佛、中央毗卢遮那佛，分别代表五个不同的佛国，五个不同的派系。其中不空成就佛，意为能使众生成就所作，从不落空，又译作“一切义成佛”，为释迦牟尼佛之别名。《西游记》中虽写过密教的咒语，但并未涉及大毗卢遮那佛，未涉及五方佛，其基本定位在释迦牟尼佛即如来佛身上。

据佛教历史及传说，释迦牟尼生前有十大弟子，小说中只提到三位，其一是悟空的第一个师父须菩提，其二是释迦牟尼的堂弟阿傩，其三是摩诃迦叶，又称大迦叶，是释迦牟尼入灭后的接班人。此外，以“智慧”知名的文殊师利菩萨，作为释迦牟尼的胁侍，侍左方；以“行愿”著称的普贤菩萨，作为释迦牟尼的胁侍，侍右方。二人并称为两胁士。释迦牟尼还有一位极重要的弟子叫弥勒，在竖三世佛中为未来佛，在星宿劫时成佛，号弥勒尊佛，未成佛前称菩萨，意译作“慈氏”菩萨。在释迦牟尼“入灭”后，弥勒尊佛还未从兜率天下生此世界、在龙华树下继承释迦牟尼而成佛之前，这段漫长的中空时间，由释迦牟尼门下的地藏王菩萨来填补大千世界的空缺，他现身六道，救度天上及地狱一切众生。弥勒、普贤在小说中关键时刻出现，而文殊、地藏则多次出现。在小说中属于如来佛系统的还有灵吉菩萨、毗蓝婆菩萨、金顶大仙、十八罗汉、泼法金刚、胜至金刚、大力金刚、永住金刚、四大天王等。但吴承恩游戏笔墨，乱点关系谱，他提到持国、多闻、增长、广目四大天王时，按“风调雨顺”之意，已出离于佛经，又把这四天王改为玉帝手下的官员，与如来佛之间解除了“合同”。在提到四大金刚时，胜至金刚在峨眉山清凉洞，泼法金刚在五台山秘魔岩、永住金刚在昆仑山金霞岭，都成了东土修行的神圣，只有大力金刚在须弥山摩耳崖，还有点像是佛教传说中的神将。在小说中如来佛还有一最重要的弟子是观音菩萨，她贯穿于全书，是个极关键人物。她先收悟空、八戒、沙僧、玉龙入佛门，而且每逢唐僧师徒西行有难，她几乎都出面救护，悟空说自己“为人做了一场好汉，止拜三个人”，其中之一就是观音菩萨。但是，如按佛教的传说，她并不属如来佛的系统，而是西方极乐世界教主阿弥陀佛的门下。阿弥陀佛，是梵文音译，意译有三名：“无量寿佛”“无量光佛”“甘露王佛”。在大乘经中，对阿弥陀佛的出身、历史主要有三种说法：《法华经》载，在“过去无量无边不可思议阿僧祇劫”时，有佛“名大通智胜如来”，“未出家时，有十六子”，后皆成佛，其中“西方二佛，一名阿弥陀”，而其“第十六我释迦牟尼佛”。由此看来，他是释迦牟尼佛的兄长。《悲华经》载，在“往昔过恒河沙等阿僧祇劫”，有转轮圣王名无净念，王有千子，长名不眴，次名尼摩。王从宝藏如来修行，于十方界成正等正觉。“佛与王改字为无量清净，复与授记于西方安乐世界作佛，号曰无量寿”，又称做阿弥陀佛。王成佛后，其二子不眴、尼摩也从宝藏佛修行，先后成正果，不眴为观世音菩萨，尼摩为大势至菩萨。观音与大势至同为阿弥陀佛的左右胁侍，合称为“西方三圣”。《无量寿经》载，在“过去久远锭光如来（“燃灯古佛”）出世，如是次第出世至五十三佛，名世自在王佛”时，有一国王闻佛说法后，“弃国捐王为沙门，号法藏”，从佛修行，于佛前建立“四十八愿”，并一一实行，使“大千感动，天雨妙华，空中有声赞言”，终修成无上正等正觉，号无量寿佛。此佛因接引众生往生西方净土，所以又称做“接引佛”，为我国净土宗尊奉的祖佛。法像为比丘相，螺形发髻，披袈裟，手捧钵或莲花台；密宗为天衣天冠，披发，身赤色，双手定印，捧长寿宝瓶。观音应是他的儿子或正宗弟子，小说中不晓何因竟归属于如来佛门下。在《西游记》第七回“八卦炉中逃大圣，五行山下定心猿”中，悟空大闹天宫，玉帝请如来佛降妖，悟空厉声高叫道：“你是那方善士，敢来止住刀兵问我？”如来笑道：“我是西方极乐世界释迦牟尼尊者，南无阿弥陀佛。”如来佛本是娑婆世界教主，阿弥陀佛才是西方极乐世界教主，作者游戏笔墨将二佛合而为一，并说如来佛又称做阿弥陀佛，观音在这特殊情况下，自然可以算是如来佛的弟子了。另外，阿弥陀佛又称“接引佛”，在《西游记》第九十八回“猿熟马驯方脱壳，功成行满见真如”中，描写唐僧师徒历尽艰难来到灵山脚下“凌云渡”时，需要从此岸渡到彼岸方能成正果，正焦虑之间，接引佛祖撑无底船渡这师徒到达彼岸。这位接引佛祖，正是阿弥陀佛，不在西方净土世界纳福，反而到娑婆世界的灵山圣地为如来佛帮忙，显得不伦不类。在佛教体系中还有一尊

祐圣悟空战灵霄殿

燃灯古佛，凌驾于如来佛、阿弥陀佛之上，而且追根溯源，这两大派系都出自古佛门下。

《西游记》小说中有关道教的故事、传说也不少，有时还仙佛混杂，并不认真。道教最尊是“三清”，最初只是笼统的提“三清”，只有在第四十四回“法身元运逢车力，心正妖邪度脊关”才点明三清是：元始天尊、灵宝道君、太上老君。其中灵宝道君只此一提，再未言及。元始天尊虽未出场，却多次提及，如第二十四回唐僧师徒行至五庄观时，当日镇元大仙得元始天尊的“简帖”，邀他到上清天弥罗宫听讲混元道果，所以没在观中。又如第六十六回唐僧师徒遭逢黄眉怪，悟空正一筹莫展时，弥勒尊佛出现了，他告诉悟空，黄眉怪是他司磬的一个黄眉童儿，“三月三日，我因赴元始会去，留他在宫看守，他把我这几件宝贝拐来，假佛成精”。看来元始天尊常为道、佛二门中的高级仙佛开培训班，显然地位极尊。“三清”中多次出场的是太上老君，他住在三十三天之上的离恨天兜率宫，曾“与燃灯古佛在三层高阁朱丹陵台上讲道，众仙童、仙将、仙官、仙吏，都侍立左右听讲”。老君能与燃灯古佛论道，显然水平甚高，地位甚尊。但是，据道教典籍所载，老君居大罗天之上三清天之末太清仙境，大赤天太极宫中。至于“兜率宫”，佛教“三界”的“欲界”中“六欲天”之四为“兜率天”。据传弥勒未成佛前就住在“兜率天”中修行。“离恨天”，可能是从“三界”中“色界”的“净梵地”内“无烦天”“无想天”衍化而成的，在元代杂剧中常说“三十三天，离恨天最高；四百四病，相思病最苦”，小说中让太上老君居此天中，不知作者有什么想法。在道教里地位仅次于老君的是镇元子，他是地仙之祖，与“清”平辈论交。至于四大天师：张道陵天师、葛玄仙翁、许逊真君、邱弘济真人，本属道教中神仙，在小说中划入玉帝属下，成为天廷中高级参谋。天蓬元帅、卷帘将军，原是道教中神圣，也统统成为玉帝天宫中的武士。悟空在朱紫国智降金毛犼时，紫阳真人张伯端曾献旧棕衣保全金圣娘娘名节。张伯端字用成，号紫阳，北宋时金丹派南宗五祖之一，所著《悟真篇》是著名丹经。张紫阳虽是道教中名人，但他生于宋代，而小说中反映的是唐代故事，从时间上看大谬不然。四大天师中邱弘济即丘处机是宋末元初人，比张紫阳还要晚几百年，让他也出现在唐代，更是说不通。

玉皇大帝是天上的帝王，自然应拥有文臣武将，自然应高高在上，八面威风。他手下的文官有从道教调拨过来的四大天师和太白

镇元师怒鞭四人

金星等人，武将有从佛教中改造过来的托塔李天王和哪吒父子，有持国、多闻、增长、广目四大天王，还有巨灵神、二十八宿、九曜星官、王灵官等，以及十万天兵天将，连道教中神圣天蓬、卷帘也成了天宫中武士。此外，佛教中的西天佛老、圣僧、罗汉、菩萨；道教中上八洞三清、四帝、太乙天仙，中八洞玉皇九垒、海岳神仙，下八洞幽冥教主，注世地仙，都得听从玉皇大帝的调遣。他乾纲独断，有无上权威。玉皇大帝是天宫中皇帝，自然应有父母、姐妹、妻子、儿女，如同人间帝王。他的正宫是王母娘娘，他的“妹子思凡下界，配合杨君，生一男子”，就是镇守灌州灌江口的显圣二郎真君。另外，如小说中福星、禄星、寿星和东华帝君、东方朔，也是玉皇大帝属下。这个体系本就庞杂、凌乱，不拘一格，作者在广泛吸取民间传说的基础上，游戏笔墨，加以创造性发挥，对后世小说、戏曲、弹词、宝卷和民俗影响颇大。

《西游记》是一部伟大的浪漫主义神话小说，是在假想的天地里，用攫取于自然界和人类社会的变幻现象作为魔术性的形式来描写人物的。虽然作者所描写的人物非常神奇怪异，而且是以超现实的形式出现的，但就其本质来说，仍是真实的、典型的、深刻的、有一定的社会基础的。鲁迅在《中国小说史略》中说，《西游记》中“神魔皆有人情，精魅亦通世故”。作者是将“仙气”“魔气”和“人气”融于一体的，所以他笔下的山精水怪，不仅“有人情”“通世故”，还深刻表现出社会上不同阶层人物的“风度”来，极有情趣。

《西游记》虽是长篇巨作，却是由许许多多的小故事组成的。郑振铎《西游记的演化》一文说，它的“组织实是像一条蚯蚓似的，每节皆可独立，即斫去其一节一环，仍可以生存。所谓八十一难，在其间至少总有四十多个独立的故事可以寻到”。而在这许许多多独立的故事中，大多有妖邪作乱。小说便是由这许多既有联系又能独立的小故事，构成了一幅长长的五色迷人西行历险图，构成了凶险、离奇、动人的仙魔世界。

妖怪分类

西行路上的妖魔虽千奇百怪，各具特色，但若从出身成分上做阶级分析，大体上可分为两大类：

第一大类是天上的精灵。若细分又有三个不同的派系：其一是佛教。高级佛祖、菩萨的属下侍从、坐骑，还包括相关人员，用今天的话讲就是首长的秘书、司机和关系户。如假设小雷音的黄眉怪，是弥勒尊佛的司磬童子；通天河的灵显大王，是观音菩萨落伽山莲花池里养大的金鱼；朱紫国的赛太岁，是观音菩萨坐下金毛犼；乌鸡国的假国王，是文殊菩萨坐骑狮猁王；狮驼山狮驼城的大魔，是文殊菩萨坐下青毛狮子；狮驼山的二魔，是普贤菩萨坐骑白象；狮驼山的三魔大鹏金翅雕，最初虽未归佛门，但他出身不凡，与佛母孔雀大明王菩萨是一母所生，若论辈分如来佛还是他的外甥；黄风山的黄风怪，是如来灵山脚下得道的黄毛貂鼠，也不是没主的山精水怪。其二是道教。道教中高级仙祖的属下侍从和坐骑，如平顶山莲花洞的金角大王、银角大王，是太上老君看金炉、银炉的童子；金峴山金峴洞的独角兕大王，是老君坐下青牛精；竹节山九曲盘桓洞的九灵元圣，是太乙救苦天尊坐骑九头狮子精。其三是玉帝。天宫星官及星官属下坐骑、精灵。如宝象国碗子山波月洞黄袍怪，是二十八宿中奎木狼，也就是掌管天下文教大权的魁星；比丘国的国丈，是南极星的坐骑白鹿；天竺国的假公主，是太阴星月宫中的玉兔。此外，如衡阳峪黑水河的鼍龙，是天廷属下西海龙王敖顺的外甥；陷空山无底洞的金鼻白毛老鼠精，是托塔李天王的义女。

第二大类是地上的精怪。这都是些与高级神佛无关系的山精水

辟寒、辟暑、辟尘

怪。此中若按后来的归宿或下场分析，又可分两部分：其一受招安归入释门。如黑风山黑风洞的黑熊怪，被观音菩萨收为守山大神；号山枯松涧火云洞红孩儿怪，被观音菩萨收为善财童子；黄花观的多目怪，被毗蓝婆菩萨收为守山大神。由于红孩儿与观音菩萨的这层关系，又加之孙悟空与牛魔王昔日有结拜的情义，所以牛魔王一家人很幸运，牛魔王、铁扇公主都皈依释门，连同他的弟弟解阳山破儿洞如意真仙，尽管一再与悟空纠缠，悟空还是宽大处理了他。其二是无主的野怪。如盘丝岭盘丝洞七个蜘蛛精，毒敌山琵琶洞蝎子精，白虎岭白骨夫人，七绝山稀柿衕红鳞蟒怪，隐雾山折岳连环洞豹子精，乱石山碧波潭九头鸟怪，车迟国的虎力、鹿力、羊力，玉华州豹头山黄狮精，青龙山玄英洞的三个犀牛精（辟寒、辟暑、辟尘），以及假冒悟空，打伤了唐僧，又占据花果山的六耳猕猴。这许多野怪，大多丧于悟空棒下和八戒钯下，只有九头鸟怪是被二郎真君的细犬所伤。

妖怪行为分析

这两大类妖魔在西行路上兴风作浪的情况比较复杂，但若梳理一下，大体上有以下三种动机：

第一种是为了某种情欲的刺激和满足，其中也含有一些因果关系。如宝象国百花羞公主与碗子山黄袍怪就有夙缘。黄袍怪本是天上星官，被悟空与诸天官捕获后，他向玉帝坦白交待：

> 那宝象国王公主，非凡人也。他本是披香殿侍香的玉女，因欲与臣私通，臣恐点污了天宫胜境，他思凡先下界去，托生于皇宫内院，是臣不负前期，变作妖魔，占了名山，摄他到洞府，与他配了一十三年夫妻。“一饮一啄，莫非前定。”今被孙大圣到此成功。

玉帝只“贬他去兜率宫与太上老君烧火”，而且这种下放还“带俸差操，有功复职”，保持原来的待遇。又如天竺国假公主玉兔与真公主素娥之间就有夙怨。在悟空识破真相，准备下狠手“一棒打杀”时，太阴星君来救护，并说明原委：

> 那国王之公主，也不是凡人，原是蟾宫中之素娥。十八年前，他曾把玉兔儿打了一掌，却就思凡下界。一灵之光，遂投胎于国王正宫皇后之腹，当时得以降生。这玉兔儿怀那一掌之仇，故于旧年走出广寒，抛素娥于荒野。但只是不该欲配唐僧。此罪真不可逭。

其实，这玉兔并未受惩罚，只是回月宫而已。再如朱紫国麒麟山獬豸洞赛太岁抢占金圣娘娘，却是借佛门“因缘果报”，要满足自己的情欲。在悟空计盗紫金铃，正大展神威欲伤魔王于棒下时，半空中观音菩萨厉声高叫救了他的性命。据观音菩萨讲，朱紫国王做太子时好射猎：

> 他率领人马，纵放鹰犬，正来到落凤坡前，有西方佛母孔雀大明王菩萨所生二子，乃雌雄两个雀雏，停翅在山坡之

下，被此王弓开处，射伤了雄孔雀，那雌孔雀也带箭归西。佛母忏悔以后，吩咐教他拆凤三年，身耽啾疾。那时节，我跨着这犼，同听此言，不期这孽畜留心，故来骗了皇后，与王消灾。

观音菩萨镇烟杀火

悟空不满这种处治，认为金毛犼玷污了皇后，“坏伦乱法”，“该他死罪”。但菩萨还是不了了之，骑上犼回南海了。因为上述三人都有根基、后台，所谓处罚只是走走过场，未伤他们身上一根毫毛。

第二种是觊觎人间王位、权力和荣华富贵。如乌鸡国的假国王本是文殊菩萨坐下青毛狮子，而且“是个骟了的狮子”，即阉割了没有性功能的禽兽，他占据王位，只是想满足一下权力欲。他来此作恶，也是释门因果报应。据文殊菩萨解释：

当初这乌鸡国王，好善斋僧，佛差我来度他归西，早证金身罗汉。因是不可原身相见，变做一种凡僧，问他化些斋供。被吾几句言语相难，他不识我是个好人，把我一条绳捆了，送在那御水河中，浸了我三日三夜。多亏六甲金身救我归西，奏与如来，如来将此怪令到此处推他下井，浸他三年，以报吾三日水灾之恨。“一饮一啄，莫非前定。”今得汝等来此，成了功绩。

悟空极不愤，说道："这畜类成精，侵夺帝位，还奉佛旨差来。似老孙保唐僧受苦，就该领几道敕书！"释门本讲宽大为怀，不想报复手段如此刻薄、残酷，读之令人毛孔痉挛，汗不敢出，更不敢做他想。又如比丘国的国丈白鹿精，为了获得极大权力、财力，修炼外道的丹药，不惜让自己的情妇白面狐狸精化作娇俊美女，以色事君，封为美后。他竟以"一千一百二十一个小儿的心肝"做药引子，"煎汤服药"，以求"有千年不老之功"效，真令人怵目惊心。再如车迟国的虎力大仙、鹿力大仙、羊力大仙以呼风唤雨法术，"哄信君王"，被封为"皇亲""国师"，并有极大的权力，可以随意奴役僧徒，拆毁寺院，连专司逮捕人犯的差役（"快手"）也受其指挥，宛如一手遮天的权奸，十分厉害。悟空费尽心机，才一一把他们除掉。

第三种是危害一方的豪霸。如解阳山破儿洞的如意真仙，占据"落胎泉"成为自己的专利，要想饮泉水解邪胎，必须要献上"花红、酒礼"，还要"志诚奉献"，才能"拜求得他一碗水"，贪婪而且霸道。又如衡阳峪黑水河的鼍龙，他趁大潮从西洋海来到此处，打伤了河内水神及水族，强占了河神府。河神往海内告他，因"西海龙王是他的母舅"，不准"状子"，还令河神将水府"让与他住"。河神"欲

第五十三回　禅主吞餐怀鬼孕，黄婆运水解邪胎

启奏上天，奈何神微职小，不能得见玉帝”。鼍龙有社会关系，有恃无恐，打伤水族，强占府第，使河神含恨，无处伸冤。再如通天河的灵感大王，“九年前海啸波翻，他赶潮头，来于此处”。他“仗逞凶顽”，强占“水鼋之第”。打伤了水鼋许多儿女，又夺了许多“眷族”，还一年一次要河边陈家庄将“一个童男，一个童女，猪羊牲醴供献他”作为“血食”。这么霸道、残忍的地方势力，竟是南海大慈大悲观音菩萨莲花池内的金鱼，真令人莫名惊诧。

吴承恩虽是在描写形形色色的天上精灵、地上精怪，但实际上却在曲笔反映封建社会的黑暗现实，那上下官场的关系网与地方豪霸的黑势力网，罩住了整个社会，给广大民众带来深重的灾难。齐天大圣孙悟空虽然神勇无畏，也只能打杀没有后台的妖怪，那些在上面有大根的精怪，在关键时候就会被有地位的人救护，连悟空也莫可奈何，只能发发牢骚而已。它仿佛是当时社会生活的一面折光镜。

《西游记》是一部深深地植根于现实土壤，运用丰富神奇的幻想，表达作者对社会现实生活热情的浪漫主义巨作。吴承恩将他来源于现实社会生活深处的种种复杂的感触与慨叹，用神奇的完全超现实的故事情节展现出来，揭露和鞭挞黑暗现状，倾吐自己胸中的悲愤。

吴承恩为达此目的，有时采取现实主义手法，直接揭露貌似圣洁的封建明君贤臣，以及神佛的隐私，使其真相毕露，为人不齿。

唐太宗的另一面

《西游记》第十回“二将军宫门镇鬼，唐太宗地府还魂”中，描写唐太宗因宫门内多日闹鬼，心神不安，“脉气不正，虚而又数”，“身体渐重”，“病势已入膏肓”，遂宣徐茂功、魏征入宫，“吩咐国家大事”，有“托孤之意”。魏征对太宗说，“臣八拜为交”的好友崔珏，昔日为兹州令、礼部侍郎，“现在阴司做掌生死文簿的酆都判官”，“臣有书一封”，陛下“此去若将此书付与他，他念微臣薄分，必然放陛下回来”。太宗魂灵入地府后，遇见了崔珏，忙从袖中取出书信交给他。崔判官看了书信，“满心欢喜”，当即请太宗“宽心”，送太宗“还阳，重登玉阙”。太宗随崔判官步入“幽冥地府鬼门关”，前行“径入森罗殿上”，与十代阎君礼毕入坐。十王与太宗谈论泾河鬼龙告状之事，“言毕，命掌生死簿判官”取簿子来，看看太宗“阳寿天禄该有几何”。崔判官急转司房，取出总簿逐一检阅：

只见南赡部洲大唐太宗皇帝注定贞观一十三年。崔判官吃了一惊，急取浓墨大笔，将“一”字上添两画，却将簿子呈上。十王从头看时，见太宗名下注定三十三年，阎王惊问：“陛下登基多少年了？”大宗道：“朕即位今年一十三年了。”阎王道：“陛下宽心勿虑，还有二十年阳寿。此一来已是对案明白，请返本还阳。”太宗闻言，躬身称谢。……十王喜曰：“我处颇有东瓜、西瓜，只少南瓜。”太宗道：“朕回去即送来，即送来。”

作者仅轻轻几笔，便将所谓铁面无私的人间宰相，冥府判官的公正假面具剥落了，尤其被正史吹捧的圣君唐太宗，为讨好“十王”，后来竟让活人服毒自杀去冥府献瓜，做出灭绝人性之事，令人发指，其实这就是封建社会的真相，法制的真相，圣君贤臣的真相。这段情节是有所本的，唐无名氏《唐太宗入冥记》载，太宗魂入冥府，持李乾风书信，判官崔子玉见信后多方关照，使太宗返魂长安。此中写书信之人不是魏征，状告太宗的也不是泾河鬼龙，而是太宗的兄弟建成、元吉。另外，崔判官自恃有功于太宗，临别要太宗追封他“蒲州刺史兼河北廿四州采访使，官至御史大夫”，比《西游记》中更卑鄙、更贪婪。据宋人孟元老《东京梦华录》、高承《事物纪原》和元人无名氏《崔府君断冤家债主》杂剧等载，崔府君出生于六月六日，名珏字子玉，河北磁县人，任磁州滏阳县令，在民间传说颇多，都说他为人公正无私，而吴承恩却基本上采取《入冥记》之说，又结合社会现实中官吏的形象，使之更有分寸，更典型、真实。

灵山圣地也索贿

《西游记》第九十八回“猿熟马驯方脱壳，功成行满见真如”中，描写唐僧师徒历尽千难万险，九死一生，到达佛门圣地灵山，在雷音古刹拜见了如来佛祖，并“将通关文牒奉上”。如来佛让阿傩、迦叶二尊者，引唐僧师徒四众至珍楼之下宝阁挑选佛经。不料，阿傩、迦叶引唐僧看遍经名之后：

阿傩、迦叶二尊者

> 对唐僧道：“圣僧东土到此，有些甚么人事送我们？快拿出来，好传经与你去。”三藏闻言道：“弟子玄奘，来路迢遥，不曾备得。”二尊者笑道：“好，好，好！白手传经继世，后人当饿死矣！”

悟空见他们“讲口扭捏，不肯传经”，忍不住叫噪起来，二尊者只好勉强传经，但又暗中捣鬼，传给的是“无字经”。此事幸被宝阁上燃灯古佛发现，立即派白雄尊者“飞星赶上唐僧，把那无字经夺了”，又“将经包捽碎，抛落尘埃”。悟空极为气愤，返回灵山后立即向如来佛揭露二尊者的劣行，要求严加“敕治”。不料，如来佛却极力为阿傩、迦叶辩解道：

他两个问你要人事之情，我已知矣。但只是经不可轻传，亦不可以空取。向时众比丘圣僧下山，曾将此经在舍卫国赵长者家与他诵了一遍，保他家生者安全，亡者超脱，只讨得他三斗三升米粒黄金回来。我还说他们忒卖贱了，教后代儿孙没钱使用。你如今空手来取，是以传了白本。

这之后当唐僧师徒奉佛旨随阿傩、迦叶二尊者又至珍楼宝阁取经时，二尊者仍问唐僧“要些人事”，唐僧无法，只得“命沙僧取出紫金钵盂，双手奉上”二尊者，只见：

那阿傩接了，但微微而笑。被那些管珍楼的力士，管香积的庖丁，看阁的尊者，你抹他脸，我扑他背，弹指的，扭唇的，一个个笑道：“不羞！不羞！需索取经的人事！”须臾，把脸皮都羞皱了，只是拿着钵盂不放。

讽刺性的嘲笑，是一种强有力的破坏武器，它好像闪电一样捶打烧灼，使偶像垮了，桂冠和框子垮了，那奇妙的圣像也变成已经泛黑的、画得很难看的图画了。嘲笑，凭借这种讽刺的力量而显得非常通俗易懂，且又特别富于感染力。吴承恩以讽刺嘲笑的妙笔，在明显的对照中，在特殊的环境和事件中，将灵山上高等神佛那庄严奇妙的圣像，变成了已经泛黑的、画得很难看的市俗图像了。这幅绝妙的讽刺画，使近四百年来不同时代的广大读者发出会心的欢笑，这朗朗的笑声中充满了对传统偶像的极大蔑视和辛辣嘲讽。

阿傩与迦叶

小说中的阿傩、迦叶二尊者，是释迦牟尼十大弟子之一，是佛陀入灭后第二代、第三代的佛门领袖。迦叶，梵文音译作“摩诃迦叶”“摩诃迦叶波”。“摩诃”，意译作“大”；“迦叶”，意译作“龟”或“饮光”，故又称做“大龟氏”“饮光氏”，或“大迦叶”。传说释迦牟尼前世为菩萨时，有位老师也姓迦叶，为“前七佛”中第六佛，称做迦叶佛，或饮光佛。为了避免混淆，故释迦牟尼的门人称摩诃迦叶，或迦叶尊者。迦叶是古天竺摩揭陀国王舍城外摩诃婆罗村婆罗门大富豪尼卢陀竭波的儿子，天衣落叶而生，自幼与妙贤菩萨有婚姻关系，却二十年守约不同床。他拜在释迦牟尼门下，为上座弟子，在舍利弗、目犍连两大弟子“入灭”后，他成为释迦牟尼的首座弟子，被誉为“头陀第一”。释迦牟尼很器重他，在舍卫国祇树给孤独园说法时，曾分其半座给迦叶。据传佛陀“入灭”七日后，迦叶才从外地匆匆赶至，佛陀突然在金棺中伸出足来，以示对他的信任和寄托，使他成为公认的继承人。禅宗相传，佛陀在灵山法会上，大梵天王以金色波罗花献佛，佛拈花示众，都不解其意，唯有迦叶破颜为笑，佛付心印传承于他，说是不立文字的教外别传法门，后世禅宗遂尊迦叶为始祖。佛陀“入灭”后不久，迦叶主持僧团活动，并在王舍城东北灵鹫山大竹林中毕波罗延窟（“七叶窟”），召集并主持了有五百比丘参加的第一次大结集。会议以会诵、审定形式进行，“多闻第一”的阿傩忆诵了佛陀的许多重要教诲，被肯定下来称做“经”;“持戒第一”的优波离，复述了佛对戒

白雄尊者打散经书

律的一系列论述，被肯定下来称做“律”;“说法第一”的富楼那，诵出了佛教教义中议论部分，被肯定下来称做“论”。据载，他还遵佛陀遗嘱，持佛陀袈裟入鸡足山入定，等待弥勒尊佛成佛时出来作证。事见《增一阿含经》《大般涅槃经》《毗奈耶杂事》《摩诃摩耶经》《法华经》等。迦叶尊者行事古板，作风保守，缺乏舍利弗和目犍连尊者积极进取的精神。受迦叶影响，佛教保守苦行的气氛很重，缺乏与时俱进的精神。

阿傩，梵文音译“阿难陀”之略称，意译作“欢喜”“庆喜”。他是迦毗罗卫国斛饭王的儿子，释迦牟尼的堂弟。他25岁出家，侍佛陀25年，受持一切佛法，称其为“多闻第一”。他美仪容，不受摩登伽女诱惑，感七梦预言，受佛陀遗训。在第一次大结集之前，受迦叶六训，当天中夜开悟证果。继迦叶之后，他主持僧团工作。在120岁时，他为消除摩揭陀国与毗舍离国之间的战争，在恒河上涅槃。事见《佛本行经·阿难陀因缘品》《增一阿含经》《七梦经》《大般涅槃经》《法句经》《譬喻经》等。阿傩虽不像舍利弗、目犍连二尊者那样有积极进取的精神，也不像迦叶那样古板、守旧，他温和、善良、谦虚、忍让，比较遵循佛陀的“中道”思想。依佛教经典所载，阿傩、迦叶二尊者为人极正派，不可能像小说中那样贪欲。不过阿傩确实喜欢收藏各式各样的钵盂，还将巧获的一个高贵的钵盂赠给了迦叶，为此佛陀修改了禁止蓄钵的戒律。也许就是这一点因缘吧，在小说中竟让他不顾别人嘲笑，“只是拿着钵盂不放”。佛学史上的阿傩、迦叶，与小说创作中的二尊者是两回事，不能一概而论。吴承恩让如此龌龊的事发生在灵山圣殿上，而且还是佛祖默许下进行的，金钱的铜臭味连佛祖都爱闻，真可谓达到令人啼笑皆非的境地，其嘲笑、讽刺的锋芒何其犀利！

在古天竺学术领域里，把人们认识上的概念看成是名言。尽管有些并未说出口，一旦构成了概念，就是无声的言说。名言含有两类：一是有用的、正确的名词概念与语言，这是人们进行正常思维活动和表达思想、交流思想的工具。但佛法认为诸法实相，是不可用名言表述的。另一是无用的，不正确的，或不准确的名言，有文字游戏的意味，就是戏论，并成为佛学中的一个术语。我觉得吴承恩在《西游记》中，对禅宗思想叙说得比较认真，比较准确，表现了他对佛学有较深层次的领悟，而对其他经文的解说上，似乎故意带有戏论的味道，以轻松、调侃的方式，既可避免行文枯燥，又可给小说增添幽默的情趣。

《西游记》第八回“我佛造经传极乐，观音奉旨上长安”中，如来佛在灵山大雷音寺“唤聚诸佛、阿罗揭谛、菩萨金刚、比丘僧尼等众”说：

今值孟秋望日，我有一宝盆，具设百样奇花，千般异果等物，与汝等享此“盂兰盆会”，如何？

此中“孟秋”是阴历七月，“望日”为十五日，“盂兰盆会”指目连救母事。首先西晋竺法护译《佛说盂盆经》，后又有三部节本为《报恩奉盆经》《盂兰经》《灌腊经》。《盂兰经》云：

目连始得道，欲度父母，报乳哺恩，见其亡母生饿鬼中，不见饮食，皮骨相连。目连悲哀，即钵盛饭往饷其母。母得钵饭，食未入口，化成火炭。目连驰还，具陈此事，佛言：……可以七月十五日，为七世父母厄难中者，具饭五果汲灌盆器，香油、灯烛、床褥、卧具，尽世甘美，供养众僧。其曰，众圣六通，声闻、缘觉，菩萨，示现比丘，在大众中，皆同一心，受钵和罗具清净戒，供养此等著者，七世父母、五种亲属，得出三涂，应时解脱，衣食自然。（《经律异相》引录）

此中“盂兰盆”，并非盛器。唐玄应《一切经音义》有详释：“‘盂兰盆’，此言讹也。正音‘乌蓝婆拏’，此译云‘倒悬’。按西国法，

悟能成誓服从三藏

至于众僧自恣之日，盛设供具，奉施佛僧，以救先亡倒悬之苦。旧译云盂盆是贮食之器，此言讹也。”即“盂兰盆”，梵文音译作“乌蓝婆拏”，意译作“倒悬”，以喻痛苦之甚者。小说让如来佛也望文生义，显然有诙讽之意。

《西游记》第十九回“云栈洞悟空收八戒，浮屠山玄奘受心经”中，乌巢禅师传授玄奘《摩诃般若波罗蜜多心经》，此经实为玄奘译，现存大正新修《大藏经》第八卷般若部四之中，玄奘译文与小说中所引除有几个别字外，完全相同，并无讹误。作者将此经简称做《心经》可以，但小说中作《多心经》，则成谬误了。此经全名是梵文音译，“摩诃”为大，“波罗”为彼岸，“密多”为到达，“心”为核心，其中“波罗蜜多”，鸠摩罗什译作“波罗蜜”，“多”为梵文缀语，音译时可省略。在早期大乘佛经中，《摩诃般若波罗蜜经》是最早出现，影响最大的，为“大乘五大部经”之首，主要阐述诸法“性空幻有”的理论，使人彻悟到人空法空，从而获得解脱。我国有一部最流通的译经《金刚经》，就是从《般若经》中第五百七十七卷抽出来的，它包含了《般若经》的基本思想，而六百卷《般若经》的全本也是由玄奘译的。《心经》有译本七种，但通行的是玄奘译本。此经仅二百六十字，加上经目才二百七十字，主要说明以般若观察宇宙万物自性本空之理，从而证悟无所得之境界，这是般若思想的核心。其实《多心经》之说，最早见唐李冗《独异志》上，说玄奘“行至罽宾国”，遇一“头面疮痍、身体脓血”的老僧，“口授《多心经》一卷，令奘诵之，遂得山川平易，道路开辟，虎豹藏形，魔鬼潜迹”。前人已出错，何妨再为之。在小说中后来又称此经为《密多心经》《般若心经》《心经》，从后两种称谓可知作者实解其意，是有意戏论之。最能说明作者心志的是在第二十回“黄风岭唐僧有难，半山中八戒争先”中，唐僧遇黄风怪，“正念《多心经》，被他一把拿住，驾长风摄将去了”。既然此经不能保佑他，他也就不念了，现实点了，于是“苦命江流（唐僧）思行者，遇难神僧想悟能”，把希望寄托在两个徒弟身上了。两者对比之下，极有讽刺意味。

《西游记》第七回中，如来佛将五指化作金、木、水、火、土“五行山”，将悟空压在山下。后来还不放心，就取出一张帖子，上有六个金字：“唵、嘛、呢、叭、咪、吽”，递与阿傩贴在山顶，这才把悟空镇住。此六字真言，密宗称做“六字大明咒”或“大明陀罗尼”。藏传佛教中的喇嘛常口诵之，传为莲花手菩萨祈未来极乐往生时所唱六字题目，可救济众生，生生世世，出离因果无穷之生死苦海，具有智慧、解脱、救济、快乐的功德。密典以“唵、阿（嘛呢）、吽”三字为诸真之母，可以总摄一切真言，总摄一切诸佛及佛法功德，故名“总持真言”。如悟空在万寿山五庄观偷人参果时，“他就捻着诀，念一口‘唵’字咒，拘得那花园土地前来”。密教五部咒语为佛部、宝部、莲花部、金刚部、羯磨部，都是比喻心性，在藏传佛教徒中最流行。镇压悟空这六字明咒中，“唵”字为“佛部心”，念此字时要身、口、意三密与佛成一体，方可有功德力。“嘛呢”二字与“阿”字通用，为“宝部心”，据梵文作“如意宝”，传说是大鹏金翅鸟王死后的心脏，或出自神龙脑中，有此物可如意获取天下珍宝，故又称之“聚宝”。“叭咪”二字为“莲花部心”，梵文意为红莲花，以喻佛性。“吽”为“金刚部心”，依佛之力可以断惑，获得无上正等正觉。此中唵、阿（“嘛呢”）、吽最关重要，表身、口、意三业，表佛、莲花、金刚三部，而且一切真

悟空自惊在佛掌中

言文字皆从这三字出生，所以在《安像三昧仪轨经》中云："诵此真言已，复想如来如真实身诸相圆满。然以唵、阿、吽三字，安在像身三处，用阿字安顶上，用唵字安口上，用吽字安心上。"但对这六字在明代民间又有不同的解释，如明成化年间姚福《青溪暇笔》作"盖'俺那里把你哄'也"。清初佟世思《与梅堂遗集》附《耳书》也做这种解释，显然含幽默讽刺之意，而齐天大圣孙悟空正是被这六字所骗，压在山下的，所以当"观音奉旨上长安"，路经"五行山"去看悟空时，悟空还极不满地说"如来哄了我，把我压在此山"。由此可见，作者是以明代民间诙谐的解释来对待这六字真言的。

《西游记》中暗保护唐僧的诸神内有五方揭谛，他们平时在灵山雷音寺工作，似是佛教中的神圣。其实这只是咒语，《西游记》中乌巢禅师口授，实际上是玄奘法师译《心经》中，结尾时：

> 即说咒曰：揭谛揭谛，波罗揭谛，波罗揭谛，菩提萨婆诃。

这是梵语的直接音译，咒语含义比较丰富，梵音中含有不可思量的福德、威德和功德，意译出来很困难，而且不易准确，所以七种译本都采取梵语音译。

《西游记》第十四回"心猿归正，六贼无踪"描写悟空受观音教化，拜在唐僧门下，崩开了两界山（即"五行山"），从此走上修行之路。师徒二人在第二天路途中遇到六个贼人，要图财害命，被悟空惊退，并"团团赶上，一个个尽皆打死"。佛教教义认为，人有眼、耳、鼻、舌、身、意六种根器，分别相应产生色、声、香、味、触、法六种境相，又称六尘，即有如尘埃污染心识，遮蔽本有心性光明，由此而产生虚妄不实的认识，它能劫持一切善法，害人慧命，所以又名之曰"六贼"。悟空刚刚天灾期满，走上修行之途，必须要断六贼，才能与旧我划清界限，从此走上正道，这是每一个认真修行者迈出的第一步。小说中正是以此教义，衍出一段动人的

假悟空打倒三藏

小故事。

《西游记》第五十八回“二心搅乱大乾坤，一体难修真寂灭”描写六耳猕猴假悟空，打伤了唐僧，抢走通关文牒、包袱，搅乱乾坤，他的长相、声音、神通都与悟空相同，真假难辨，故称之为“二心”。佛教教义认为人有真妄二心：一为真心，即众生本来具有的如来藏心，真净明妙，是万有实体之真相，无异念，故又称之曰定心，禅定之心。二为妄心，因无明所起产生种种虚妄之境界，为外道，凡夫之心，故又称散心、散乱之心。《楞伽经》以海水与波浪来比喻二心，海水常住不变就是“真”，波浪起灭无常就是“妄”。所以，佛教教义中要人修持“一心”，也就是真心、定心，“一心不乱者，专注无散也”，不可有“二心”。我国儒家也强调“一心”，汉代大儒董仲舒在《春秋繁露》中云：“心止于一中者，谓之忠；持二中者，谓之患”，所以“天道无二”。小说中因悟空打死了一伙“草寇”，与唐僧发生了口角，“孙大圣有不睦之心，八戒、沙僧亦有嫉妒之意，师徒都面是背非”，生了“二心”，所以才使六耳猕猴钻了空子，连观音都不能辨真假，这正如如来佛所说：“汝等俱是一心，且看二心竞斗而来也。”如来以慧眼看破真相，并以金钵盂将妖精盖住，现了本相，被悟空“轮起铁棒，劈头一下打死，至今绝此一种”。悟空打杀了此猴，断了“二心”，才能离妄归真，不杀之不能断妄。由佛教的教义，生发成如此曲折、生动的神奇故事，作者游戏笔墨于经文的水平实在绝妙。

《西游记》中比较突出反映了禅宗的思想。相传释迦牟尼在灵山法会上，大梵天王献金色波罗花，佛陀拈花示众，大众不解其意，只有摩诃迦叶破颜微笑。佛陀以正法眼藏付给迦叶，为其后以心传心说法之始。《黄蘖传心法要》云：“迦叶以来，以心印心，心心不异。”据此传说禅宗尊迦叶为初祖。其实印度佛学中有禅修而没有禅宗，禅宗纯粹是中国特色的宗教。认为“禅定”是由此岸达到彼岸的最关键的一步，可以概括佛学全部修习，故称“禅宗”。又因自称“以心印心”，不立文字，以觉悟众生心性本源（佛性）为主旨，故又称“佛心宗”。过去一直流传菩提达摩为东土初祖的说法并不准确。东晋时天竺僧佛陀跋陀罗译《达摩多罗禅经》介绍多种“念佛法门”，经中达摩多罗禅师，对禅宗影响甚大。南朝宋求那跋陀罗译《楞伽经》被禅宗奉为要典。禅宗早期所托始的菩提达摩，原取自达摩多罗禅师，而二祖慧可、三祖僧璨师生二人始弘扬达摩学说，却都自称为楞伽师。后来传至慧能时，才改变初衷，以《金刚般若经》为正宗。禅宗祖庭是少林寺，但第一代祖师是北

悟空乘筏浮大洋中

魏天竺僧佛陀扇多，直到元灭金后，达摩一系才主持少林寺。在慧能、神秀之时，《古禅训》载，求那跋陀罗为初祖，菩提达摩为二祖，而弘忍为六祖。因慧能的传人神会到北方来争正统，才始称达摩为初祖，后因得到唐德宗认可，正式立神会为禅宗七祖，才形成今天流通的说法。禅宗认为语言、文字，不是佛法至理，不能表达真如之境，只是借助的一种手段。所以教化者，不用言语、文字阐释来开悟修行之人，而用妙喻，不说破的警语、隐语，乃至放喝、行棒等禅机启发，这就是"法离文字"，以心传心，催人猛醒，顿悟成佛。禅宗认为人人皆有佛性，天下无顽劣不可教化之人，而且佛就在你心中。"迷即佛众生，悟即众生佛"，"我心自有佛，自佛是真佛"，心外之佛是假佛。

《西游记》小说一开篇就描写孙悟空想"跳出轮回网"去"参访仙道"。在西牛贺洲灵台方寸山斜月三星洞，遇到须菩提祖师，拜在门下学艺。此中"灵台""方寸"都是"心"的别名，"斜月三星"，也是个"心"字，带有禅宗的意味。第二回"悟彻菩提真妙理，断魔归本合元神"中，祖师"开讲大道"时，"说一会道，讲一会禅"，悟空喜得"手之舞之，足之蹈之"。祖师举出道、术、流、静、动五门功夫，让悟空选择，悟空都不满意。祖师不悦，手持戒尺"将悟空头上打了三下，倒背着手，走入里面，将中门关了"。悟空"打破盘中之谜"，三更时分，从后门而入，祖师见他灵悟，秘授大法。后来，祖师又传他"玄机""七十二般变化""筋斗云"，要他"见性明心""与天同寿"。此中"明心见性"，正是禅宗的主要修持方法。悟空因一时好胜之心，在人前显露本领，被祖师逐去，并严厉说："你快回去，全你性命；若在此间，断然不可！"《六祖坛经·行由品第一》载，"次日祖（弘忍）潜至碓坊，见能（惠能）腰石舂米"，"祖以杖击碓三下而去。惠能即会祖意，三鼓入室"。弘忍"以袈裟遮围，不令人见。为说《金刚经》"，"便传顿教，及衣钵"。然后严肃地说："衣为争端，止汝勿传。若传此衣，命如悬丝。汝须速去，恐人害汝。"两者对照之下，何其相似？

《西游记》第十四回"心猿归正，六贼无踪"有诗曰：

佛即心兮心即佛，心佛从来皆要物。
若知无物又无心，便是真如法身佛。

第二十回“黄风岭唐僧有难，半山中八戒争先”有偈曰：

法本从心生，还是从心灭。……现心亦无心，现法法也辍。

《坛经·般若品第二》云：

智慧观照，内外明彻，识自本心。若识本心，即本解脱。万法尽在自心。菩提本自性，起心即是妄，净心在妄中，但正无三障。

两者的思想完全相通。《西游记》第二十九回“脱难江流来国土，承恩八戒转山林”中诗曰：

悟即刹那成正，迷而万劫沉流。
若能一念合真修，灭尽恒沙罪垢。

在第八十五回“心猿妒木母，魔主计吞禅”中，行者道：

佛在灵山莫远求，灵山只在汝心头。
人人有个灵山塔，好向灵山塔下修。

《坛经·疑问品第三》云：

佛向性中作，莫向身外求。自性迷即是众生，自性觉即是佛。

菩提只向心觅，何劳向外求玄。听说依此修行，天堂只在目前。

小说中悟空对唐僧的开导与六祖惠能的教化，如同出自一人之口，不再“戏论”之。在《西游记》第九十三回“给孤园问古谈因，天竺国朝王遇偶”中，悟空与唐僧谈《心经》时有一段对话：

> 行者道：“师父只是念得，不曾求那师父解得。”三藏说：“猴头！怎又说我不曾解得！你解得么？”行者道：“我解得，我解得。”自此，三藏、行者再不作声。

惹得旁边八戒、沙僧大笑，并一再批判悟空，但不料三藏却说：“悟空解得是无言语文字，乃是真解。”在《坛经·机缘品第七》载，惠能早年与无尽藏女尼谈《大般涅槃经》时，“尼乃执卷问字”，惠能回答：“诸佛妙理，非关文字。”因为文字、语言是妄想、分别的根本标志，修行者就是要消除自心妄想流注，从而泯灭名（概念）、相（表象）、分别，所以强调“不说一字”“不答一字”“不求言说”，因而被誉为是不立文字的教外别传法门。在《维摩诘所说经·入不二法门品第九》中有一段文字记载文殊与维摩诘谈话：“仁者当说何等是菩萨入不二法门？时维摩诘默然无言。文殊师利叹

第二十九回　脱难江流来国土，承恩八戒转山林

曰：'善哉，善哉，乃至无有文字、语言，是真入不二法门。'"这段经文更接近小说中的情节，显然作者在创作时也借鉴了《维摩诘所说经》。

从上述种种对比中可知，吴承恩对佛学是有较深理解的，而且所知甚广，不至于有较大的失误。但是，他不是在写佛学讲义，而是在创作神话小说，需要轻松的、幽默的、隽永的笔调，所以他以当时知识分子最热衷的禅宗为主导思想，而对其他教义有时采取戏论的方式，使小说雅俗共赏，更具有艺术的魅力。

在《西游记》第九十九回“九九数完魔灭尽，三三行满道归根”中描写，八金刚送唐僧回国时，五方揭谛、四值功曹、六丁六甲、护教伽蓝向观音菩萨“缴法旨”，观音察看有关唐僧“灾难的簿子”，只有“八十难”，急传声道：

佛门中“九九”归真。圣僧受过八十难，还少一难，不得完成此数。

即命揭谛，“赶上金刚，还生一难者”。揭谛接观音法旨赶上金刚，于是金刚：

刷的把风按下，将他四众，连马与经坠落下地。噫！正是那：

九九归真道行难，坚持笃志立玄关。
必须苦练邪魔退，定要修持正法还。
莫把经章当容易，圣僧难过许多般。
古来妙合《参同契》，毫发差殊不结丹。

唐僧师徒从云端又脚踏了凡地，自觉心惊，众人不解纷纷议论，唯有孙悟空“知道唐僧九九之数未完，还该有一难，故羁留于此”。师徒行至水边，忽听到呼唤声，见昔日通天河老鼋在岸边探头，重渡师徒过通天河。师徒在老鼋背上行至河中心，老鼋问及当年所托请示佛祖“归着之事”（“年寿”），唐僧忘其所托，又不敢欺讹，沉吟不语。老鼋即知不曾替他问了，就将身一晃，使师徒“唿喇的淬下水去”，补足八十一难。从上面引的八句七言诗中看，“九九归真”含有释教、道教双重含义，实际上儒家、道家和更早的《易经》中均含有此义。

对数字的迷信与崇拜，是一种世界性的普遍现象，无论是在亚洲、欧洲，还是非洲、美洲，在原始文化与宗教的信仰中，都出现了将特定的数字形成的概念、事物当成崇拜的对象。尤其是在我国，对某些神秘数字的迷信与崇拜，形成了传统文化的一大特色。神秘的数字是一种特殊符号，一种神秘的语言，一种象征性标志，具有隐喻性、概括性、规律性，是神秘术数学。《西游记》小说中强调的“三三行满”“九九数完”，正是神秘术数。我国古代将数字分成两类，《易·系辞上》云：

天一，地二，天三，地四，天五，地六，天七，地八，天九，地十。天数五，地数五。五位相得而各有合，天数二十有五，地数三十。凡天地之数五十有五。此所以成变化而行鬼神也。

即此中一、三、五、七、九这五个奇数自然数为天数；二、四、六、八、十这五个偶数自然数为地数。合成五十五为大衍之

第九十九回　九九数完魔灭尽　三三行满道归根

数。但还有另一种数法，以五十为大衍之数。“衍”，即是“演”之义，古时两字相通，先秦算卦为“衍”，两汉称算卦为“演”，以天地之数定大衍之数。天数，又称阳数、刚数；地数，又称阴数、柔数。古人认为，凡有外事活动，处理家外之事，必须选择阳日来进行，否则不吉利。而家内之事，与外人无关系，可取柔日进行，成为一种定格。在天、地数中，天数也就是奇数，在我国古代的神秘文化中含义甚多，最受重视。其中又以一、三和九更具有神秘性。

首先，谈谈一的含义。古代传说天地最初是不分的，混沌一片，如同一个整体大气球。后来分开了，清气上扬，浊气下沉，形成了天地，而天地又创造了万物。这正如老子《道德经》云：

> 有物混成，先天地生。寂兮寥兮！独立不改，周行而不殆。可以为天下母。（二十五章）
>
> 无，名天地之始；有，名万物之母。（一章）
>
> 道生一，一生二，二生三，三生万物。（四十二章）

这告诉我们，“一”在广义上是个至大无外的整体，它代表宇宙之初，包含了天地万物。但同时“一”在狭义上又是九个数字中最小的数，是数字的开始。故而郭象注《庄子·天地》云：“一者，有之初，至妙而未有物理之形。”《太平经·五事解承负法》：“一者，数之始也；一者，生之道也；一者，元气之所起也；一者，天之纲纪也。”王弼《道德经注》：“昔，始也。一，数之始，而物之极也。”顾炎武《日知录》第七辑“幺”：“一为数之本，故可以大名之，一年之称元年，长子之称元子是也。又为数之初，故可以小名之，骰子之谓一为幺是也。”即一是一个具体的个体组合，又是单一的个体，是大与小辩证的哲学概念。故在《道德经》又云：

> 天得一以清，地得一以宁，神得一以灵，谷得一以盈，万物得一以生，侯王得一以为天下正。（三十九章）

即天、地、神、万物、侯王，得“一”才能具其本性，失“一”就将一切不存。这里“一”指“道”，而“道”是万物之母，万物之根本，失去“一”自然也就失去一切。“一”是个神秘而又辩证的数。

尸魔三戏唐三藏

其次，谈谈“三”。“三”是“多”的代表，也是“多”的开始，还是“多”的一种限度。《道德经》上谈“三生万物”，古人认为一为“太一”，太极、混沌状态；二为天地出现，阴阳分开；三为阴阳交合产生的第三者，是冲气，是万物开始产生了。因此，这个数字具有神秘性、隐喻性。如佛门讲究三乘、三学、三宝、三法印、三世、三科（五蕴、十二处、十八界）、三涂、三业、三灾、三界等等；道教讲究三清、三境、三生、三师、三关、三阳、三才、三命、三元、三神、三一等等；儒家强调三王、三宝、三戒、三畏、三友、三乐、三仁、三达尊、三纲领、三达德等。而儒家往往以三为一种限度，如古代禅让方式继君位时，要经过形式上的“三让”。古代作战冲锋以三次为度，故《左传》载“一鼓作气，再而衰，三而竭”。古代位于卑位者向尊者谏言以三为限，人臣之礼三谏不听则逃之，遂有三思而后行、三省吾身、举一反三、孟母三迁、君子三变、三人行必有我师等语。道教修炼中讲究三一之法，道体为一，化为三气，三气相合，以成圣体。一不自一，三不成三，由一故三，由三故一，一是三一，只有同时否定“一”和“三”的存在，忘了一切心智认识和外物存在，才能入重玄妙境。佛教修身讲究三三昧、重三三昧、观空、无相、无愿和重空（空空）、重无相（无相无相）、重无愿（无愿无愿）三种三昧，知苦、集、道三谛之苦，无常等相，厌恶舍弃之，而达到解脱。故知“三”也是个神秘而又含义复杂的数。所谓“三三行满道归根”，三三相乘得九，道教炼丹，九转金丹，功行圆满，才能妙合《参同契》，才能“结丹”，打通玄关“道归根”。三为阳数，刚数，三三为九，为阳中之极，又称老阳。故玄门炼功、释门面壁都以九年为终极之数。

最后，重点谈谈“九”。“九”是天数中最大的数，同时也是全部数字中最大的数。“九”为“老阳”，“九”“九”相重为重阳，九九相乘为八十一，是全真教推崇的丹道极数。在《周易·乾卦》中，九代表天，喻为龙：“初九，潜龙，勿用”，“九二，见龙在田，利见大人”，“九五，飞龙在天，利见大人”。故称帝王为“九五之尊”，成为借喻帝王的神秘数字。如一般城市多为四门、八门，而

凌云渡独桥

北京则设九门，甚而连天安门城楼都用九五之数为建筑格局，面阔九间，进深五间。又如皇宫中宫门用“九路钉”，纵横皆九，正是九九八十一颗钉。再如九龙壁、九龙柱、九龙杯等，都与这最神秘的数字“九”有关系。至于河图、洛书和九宫图，更使这个“九”字玄奥难解。《西游记》正好是在“第九十九回”谈“九九数完，三三行满”，但是“九九”阳数之极必须凑足，而小说中统计仅“八十难”，还差着“一难”不能完满，所以观音菩萨要补足，才又让唐僧师徒遇上老鼋，又落入水中，再加上一难，终于功行圆满。所以小说中又云：

不二门中法奥玄，诸魔战退识人天。
本来面目今方见，一体原因始得全。
秉证三乘随出入，丹成九转任周旋。
挑包飞杖通休讲，幸喜还元遇老鼋。

其中“不二门”，佛教原指直接入道不可言传的法门，后譬喻惟一的门径。道教中虽无此称谓，但有此内容，如真一，也称正一，就是指修炼最根本之法。因为九九阳数已完，自然诸种阴魔都要尽退，纯阳已生，气通三关，返朴归真见到“本来面目”，难尽“还原”“会元”“归元”，与天相通，达到天人合一之境。所以，唐僧师徒要入通天河，而且先遇“鼋”，才能“会元”“归元”。这里的“鼋”字，是采用“水源”之“源”，“会元”之“元”，用的是谐音。“丹成九转”费尽心思磨炼，自然惊天动地，因为这是“夺天地造化之功”，所以“天地不容，鬼神所忌，欲来暗夺之耳”。正是那：

一体纯阳喜向阳，阴魔不敢逞强梁。

一体纯阳自然可退阴魔，返本归正，获得新生，成仙成佛在此一举。所以，九九归一是从来处来，往去处去，又回到本根状态，但它返本归真不是简单的返复，而是一种精神的升华，是一种新生，或者说是一个新航程的开始。

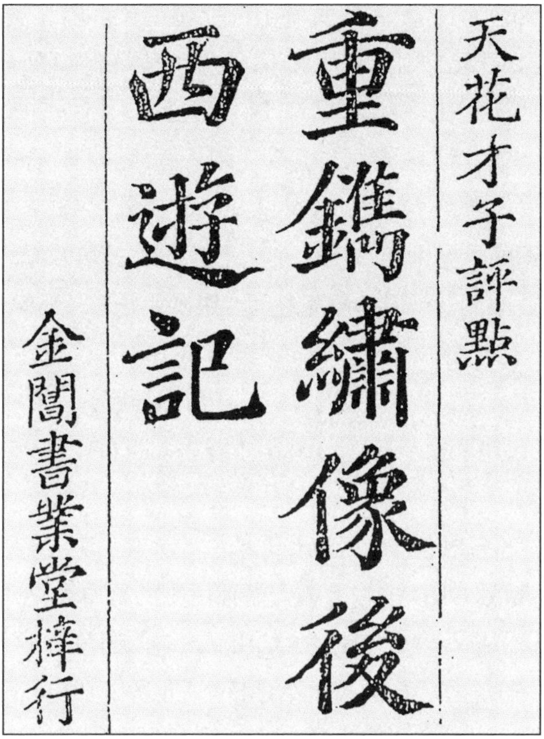
天花才子評點
重鐫繡像後
西遊記
金閶書業堂梓行

吴承恩《西游记》小说问世后，由于它具有激进的民主思想、精湛的艺术手法、生动曲折而又夸张神奇的情节，加以作者时时游戏笔墨，使释迦与老君同流，真性与元神杂出，使三教九流之徒都能随意附会，各取所需，因此雅俗共赏，成为几乎无人不晓的佳作。

在吴承恩《西游记》小说刊世后，有许多好事者认为情尽于此意犹未尽，不仅出现了几种续书，还创造出大量的模仿之作。

《西游记》续书，主要有四种，今皆有存本，可供人欣赏与研究。

《西 游 补》

明朝崇祯年间董说撰《西游补》十六回。董说

（1620—1686）字若雨，号西庵，自称鹧鸪生。浙江吴兴南浔镇人。“幼时谒开元寺闻谷大师广印，锡名智龄”，“事母至孝，毕生孺慕不衰。年十四，补弟子员”。(《乌程县志》) 他学出太仓张溥门下，“撰《夕惕篇》以自厉。尝受三《易》之学于黄石斋先生。国变后，祝发为僧，号南潜，从继起大师受佛戒，尽焚其少作。”（孙静庵《明遗民录》）时年37岁。他心情悒悒，云游四方，时常往来于洞庭之西小湖及浔溪补船庵之间。康熙甲子年（1684），其母逝世，葬毕归山，遂不复出。康熙丙寅年（1686）去世，享年67岁。他一生著述甚丰，有《易发》八卷、《河图挂版》一卷、《七国考》十四卷、《汉铙歌发》三卷、《林胡子野语》四卷等三十余种，合题曰《补樵》。

董说在年轻时创作《西游补》小说。这部小说从《西游记》中抽出一则典故，加以虚构衍成，借孙悟空的行事和见闻，讽谏时弊。主要情节描写唐僧师徒过火焰山后，走入鲭鱼精吐气幻化的山路，悟空一念之差，被摄入天外幻部青青世界。师徒们行至牡丹树下，忽被采女、顽童纠缠戏耍，悟空性起打伤了众人，心又有些不忍，待回到牡丹树下想编个故事免得师父责怪，却不料唐僧、八戒、沙僧都入梦乡。于是悟空跳在空中往西方化饭去了。他意外发现大唐新城，城头锦旗上篆字为：“大唐新天子太宗三十八代孙中兴皇帝”，他为明真相，上天宫寻玉帝，不想灵霄宝殿被偷，天门紧闭不开。悟空化蝶入城，想借秦始皇“驱山铎”使用，得知新唐君臣欲诏命唐僧为杀青大将军。悟空急于出城为师父报信，跌进了小月王万镜楼中。楼中用一百万面宝镜砌成。在天字第一号镜中，见一群无骨无筋，会作“纱帽文章”的秀才有哭有笑。在第二号镜中可见“古人世界”，悟空看到西施、绿珠等美女，他化作虞美人混入其中，与项羽作了一夜干夫妻。第二天至玉门关，被人拉作阎罗天子，拜岳飞为师，剐了秦桧。离开鬼门关，悟空跌入“新古人饭店”，陷入青青世界六十四卦宫中。他真神出壳，跳下万镜楼。他前行不远，见师父和小月王坐在关雎水殿上，后又去看戏，戏台上竟演的是孙悟空作丞相，还有五个儿子。忽然，新唐使赶来，上台宣诏，令唐僧任杀青将军，率兵马出征。唐僧领兵杀入西戎，悟空变做六耳猕猴模样，化名孙悟幻。在西戎双方对阵时，悟空遇见波罗蜜王，自称是悟空亲儿子，是当年悟空入铁扇公主腹中后第二年五月出生的，令悟空十分尴尬。正迷惑之际，蜜王军队杀了小月王和唐僧。刹那间，五色旗乱摇，悟空大愤大怒，“现出大闹天宫三头六臂法身，空中乱打”。突然，虚空主人坐莲台而来，断喝道：“悟空不悟空，悟幻不悟幻了！”悟空顿悟，知往事皆迷。虚空尊者施法，狂风大作，将悟空“吹入旧时山路”。他见师父、师弟“春睡醒来”，而身边坐着一个“妖氛万丈”的“小和尚”。悟空知是鲭鱼精所化，忙取出棒来将他打杀。唐僧见悟空行凶，正要责备，“忽见新徒弟是个鲭鱼尸首，便回嗔作喜道：‘徒弟辛苦也！’”于是，师徒四人又踏上取经之路。这部小说并非真要补写西游故事，而是取其一端，借题发挥，用小说形式讥弹明末官场之龌龊，世风之日下，并对民族败类加以鞭挞，倾吐胸中愤懑之情。

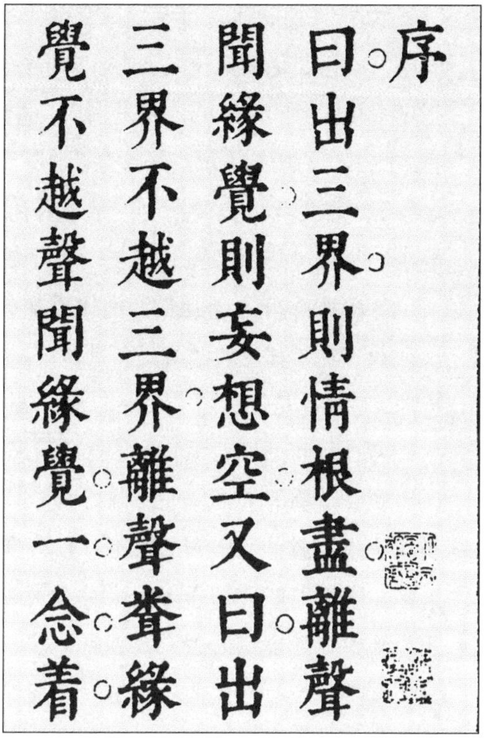
序曰○出三界○則情根盡○離聲
聞緣覺○則妄想空○又曰○出
三界不越三界○離聲聳緣
覺不越聲聞緣覺○一○念○着○

明末刊本《西游补》序

《后西游记》

清乾隆癸丑年（1793）天花才子评点《后西游记》四十回。天花才子，姓名、生平不知。《快心编》初集五卷十回、二集五卷十回、三集六卷十二回皆题“天花才子编辑”“四桥居士评点”，卷首有无名氏序，今存课花书屋刊大字本、申报馆排印本。《新镌古本批评三世报隔帘花影》四十八回，未书撰人，卷首有“四桥居士序”，当是编者。此书窜易清初丁耀亢《续金瓶梅》十二卷六十四回本而成，大概是顺治、康熙年间书肆所为。至于天花才子、四桥居士，都是化名。清代平步青《霞外攟屑》卷九“续奇书”云：“相传为隔一字读之成文，意在刺新朝。”不足信。清代袁文典辑《明滇南诗略》卷一“兰茂”云：“梅子和《后西游记》别是一种。”梅子和是何朝何代人，不可考，或者即是化名为“天花才子”“四桥居士”的书肆中人。

《后西游记》叙述孙悟空取经归来成斗战胜佛后，花果山又产一石猴，为孙悟空的孙子，自称孙小圣。小圣在通臂老猴的引导下，也修炼成神通广大的猴王，并得到悟空留下的镇山之宝如意金箍棒。于是，他显神通降龙伏虎，入地府折服十王。后又上天宫向王母娘娘要仙桃、仙酒。因酒后失言，激恼了王母娘娘，遂调李天王、哪吒率十万天兵围攻。结果，三界诸神都不是孙小圣对手，让他反下天宫。玉帝下旨请孙悟空出山，悟空以甚深法力制服孙小圣，并嘱其以自己为鉴，也走取经成正果之路，临别还将一个金箍儿套在孙小圣头上。小圣遵从祖父教训，在山洞里修心养性。悟空随师父唐三藏化做两个疥癞僧人入长安，后现真身封经，指点唐宪宗派人西行求真经释文（“真解”）。宪宗选中韩愈新交好友大颠和尚，赐号半偈法师，西行求“真解”。唐三藏、悟空见大颠有根器，决定助他西行求法。悟空传他定心真言，要他每日三时点诵，自会有人前来保他西行。唐三藏送他木棒，持此棒一喝，可令邪魔外道潜形归正。半偈念动真言，孙小圣头痛难忍，寻声而至，始明原委，拜在半偈门下。小圣入东海求龙马，龙王将伏羲时负河图出孟河开文字之始的龙马相赠。半偈骑龙马，在小圣保护下开始西行取经解之路，在五行余气山收猪八戒之子朱一戒，在流沙河沙僧之徒沙弥加入取经队伍。师徒四人通过了解脱山三十六坑、七十二堑。入万寿山五庄观又被困火云楼，幸得观音净水灭火脱难。在罗刹鬼国，遇玉面狐、黑孩儿和大力牛魔王，险遭毒手。在玉架山多次被困，文明大王以笔压人，以金钱压人，十分厉害。小圣经多方调查，请奎星将文明大王降收。原来他是当年孔圣人见到被打死的麒麟托生，而他所使的那只笔正是当年孔圣人写《春秋》之笔，这段情节离奇、幽默，又令人反思。师徒前行，摆脱了一群麝妖，闯过十恶山、九尾仙山、阴阳二气山，陷入造化山。造化小儿有名圈、利圈、财圈、色圈等，抛出来套人，小圣使神通躲过了许多圈子，结果被好胜圈套上。后经老君指点，清除好胜之心，才得解脱。造化小儿见小圣已自脱圈套，知难不住他，便送师徒四人出山西行。小圣又扫除六贼，杀尽三尸，绝了皮囊山祸根。在大剥山战胜了不老婆婆玉火钳，不老婆婆失利，摔碎玉火钳而亡。师徒又经过几处险地，终于到达灵山，求得“真解”。半偈封清净喜佛，孙小圣封小斗战胜佛，朱一戒封净坛使者，沙弥封金身罗汉，龙马封在天飞龙，常随人王帝王。这部小说虽似模拟《西游记》而成，有时写得也颇为风趣，还含有哲理。清人刘廷玑《在园杂志》云：“《后西游记》虽不能比美于前，然嬉笑怒骂皆成文章，若《续西游》，则诚狗尾矣。”

《后西游记》唐半偈

《续西游记》

清嘉庆十年（1805）金鉴堂刊本和清同治戊辰（1868）渔古山

房刊本《续西游记》一百回，封面题“绣像批评续西游真诠”，卷首有真复居士序，署为“悟真子批评本”。悟真子是何许人，不详。这部续书虽刊本甚晚，但从若干资料上推测，作者当为明代人。董说在明末创作《西游补》小说附“杂记”云：

> 《续西游》摹拟逼真，失于拘滞，添出比丘、灵虚，尤为蛇足。

故知在明代有刊本问世，或有抄本在坊间流传。袁文典辑《明滇南诗略》卷一“兰茂”上有一段较长眉批云：

> 止庵著作刊本……唯传其《续西游记》《声律发蒙》二种，又有抄本《性天风月》《通元记》《南曲》，据本此本，寓言金丹之术，疑为伪托。《续西游记》，所言乃佛氏要旨，而取世所谓邱翁《西游记》取经之事，续其东还所历，与梅子和《后西游记》别是一种，然皆以文词通俗而传。

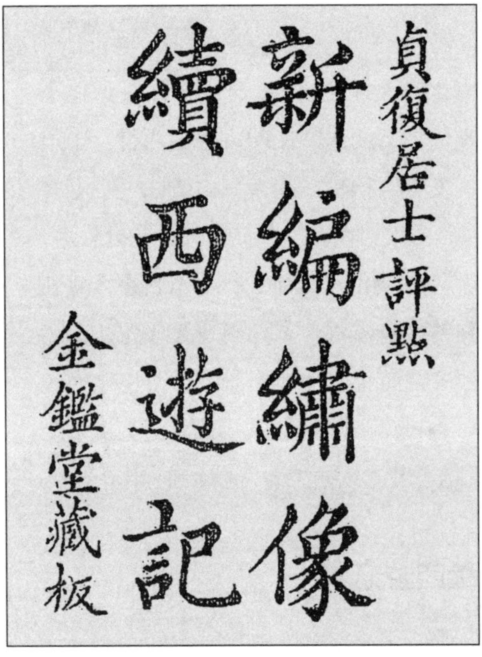

金鉴堂刊《续西游记》

兰茂字廷秀，号止庵，云南石羊人。生于明洪武三十年（1397），卒于成化十二年（1476）。如果今存“悟真子批评本”《续西游记》确实为兰茂撰，则此书完稿时间比吴承恩《西游记》早一百多年。孙楷第《中国通俗小说书目》虽点出兰茂事，但他又据邓文如之言，断定小说为明末清初人季跪所作。据毛奇龄《季跪小品制文引》知：

> 季跪为大文，久已行世，而间亦降为小品。尝见其座中谭义，锋芒齐谐多变，私叹为庄生、淳于骨稽之雄。及进而窥其所著，则一往谲Ⅶ，至今读《西游续记》，犹舌挢然不下也。

文中又云此书也称做《续西游》，并与韩愈《毛颖传》、柳宗元《梓人传》《种树郭橐驼传》相类比，故推知季跪之作不是通俗小说，而是寓言诙讽性“小品”，或许是借《西游记》小说中一个小典故为端发挥而成。

我觉得今存本小说决非季跪之作，还是暂定为兰茂较妥。因为从“续”字上看，并非专指续吴承恩小说，也可能是指续元人《西游记》平话。从内容上看，它不是写第二次取经，不是写唐僧师徒后人的故事，而是详写第一次取得真经后返回东土的过程，主人公仍为唐僧、悟空等人。故事从准备返回东土开篇，如来佛因悟空等人持金箍棒、九齿钉耙、降妖宝杖，杀伤生灵有违佛规，故强行收缴了他们武器，让他们以诚心化魔，悟空一怒说出八十八种机心，遂在回途中遇八十八种磨难。如来佛派优婆塞灵虚子和比丘僧至彼，以十八颗菩提珠和一木鱼梆子净心驱魅，沿途护经。这部小说虽偶有对人间世态的种种揶揄，但情节不生动，叙述粗糙，缺乏文采，还常常塞入一些道德说教，令人生厌，更为严重的是它的总体思想是对《西游记》中民主精神和进步思想的否定。在这部小说中孙悟空不再是顶天立地的叛逆英雄，反而成了有“不净之根”，并因“种种机心生变，不免又累别人”，成为受指责的对象。《续西游记》结构、笔法近似平话，它产生的年代应该较早。我以为它“续”的可能是元人《西游记》平话。

《也是西游记》

清宣统元年（1909）铁沙奚冕周起发，青浦陆士谔编述，今存1914年上海改良新小说社石印本。陆士谔（1877—1944），名守先，青浦（今上海市青浦区）人。近代著名小说家。他创作的谴责小说有《新上海》《六路财神》《女界风流史》《最近社会秘密史》等，政治理想及武昌起义小说有《清史演义》《血滴子》《七剑八侠》等。他还有个特殊嗜好——为古人、前人写续书，称做“拟旧小说”，创作有《新三国》《新野叟曝言》《新孽海花》《也是西游记》等，各具特色。

《也是西游记》明显受董说《西游补》启示，也是从孙悟空钻入铁扇公主肚子里生发开来，大做文章。悟空这一入，因阴阳交融竟结胎，一年零三个月后，铁扇公主生下一子，酷似悟空，这使牛魔王大伤脑筋，遂往南海求观音菩萨解惑。观音知此子来历不凡，又不便明言，便以当时西方生理学观点加以搪塞。牛魔王大度，为此子取名第二行者，视如己出，并授以种种神通。此子出世有金光射天空，使玉皇大帝甚为惊恐。西天如来佛祖怕其扰乱三界，遂遣旃檀尊者再次下凡取经收用此猴。旃檀尊者投入东土一姓陈的商人家庭，人称小唐僧。在他十六七岁时，父母双亡，于是往西京本愿寺出家，法号一偈。观音劝他西游传教。观音又命小行者往上海寻师，并授法宝无线电话器一件。还将沙僧项下九个骷髅头骨化作人形起名小沙僧，命他速往高老庄找小八戒，然后同往上海寻师父、师兄。小唐僧到了上海与小行者会合，同至余村园听滩簧，不料突现两名自称是巡捕的人强行将小唐僧带走，以至小唐僧失踪了。小行者四处寻找毫无线索，遂登报悬赏查寻。因久无消息，小行者便用无线电话器与大哥善财童子（红孩儿）联系，始知师父在劫难中，又获悉小八戒、小沙僧同至上海，便与之会合，共谋寻师之策。三人不识社会新情况，闹出一些笑话。为改头换面，小八戒变成买办，顿时声名大噪，小沙僧变成留学生受人高看，小行者变成妙龄女郎，还买了一座三幢两厢房子，号称孙公馆，引来不少男性求婚。三人分头行动，仍寻不到师父下落。这时观音来到上海，传小行者联合器、运动幡、方针，小八戒联合环、霹雳、手后盾，小沙僧联合管、势力圈、文明袋，又传三人联合咒、催醒术，并授图示意小唐僧受难之处。三人显神通按图至香海，分别与樱粟真人、陈高、冷龙交手。小行者破了樱粟真人的烟杆子、烟缸、烟斗，真人又布下乌烟阵。这时小八戒、小沙僧俱被迷住，唯小行者跳出乌烟阵，用电话器向观音求助，并尊法旨用催醒术救二位师弟脱险。三人往南海落伽山参加赛珍会。在会上，三人以联合机联合众神，打破了酒、色、财、气四魔，救出师父。于是师徒四人同往天竺弘扬佛法。

陆士谔

此书多取清末新时期、新环境、新事物、新名词，借题发挥，批评时弊，在讽刺、幽默之中，有时又荒唐可笑。这部小说很可能是西游类续书最后的一部，水平虽不算高，但却足以令人耳目一新。

自从《西游记》小说问世后，受其影响和刺激，立即在文坛掀起创作“神魔小说”的热浪，如余象斗《南游记》《北游记》、吴元泰《东游记》与杨致和节本《西游记》合称“四游记”，风靡一时。而且《南游记》中华光战铁扇公主情节，几乎与《西游记》中雷同，后来他假充悟空到天宫盗仙桃，结果被悟空的女儿月孛星制住，得火炎王老佛解劝，才平息兵戈。在《东游记》中，悟空帮助八仙大战龙王及六十万天兵天将，无人能敌，仍是桀骜不驯的叛逆英雄。在清人吴门悔庄主人编次《征西演义全传》中，金璧风教主诱请黄眉童子助战，黄眉用布袋收诸仙，误将唐僧师徒收入。悟空使神通出袋，请弥勒佛收回如意袋，降伏黄眉。悟空又助南极仙翁攻破金璧风的恶阵，吓退李道符仙人。在吕熊《女仙外史》开篇，叙述王母蟠桃会，已成斗战胜佛的悟空作为贵宾赴会，与如来、老君在调笑之中，仍提及当年西天取经故事。

特别值得一提的是20世纪30年代，著名学者胡适，对《西游记》小说研究甚深，竟然还改写了第九十九回，作“观音点簿添一难，唐僧割肉度群魔”，约有一万字，将小说中原来描写通天河老鼋将唐僧师徒淬下水去的情节，改为唐僧独自登上三兽塔，在深夜里舍命布施，超度途中枉死鬼魂，完成佛门最讲究的果报，“了一件公案”，实行大乘佛教的“真菩萨行”。待他醒来，断除一切烦恼，“心里觉得快活”。他不说破，走下塔去，八大金刚齐声向他道喜：“恭贺圣僧一夜之中，了得西来公案，圆成九九劫数，一念无量慈悲，三千大千诸佛菩萨同声赞叹。”悟空三人不解其意，争问师父夜来塔上事。唐僧不得已只得相告，说完解开袈裟，看见“里面隐隐约约的好像还有许多金字，细看时又都不见了”。最后以一偈为赞：“吃得唐僧一块肉，五万九千齐上天。如梦如电如泡影，一切皆作如是观。”胡适新编的第九十九回收尾法，作为从佛教的因果观、色空观和菩萨乘的观点来解说，确实比吴承恩认识深刻，但小说中这一回是第四十九回老鼋感恩送师徒渡过八百里通天河伏笔而来，又补上九九之数的，从全书结构上看不能轻易割舍。

本书有关《西游记》插图来自：

清光绪十四年（1834）味潜斋石印本《新说西游记图像》；

葛饰北斋《浮世绘西游记》；

清彩绘全本《西游记》；

清康熙年间刊翠筠山房藏版《西游真诠》；

新刻出像官板大字《西游记》；

清末民初石印本《增像全图加批西游记》。

图书在版编目（CIP）数据

刘荫柏讲西游 / 刘荫柏著. — 上海：东方出版中心，2018.9（2019.3 重印）

ISBN 978-7-5473-1329-9

Ⅰ. ①刘… Ⅱ. ①刘… Ⅲ. ①《西游记》研究 Ⅳ. ① I207.414

中国版本图书馆 CIP 数据核字（2018）第 157429 号

刘荫柏讲西游

出版发行： 东方出版中心
地　　址： 上海市仙霞路345号
电　　话：（021）62417400
邮政编码： 200336
经　　销： 全国新华书店
印　　刷： 上海盛通时代印刷有限公司
开　　本： 710 mm × 1000 mm　1/16
字　　数： 227千字
印　　张： 16.5
版　　次： 2018年9月第1版　2019年3月第2次印刷
ISBN 978-7-5473-1329-9
定　　价： 58.00元
